罪深き海辺　下

大沢在昌

集英社文庫

罪深き海辺　下

37

電車の発車を待たず、安河内《やすこうち》は駅をでた。

勝見《かつみ》に会い、目崎《めさき》とのことを訊く手もあるが、老獪《ろうかい》な弁護士は、いくらでも安河内の質問をかわすにちがいない。今はまだ、目をつけていると気づかれるのはまずい。相手は大金持で尚かつ、この町の名士だ。

署に戻った安河内は、パソコンの前にすわった。大杉《おおすぎ》という名の犯歴がある者を検索する。パソコンは得意ではないが、刑事であると、この検索にだけは精通する。

ざっと十以上の名が挙がった。その中から服役中と思《おぼ》しい者や、極端に只《ただ》と年齢が釣りあわない者を除外していく。

ひとりだけ残った。

「大杉剣一《けんいち》　五十二歳」

写真を拡大した。だいぶ若い頃のもので、ミイラにはなっていない猿の顔が映しだされた。

犯歴を見た。十九歳のときに傷害で逮捕されている。その後恐喝で一度逮捕され実刑、そして三十のときに傷害致死で逮捕、服役している。出所は今から十年前だから、十二年はクサイ飯を食ったことになる。現住所は不明、出所後一年は、大城市《おおしろ》本町《ほんちょう》四丁目に住んでいた。

本町は大城の繁華街だが、四丁目といえば外れだ。安河内ははっとした。「シルビア」は確か、四丁目のあたりだった。

パソコンを閉じ、息を吐いた。もう一度、「シルビア」を洗う必要がありそうだ。デスクから立ちあがったとき、電話が鳴った。

「はい、刑事課、安河内です」

「あ、安河内さん、頭山《とうやま》です」

岬組《みさきぐみ》の若頭、頭山だった。昨夜、大城で会ったばかりだ。

「何だ、珍しいな。お前のほうから電話をしてくるなんて。しかもきのうの今日だ」

安河内はいった。用もないのに電話をしてくる男ではない。何かもくろみがある筈《はず》だ。

「きのうの件ですよ。安河内さん、『シルビア』って店のことを訊いてませんでしたか」

頭山は抑揚のない声でいった。

「ああ、訊いた。何かあるのか」

「それって大城の本町四丁目にあるスナックじゃないですか」

「そうだが」

「一度だけですが、連れていかれたことがあるのを思いだしました」

「誰にだ」

「目崎さんですよ。ご存知かどうか、俺の妹は、目崎さんの義理の弟といっしょになってまして」

「知っている」

「そんな縁で、一度だけ飲んだんですが、お互い立場があるんで山岬《やまみさき》で飲むのはマズいってことになって、その『シルビア』にいったんです」

「目崎はよく『シルビア』にいっていたのか」

「さあ。そいつはわかりません。お役に立ちましたかね」

頭山は淡々といった。

「目崎を『シルビア』に紹介したのが誰だかは知らないか」

「そいつは知りません。あとにも先にもそれ一回きりでしたから」

嘘《うそ》をつけ、といいたいのをこらえた。おおかた「シルビア」のママ、しほから刑事らしい男が訊きこみにきたという知らせがあり、頭山は電話をしてきたにちがいない。つまり、目崎が「シルビア」に通っていたという情報を確実にしたいのだ。

「そうかい。それはわざわざすまなかったな」

「いえ。昨夜、お会いしたのも何かの縁でしょうから」

「じゃ、ついでに訊《き》きたいんだがな。今朝、観光ホテルの従業員の水死体が漁港であがったというのは知ってるな」

「ええ、下足番のオヤジでしょう」

「おたくの人間で、それについて何か知っているようなのはいないか」

「何ですか、それ。うちを疑ってるんですかい」

頭山はとがった声をだした。

「そうじゃあない。誰か、オヤジを見た者とかはいなかったか、と訊いてる」

「ご存知のように俺は、大城にいましたからね。若い奴《やつ》らのことはわかりませんよ」

「そういや、きのうの夕方、お前のところの親分が勝見先生と会っていたらしいな」

「組長《おやじ》が？」

怪訝《けげん》そうな声を頭山はだした。

「ああ、そうだ」

「誰から聞いたんですか」

「お前のとこの若い衆を勝見ビルの前で見た、という人間がいる。勝見先生と何の相談をしておったのだろうな」

「そんなこと俺が知るわけないじゃないですか」

「お前がいないときに勝見先生に会いにいく、というのも妙な話だと思ってな」

「別にそんなことはないですよ。組長はあれで、不動産とかもってますからね。そのことで勝見先生に相談があったのかもしれない」

いいはしたものの、その口調は自分でも信じていないようだった。

「まあ、組を畳むとすりゃ、いろいろそっちのほうも忙しくなるだろう」

「勘弁して下さい。安河内さん、何か聞いているんですか」

「いいや。昨夜のお前の話が頭にあったんで、いってみただけだ」

「その件は内緒だっていったじゃないですか」

「だから、お前としか話していない」

頭山の声が低くなった。

「何か、うちの組長を疑ってるんじゃないでしょうね」

「疑われるようなことがあるのか」

「冗談じゃないですよ」

「ならいい。何かわかったら、また電話をくれ」

頭山は黙った。怒りを押し殺しているようだ。やがて、

「失礼します」

とだけいって、電話が切れた。

安河内は署をでて、覆面パトカーに乗りこんだ。大城に向かう。

途中、県道で三台の車とすれちがった。いずれも東京ナンバーの高級車で、見るからにやくざ者といった男たちが乗りこんでいる。三台は山岬に向かって走っていった。

38

「いやあ、連日で悪いね」

そういってカウンターにすわった安河内に気づいたバーテンダーの顔が曇った。まだ七時を過ぎたところで、ママのしほはきていない。

バーテンダーはすぐに作り笑いを浮かべた。

「いえいえ。ありがとうございます」

「きのうは忘れておったんだが、以前このあたりにいた知り合いを訪ねたことがあったのを思いだしてね。同じ本町四丁目の、アオイコーポというマンションに住んどった、大杉さんて人だ。もう十年近く前だが、知らないかな」

バーテンダーは首をふった。

「私はまだその頃はここにつとめていませんでしたから。お店が今年でちょうど十年だと聞いています」

「そうか。じゃあママに訊くしかないな」

安河内はひとり言のようにいった。

「あ、お客さん、何を飲まれますか」

「今日は車なんだ。悪いがソフトドリンクをもらおう。コーラ、あるかね」

「はい」

バーテンダーはコーラのビンと氷の入ったグラスを安河内の前におき、カウンターの奥にひっこんだ。落ちつかないようすで、グラスを磨いている。

安河内は煙草《たばこ》に火をつけた。バーテンダーはまだ、三十を少しでたくらいだ。安河内の正体に見当はついているのだろうが、ママのしほよりは落としやすそうだ。

「あんた、目崎さんの仕事、知っているかね」

不意に安河内がいうと、バーテンダーはぴくりと肩を動かした。

「いや……、私は……。サラリーマンだったんじゃないですか」

「だった？」

「いえ、サラリーマンじゃないかって意味です」

過去形を使ってしまったことに気づき、あわてていいなおした。

「ふうん」

安河内はバーテンダーをじっと見つめた。色黒の優男《やさおとこ》で、髪がやけに赤い。

「サーフィンが趣味なのかね」

「え？　ええ、まあ」

「どのあたりで波乗りをする？」

「あちこちです」

「山岬にきたことは？」

「は、ないです。もっと手前にいいポイントがあるんで」

「しほさんもやるのかね」

「いえいえ。ママはやんないですよ」

「目崎が死んだの、知っとるんだろ」

　バーテンダーはぽかんと口を開けた。言葉がでないようだ。

「ママさんも知っておる筈だ。ちがうかね」

「いや、それは……その……」

「車の運転をする者に酒を飲ませると罪になる。だから本当なら、目崎はこなかった、店としちゃそういいたい筈だ。なのに二時過ぎまで飲んでいた、とあんたらはいった。それもウイスキーをロックでがんがん飲んでいた、と。たいした覚悟だ。目崎の本当の仕事も、もちろん知っている筈だ」

　安河内はバーテンダーの目を見つめた。バーテンダーの顔が青ざめた。

「きのう、あたしがきたときにはもう、あんたらは目崎が死んだことを知っていた。あんたと同じように、ママさんも、『男っぽい方でした』といった。なぜ、死んだのを知らんふりしたのかね」

「それは、その……お酒がまずいんじゃないかって……」

「だったらロックでがんがん飲んだ、などとはあたしに話さないだろう。きていなかったというか、きたけどウーロン茶しか飲まなかったとか。あんたらのいっておることは逆だ。つかまりたいとしか思えんが」

バーテンダーは棒立ちになっている。安河内は身分証を見せた。

「もうわかっているだろうが、目崎は、あたしの同僚だった」

バーテンダーはうなだれた。

「本当のことをいってもらおうか。目崎はここによくきていたのか」

「月に一回くらい、です」

「会社の若い連中と？」

バーテンダーは首をふった。

「いえ。おひとりか、二人、でした」

「二人、というのは？」

「私が名前を知らないお客さんです。かっぷくのいい方で、いつもきちんとしたなりをされています」

「年は？」

「六十前後ですか。色つきの眼鏡をかけてらして。お話では、東京のほうに住んでいらっしゃるようでした」

「ひとりできたことは？」

「そのお客さんですか。ありません」

バーテンダーは答えた。

「くるときはいつも目崎といっしょだったのか」

「はい」

「一昨日の夜はどうなんだ」

バーテンダーは目を伏せた。

「いっしょだったのか、その男と」

「いいえ」

「ひとりできたのか、目崎は」

「いや、それが……」

安河内は気づいた。

「こなかったのか!?」

バーテンダーはちぢみあがった。

「は、はい。申しわけありません。きたことにしてくれ、とママにいわれて――」

「ママは誰にいわれたんだ？」

バーテンダーは首をふった。

「わかんないです。でも警察の人とかが調べにきたら、目崎さんはウイスキーをがんがん飲んでお帰りになったといえ、と。マズいんじゃないですかって、私はいったんです。交通事故で亡くなられたのに、酒を飲ませたなんて。でもそういわないとクビよって威《おど》されて――」

「それはいつの話だ」

「きのうの昼です。ママから電話がかかってきて、目崎さんが交通事故で亡くなったって。私、最初、目崎さんが誰なのかもわからなかったんです。ママに説明されて、ときどきくる刑事さんだって……。ママは、目崎さんがよくお店に、会社の人ときていたことにしなさいって。刑事だったというのは知らなかったふりするのよって。さもないとつかまっちゃうかもしれないからって。でも変だと思ったんです。刑事だったのを知らないふりするのはともかく、事故で亡くなったことを知らないといったり、きてもいないのに、前の晩、がんがん飲んでいたなんていうのは、それこそ逆につかまるって思ったんですけど、ママにいわれたら断われなくて……」

「ママの住居は近いのか」

　安河内は訊《たず》ねた。

「えっ、ええ、まあ……」

「どこだ」

「西町のマンションです」

「地図を描いてもらおうか」

　バーテンダーは目をみひらいた。

「大丈夫だ。あんたから聞いたことはいわない。運転者に酒を飲ませたろうと詰めれば、ママも本当のことをいう筈だ」

「は、はい」

　バーテンダーがメモにママの住居の地図を描いた。

「こっから車で十五分くらいです」

「わかった。いくらかね」

「え？」

「コーラだ」

　バーテンダーはほっとしたように金額を口にした。それを払い、領収証をもらって、安河内はいった。

「クビにはならんかもしれんが、他のつとめ先を探したほうがいい」

「シルビア」をでて、車に乗りこんだ。バーテンダーが描いた、しほの住居の地図を見つめる。

はっとした。干場《ほしば》の祖母である、桑原和枝《くわばらかずえ》が九年前に刺し殺されたスナックは、しほの住居から百メートルと離れていない場所だ。

車を発進させた。しほの住居のある西町に向かう。途中に、桑原和枝がやっていたスナックがある。

だが店はなくなっていた。ま新しいアパートが建っている。

当然といえば当然だった。経営者が刺し殺されたスナックを継ぐ人間がいるとは思えない。水商売はゲンを担ぐ。売りにだされても、買う者はなかったろう。

しほが「シルビア」をだしたのは十年前だ。その当時からこのあたりに住んでいたなら、事件のことを知っていておかしくはない。

安河内はブレーキを踏み、車内からアパートを見上げた。

只進《すすむ》こと、大杉剣一は、事件の五日前に、桑原和枝の店を訪ねていた。九年前というと、傷害致死の罪で服役し、出所してから一年後だ。住宅街にあって、ふりの客などめったにいないことと、その容貌の特異さで、只の顔は従業員に覚えられていた。だが事件当日のアリバイが成立し、容疑者から早い段階で除外されている。

安河内は記憶の底を探った。只のアリバイは何だっただろうか。確か、出張で山岬を離れ、東京にいた、という内容だ。

思いだした。当時もつとめていた関口建設の仕事で、東京の高州《たかす》興業を訪ねていたのだ。事件当夜は、東京のビジネスホテルに泊まっていた。実際に泊まっていたというアリバイが確認され、疑いをかけられることがなかったのだ。

あの時点では、只の本名が大杉で、傷害致死の前歴があるとは捜査員は知らなかった筈だ。もしそれが判明していたら、只のアリバイ捜査は、もっと厳密におこなわれたのではないか。

安河内はアパートの前を離れた。しほのマンションの前に車を止め、降り立つ。

オートロックのボタンを押すと、少しして、

「はい」

という返事があった。安河内は防犯カメラに身分証を向けた。

「山岬署の安河内といいます。目崎さんのことでちょっと話をうかがいたい」

インターホンは沈黙した。やがて、

「あの、出勤前で今、忙しいんですけど、お店のほうじゃ駄目でしょうか」

といった。

「かまいませんが、他のお客さんがいる前だと、ママさんも答えづらいことがあるかも

しれない」

再びインターホンの向こうは静かになった。

やがてオートロックの外れる音がした。

「どうぞ」

そっけない声でしほはいった。

ドアを開けたしほは、安河内の顔を見ても驚いた顔をしなかった。あるいはバーテンダーから連絡がいったのかもしれない。だがそうならそうで、もう少し狼狽《ろうばい》した表情を浮かべていてもおかしくない。

昨夜の嘘がバレているとわかっていて、安河内の正体を刑事と知っての落ちつきぶりだとすれば、ひと筋縄ではいかない女だ。

「いやいや、お忙しいときに申しわけない」

「いいえ。昨夜はありがとうございました」

しほは和服を着ていた。髪をあっさりとうなじで留めているところを見ると、これから美容院にでもいこうとしていたのかもしれない。

「早速だけど、おとといの晩、目崎さんは何時頃、お店にこられたのでした?」

安河内は手帳をとりだし、訊ねた。しほは答えず、安河内の顔を見つめた。

「ん？　どうしたね」

「もう、わかっているんでしょ」

「何が、かね」

「本当は目崎さんがきていなかったってこと」

「えっ、そうなのか」

安河内は驚いたふりをした。

「下手な芝居はやめてよ」

安河内は手帳をおろした。

「先に芝居をしたのは、ママさんのほうだ。なぜ、あんな嘘をついたんだね」

「頼まれたからよ」

「誰に」

「目崎さんに」

「ほう」

安河内はしほを見つめた。

「それはいつかね」

「あの晩の十二時頃。目崎さんから電話があって、『今日はママの店で遅くまで飲んでいたことにしてくれ』って」

「目崎が死んだのは知っているね」

しほは頷《うなず》いた。

「どんな死にかたをしたのかも？」

「事故でしょ。車で崖にぶつかったって聞いたわ」

「それなのに、お店で飲ませたとなったら、あんたらが罪に問われるかもしれん。なぜ、あんなことをいった？」

「だから頼まれたからよ」

表情をかえることなく、しほはいった。

「死んだ人間に頼まれて、自分たちが困るような嘘をついたというのかね」

「約束は約束だもの」

「では訊くが、実際は目崎は『シルビア』にはこなかったのか」

「きてないわ」

「電話があったのが何時頃といったかね」

「だから十二時頃よ」

「それは店の電話にあったのか」

「わたしの携帯かもしれない。覚えてない」

「携帯なら、着信履歴を見ればわかる。確かめてもらえませんか」

しほは首をふった。

「たぶん、店の電話よ」

「目崎は、自分の携帯からかけてきたのだろうね」

「わからないわ、そんなこと」

　いらだったようにしほはいった。

「とにかく十二時頃、電話があって、『今夜はママのところで飲んだことにしてくれ』といわれたの」

「そのときの目崎は酔っておるようだったか？　それともシラフだったかね」

「どうだったかな。べろべろではなかったわ」

「なぜそんな嘘をつかなきゃならんのかを訊かなかったのか」

「訊いたわ。そうしたら『女房だ』って。『女房がうるさいから、あんたのところで飲んだことにしてくれ』って」

「つまり浮気をごまかすためだと？」

「じゃないの。いちいちそこまで確かめられるわけないでしょう」

「ところで目崎は、本当は店に誰ときておった？」

「え？」

「目崎は、会社の同僚や部下を、『シルビア』に連れてきたことなどなかった。それはあたしがよくわかっている。だったら実際は誰ときていたのかね」

「誰とも。いつもひとりよ」

「じゃあなんで、そんな嘘をついたのかね。まさかそれも目崎に頼まれた、というつもりか」

しほは黙った。

安河内は口調をあらためた。

「なあ、ママさん。あんたは、嘘をつくくらい、たいしたことじゃないと思っておるかもしれんが、一歩まちがうと大変な話になる。人がひとり死んでおるんだ。これが万一、事故じゃないということになったら、あんたは殺人の片棒を担いだと疑われるかもしれんのだぞ」

「そんな威しなんて怖くないわ。つかまえたければ、つかまえればいいじゃない」

しほは強がった。

「あんたがいくらがんばっても、バーテンダーや他の従業員がおるんだ。意地ははらんほうがいい」

「つかまえなさいよ」

しほは光る目で安河内を見すえた。

「まあまあ、待ちなさい。他の話を訊こう」

「他の話？」

しほが眉をひそめた。

「何のことよ」

「あんた、このマンションにどれくらい住んでいるのかね」

「お店を始めたときからよ」

「その前は？」

「東京よ」

「東京のどこかね」

「新宿」

「夜の仕事をしていたのか」

しほは頷いた。

「店の名前は？」

「クラブ『ブルー』」

「新宿のクラブ『ブルー』だね」

「そう」

「何年前に『シルビア』を始めたのだっけ？」

「ちょうど十年よ」

「とすると、ここに十年、住んでいるわけだ」

「ええ」

「このすぐ近くに、『和《かず》』というスナックがあったろう」

「和」は、桑原和枝がやっていた店だ。だがその名を聞いたとたん、しほの顔が蒼白《そうはく》になった。

「し、知らない」

「知らないわけはない。ここに住んでおったのなら、すぐ近くだ」

「知らないってば」

「妙だね。九年前、つまりあんたがもうここに住んでいるときに、『和』のママが強盗に刺し殺されるという事件があって大騒ぎになったのだから、知らん筈はないと思うぞ」

しほは肩で息をしていた。

「だから知らないものは知らないのよ」

「かっぷくのいい色つきの眼鏡をかけた客というのは誰かね」

「えっ」

「目崎とときどききていた客だ。バーテンダーから聞いた。六十くらいで、そういう客がいるね」

しほは瞬きした。安河内はしほを見つめ、待った。

「――た、高州さん」

「高州。何をしている人かね」

「わたしの新宿時代のお客さんで、東京で会社をやっている人」

「目崎を初めて店に連れてきたのは、その高州って人かね」

「そうよ」

「なぜ東京の会社社長が、山岬の刑事を知っておったのだろうね」

「そんなのわかるわけないじゃない」

「さっきのスナック『和』であった強盗殺人だが、あんた、本当に知らないのか」

「知らないっていってるでしょ。しつこいわよ」

「しほさん、だったか。お名前を教えてもらえるかな」

「だから、しほは本名よ。ひらがなでしほ」

「上の名は？」

「大杉」

「大杉しほさんだね」

表情をかえず、安河内はいった。

「失礼だが、免許証とかをお持ちなら、見せてもらえんかね」

しほはハンドバッグから財布をだし、免許証を見せた。本名は言葉通りで、年齢は、今年で四十六になる。新しい免許証なので、本籍の記載はない。

「ありがとうございます」

安河内は免許証を返した。

「出身は東京ですか」

「そうよ」

「家族は今も東京に？」

「何か関係あるの、それが」

「まあ、いいじゃないかね。別にご家族に迷惑をかけることはないよ。あんたが協力してくれるのなら」

「充分、しているわ」

「高州に頼まれたのかね」

しほの顔がひきつった。

「何のこと」

「目崎のことだ。あんたの店で、同僚や部下と飲んでいたことにしろ、と」

「ちがうわよ。何いってんの。変なこといわないで」

「高州さんというのは、新宿で高州興業という会社をやっている人じゃないかね」

しほが目をみひらいた。

「し、知ってるの！？」

「いろいろと縁があってね。確か、山岬の関口建設とも取引のある会社だったのじゃなかったかな」

しほの目がさらに大きくみひらかれた。今にも目尻が裂けんばかりになる。

安河内は無言でしほを見つめた。唇が震え、泣きだしそうだ。

「隠していることがあったら、今、この場で話してしまったほうがいいと思うがね」

しほは黙っている。

「どうかね、大杉しほさん。それとも、署のほうにきていただいて、ゆっくりお話をお聞きするか」

しほははっと顔をあげた。

「わたしをつかまえるの？」

「つかまえはせんよ。任意で同行していただく」

しほは安河内の顔を見つめ、激しく首をふった。

「嫌。警察なんていきたくない！」

「だったら、本当のことを話してもらわないと」

「ねえ、お店にいかなけりゃならないの。明日の昼間じゃ駄目？」

一転して、甘えた口調になった。安河内は首をふった。

「残念だが、そうはいかんよ。あんたはいろんな関係者に連絡をとるかもしれん」

「関係者って誰よ」

「高州興業の社長や関口建設の人間だ」

「関口建設なんて知らない」

「お兄さんがいるのじゃないかね。剣一さんという――」

「誰よ、それ！」

しほの声がはねあがった。

「知らないわ、そんな奴！」

安河内は黙り、しほの顔を見つめた。

「関口建設には、只という名でつとめている。只進。だが本名は大杉剣一だ」

ここまで手のうちを明かすことになるとは思っていなかった。だがこうなれば引き返せない。しほが落ちるまで攻める他ない、と安河内は決心した。本当はこういう正面からの攻めは好きではない。だがいきがかり上、ひくにひけなくなっていた。

「あんたの身内だとばかり、思っておったが」

しほが顔を伏せた。何もいわない。安河内は待った。

「そうよね。考えてみたらバレない筈ないわよね……」

しほは低い声でいった。

「お兄さんが店にくることはあるのかね」

「こないで、といっているからめったにこない。あの人のおかげでどれだけ迷惑したか」

「今は真面目にやっているようだ。ま、名前をかえているせいもあるが」

しほは目を上げた。

「身内だけど、かかわりになりたくないの」

「いつ頃からそう思っているんだ」

「ずっと昔から」

「ここにきたことはあるかね」

「あるわ。九年前よ。『和』のママさんが殺された前日」

安河内は目をみひらいた。

「前日？」

「そう。お店にいく前に訪ねてきた。近くの現場から東京に出張するんで、着替えに部屋を貸してほしい、といわれたの」

「貸したのか」

「貸した。シャワーを浴びて、スーツに着替えてでていったわ」

「それは何時頃だ」

「夕方の六時頃よ」

「初めて訪ねてきたのか」

「前にも一度きた。刑務所をでてすぐ、この近くに住んだの。それから山岬の関口建設に就職して引っ越していった。近くにいたときに一度きたわ」

「着替えにここを借りた日だが、いきなりきたのかね。それとも前もって電話をしてきたのか」

「電話がきたと思ったけど、覚えてない」

「でていったのは六時頃なのだな」

「ちがう。きたのが六時頃で、でていくのは見てない」

「何だと？」

「わたし、お客さんとの同伴の約束があったから先にでたの。合い鍵を渡していった。鍵をかけてポストに入れておいてくれればいいからって。別にそんな金目のものがあるわけじゃなし、関口建設に入ってからはお金にも困ってなかったようだから――」

「待った。六時頃きたお兄さんをここに残して、あんたはでていった。それは何時だ」

「七時くらいかしら。わたしが先にシャワーを使うから、兄には待ってもらったの。訊いたら出張は、電車のあるうちに東京へ着けば大丈夫だって。それでわたしがシャワーを浴びてお化粧をしてでていったのが七時頃」

「そのとき、お兄さんは何を？」

「別に、そこにすわってテレビを見ていた」

「服装は？」

「作業衣みたいなの。スーツはビニールのケースに入れてもってきてた」

「で、お兄さんは何時頃、でていったのかね」

「わからない。八時か、九時頃じゃない？」

「あんたがその日帰ってきたのは何時頃だ」

「覚えてないわよ。たぶん、午前二時か三時。そのときにはもう兄はいなくて、鍵はポストに入っていた。だから気にもしなかった。寝て起きて、店にいこうと思ったら、『和』のところにパトカーがいっぱいきてて
びっくりした」

つまり只がこの部屋を訪れたのは、事件が発覚した日の前日で、桑原和枝が殺された当日だ。しかしそのことを大杉しほは気づいていない。桑原和枝の死体が見つかった日が、事件の起こった日だと思いこんでいる。日付の上ではその通りだろうが、営業日としては、殺されたのは死体の見つかった日の前日だ。

「ここに訊きこみの刑事がきたろう」

「きたわよ。兄のことは話してない。当然でしょ。刑務所からでて一年足らずだったのだから。何も知らない、で通した」

「その後お兄さんとは？」

「お店に二、三度きたわ」

「誰と、かね」

「関口建設の社長さん」

「他には？　たとえば目崎とは？」

「きたことない。あとは高州さんくらいよ」

「高州興業の社長と関口建設の社長をつないだのは、あんたの兄さんか」

「そう。兄はもともと高州さんに近かったの。それが服役してでてきたとき、いくところがなくて、たまたま人を探していた関口建設に入ることになった。そうこうしているうちに、高州社長を関口社長に紹介したみたい」

「関口建設の社長は、あんたの兄さんの過去を知っているのか」

「知ってると思う。名前をかえたのは、関口社長にいわれたからだもの」

「『和』のママの事件について、兄さんは何かいっていたか」

「別に何も。あのあと、しばらくおとさたがなかった」

「もしかして、目崎を高州社長に紹介したのは、あんたの兄さんじゃないのかね」

しほは首をふった。

「わからないわ。目崎さんから只って名を聞いたことはないから」

「確認するが、目崎は高州社長とはきたことがあっても、あんたの兄さんや関口社長とはきたことがない。一方、高州社長は、兄さんを通じて関口社長とは交友があった」

「そう」

「頭山という男を知っているかね。頭をつるつるにした大男だ」

「一度だけ目崎さんときた。親戚だといっていた」

「そのとき他に誰かいたかね」

「いなかったと思う」

「目崎が事故で死んだというのは、どうして知った?」

しほは黙った。

「どうした?」

目崎の事故死は、山岬ではあっという間に知れ渡ったが、大城ではちがった筈だ。というのは、県警が伏せたからだ。伏せた一番の理由は、飲酒運転の可能性が高かったからだ。

「高州さんが連絡をくれたの」

「目崎が死んだと?」

しほは小さく頷いた。

「目崎がおたくで飲んでいたことにしてくれと電話をしてきたのも高州じゃないのか」

しほははっと顔を上げた。

「目崎が頼んだのなら、死んだとわかった時点で無効だろう。わざわざつかまるような証言をする必要もない。それをあえてしたのは、断わりにくい相手に頼まれたからだと思うがね」

しほは黙っている。

「もしかして、高州に金を借りているかね」

否定をしなかった。安河内は息を吐いた。

「そういうことか」

「この店を始めるときに。高州社長は、本業だけどといって、安い利子で貸してくれたの。新宿時代、わたしのことを気に入ってくれてたから」

「今も借りているのか」

しほは頷いた。

「でも無理に返さなくていいって」

高州に会う必要がある。

「なるほどね。あんたはいわば弱みを握られているわけだ。よろしい。今日聞いたことは、全部秘密にしておこう」

「えっ」

しほが目を丸くした。

「高州が何を考えて、目崎がここで飲んでいたことにしろといったのか、調べがつくまでは、あんたの話はしない」

「でも調べがついたら――？」

「そのときは、奴の手がうしろに回る。だから心配せんでいい」

口止めをしておかなければ、高州が飛ぶおそれがあった。

「あんたもあたしとした話は、誰にもせんことだ。たとえ兄さんでも」

安河内はいって、名刺をだした。携帯電話の番号を書きこむ。

「もしまた何かあったら、あたしに連絡をしてきなさい。あんたが罪に問われないよう、なるべく相談にのる」

しほは名刺を受けとり、深々と頷いた。

39

只の九年前のアリバイをもう一度洗いなおす必要がある。それには高州がかかわっている筈で、もしこのアリバイがひっくり返ったら、桑原和枝殺しの容疑者として只が再浮上してくるだろう。

さらに目崎の事故も、そうでない可能性が高くなってきた。

車に乗りこみ、山岬に向かいながら安河内は考えていた。

だが目崎が殺されたのだとすると、その理由は何なのか。

すべては干場の登場から始まっている。だとすれば、あの夜のできごとが関係しているとしか思えない。胸中に苦いものが広がるのを安河内は感じた。

最初の死は、桑原和枝だ。それが九年前。強盗に殺された。次にそれから三年後、殿さまが奇怪な死にかたをして、刑事として検視した目崎が事件性なしの判断を下した。

そして六年後、干場が山岬に現われ、過去のことを調べ始めたとたんに目崎が死んだ。

死の前、目崎は不可解な行動をとっていた。職権の濫用ととられてもしかたがない嫌がらせを「人魚姫」にしかけ、直後、民間人である勝見の事務所を訪ねている。そしてその姿を見ていたシンゴから話を聞いた父親が、海に転落死した。

それらがすべて殺人だったとしたら。安河内は唇をかんだ。山岬をめぐって、四人もの人間が殺されたことになるのだ。

その理由は何か。殿さまの財産以外、ありえない。

安河内ははっとした。桑原和枝が殺される五日前、只はスナック「和」を訪ねていた。

その理由は何なのか。

答はひとつだ。干場家の血をひく、干場裕美の居場所を知るためだ。殿さま亡きあと、その財産がどこにいくのか、毒虫どもは、それを知りたがったのだ。

ところが六年も前に、干場裕美はアメリカで強盗に殺されていた。さすがにこの事件に山岬の人間は関係していないだろうが、その結果、干場家に跡継ぎはいない、と毒虫どもは思ったのだ。

チャンスを待ち、そして殿さまが殺された。殺人であるとわからないように、毒虫どもは刑事をも抱きこんでいた。

その刑事が口を塞がれたのは、干場が登場したからだ。

今ある疑いを、すべて署長に報告したら、いったいどんな反応が返ってくるだろうか。容疑が公になるだけで、山岬がひっくり返る大騒ぎが起こる。

車を警察署の駐車場に止めた。注意しなければならない。安河内の動きが毒虫どもに洩《も》れたら、自分が五人目の犠牲者にならないとも限らない。

だが安河内の足はバー「伊東」に向かっていた。

扉を押すと、バーテンダーが迎えいれた。

「今、お帰りかね」

「大城からな」

「すると騒ぎは知らないのか」

「騒ぎ？」

安河内は眉を吊《つ》りあげた。

「何の話だ」

「さて。一時間くらい前か。やけにパトカーがうるさく走り回っていた。新港町のほうで何かあったようだ」

「本当か」

そういえば、署の駐車場のパトカーが少なかったような気がする。刑事部屋には顔をださず、まっすぐ「伊東」に向かったが、何があったか確かめたほうがいいかもしれない。

安河内は携帯電話をとりだした。大杉しほの部屋を訪ねるときに電源を切り、そのままになっていた。

電源を入れ、署の刑事課を呼びだした。宿直の刑事が応えた。

「あ、安河内さん！　今どこですか」

「大城から戻ってきたところだが、何かあったのか」

「『人魚姫』で、よそ者のマルBと岬組の連中がもめたんです」

「よそ者のマルB？」

「本人たちは警備員だといっているようですが、どう見てもマルBで、それが飲みにきた岬組の連中を門前払いにしたんで喧嘩《けんか》になったようです」

「それで？」

「松本って岬組のチンピラが殴られて、いったん事務所に戻ったあと、今度は人数を集めて『人魚姫』に押しかけました。店の看板やテーブルを壊したってんで一一〇番通報があって、組員三名をとりあえず傷害と器物損壊でパクったところです」

「岬組のか」

「はい」

「『人魚姫』側はどうした」

「松本を殴ったのが出頭していて、今、身許《みもと》を照会中です。本人はカタギだといいはってますが、どうやらちがうようです」

安河内は息を吐いた。

「わかった。これから『人魚姫』にいってみる」

「お願いします。たぶん岬組の連中もまだ何人かその周辺にいて、自称警備員の奴らとにらみあっている筈です。なんだか、いきなり物騒な感じになってきましたよ」

電話を切った安河内にバーテンダーが問いかけた。

「お預けかね」

手に空のグラスをもっている。

「どうやらそのようだ。この歳《とし》になって商売繁盛もいかがなものかな」

携帯電話が鳴った。画面を見て、安河内は首をふった。耳にあてる。

「はい、安河内です」

「今、どこですか」

落ちついた声で署長がいった。

「駅前の『伊東』というバーです。これから『人魚姫』に向かおうとしているところですが」

「その前に報告をして下さい。署長室にいます」

電話は切れた。安河内は無言で宙をにらみ、息を吐いた。

「面倒な仕事がさらに増えたようだな」

バーテンダーがいった。安河内は頭をかいた。

「お人好《ひとよ》しなのも考えものだ。皆があたしを便利屋あつかいする」

バーテンダーは鼻を鳴らした。

「誰がお人好しだって？　安さんがお人好しなら、この世は仏さまだらけだ」

安河内はバーテンダーをにらみ、人さし指をつきつけた。が、何もいわずに腰をあげ、バー「伊東」をでていった。

徒歩で署に戻り、建物の中に入った。内部は静かだが、どことなく空気がちがうのを感じた。安河内はエレベーターを使い、署長室のある四階にあがった。

署長室のドアをノックした。秘書官はいないようだ。署長だけが残業することはまずないので、無理に帰したのだろう。

「どうぞ」

署長の返事があり、安河内はドアを押した。

制服から通勤着に着替えた署長がデスクに向かっていた。スカートにジャケット姿だ。背後のレースのカーテンを通して、山岬の町の夜景が見える。大きな建物がないせいで、署長室からは、南側の町が一望できるのだ。

「ご苦労さまです」

署長はいって立ちあがった。デスクの手前にある応接セットを示す。

「失礼します」

安河内は応接セットのソファに腰をおろした。

署長は部屋に備えつけの冷蔵庫から缶ビールを二本とりだした。

「今日はもう運転はしないわね」

確かめるようにいって、一本を安河内の前におく。

「恐縮です」

安河内は軽く頭を下げた。目の前にいる署長は、確か三十六になる。公務員I種試験に合格し、警察庁に採用されたあと、ただちに警部補となり、二年目に警部、二十八で警視に昇進している。その間、各地の県警と警察庁をいききし、所轄署の署長に赴任するのは、これが二度目だ。

背が高く、顔立ちもはっきりしていて、体育の女教師のような雰囲気がある。署長の赴任と同時に副署長もかわったが、噂《うわさ》では、その副署長を大城の県警本部からひっぱってきたのも署長だという。

「こんな時間に申しわけありません」

署長がいい、ビールを勧めた。安河内は、いえ、とつぶやいて缶を手にした。どうもこの署長が苦手だった。自分が狸《たぬき》なら、相手は狐《きつね》だ。しかも、ときどき鋭い歯が見え隠れする。

「で、何がわかりましたか」

いきなり訊ねられた。安河内は覚悟を決め、ビールを呷《あお》った。署長の顔を正面から見る。

女にしては濃い眉と太い鼻筋をしている。〝おかま顔〟だと陰口を叩《たた》く署員もいた。

「事件性があります」

「どんな？」

「殺し、です」

署長の表情はかわらなかった。

「被疑者は浮かんでいるの？」

安河内は頷いた。

「動機は？」

「それは今、調べています」

「応援は必要？」

安河内は首をふった。

「いえ、自分ひとりで大丈夫です」

「つまり信用できる人間がいない、ということね」

署長はいって、缶ビールを開けた。安河内は無言だった。

「今日、大城から複数の人間が市内に入った。トランスリゾートが手配した警備員、という触れこみで」

「聞きました。飲食店で地元の人間ともめたそうですね」

「さっき市長から電話をもらいました。暴力団の犯罪には毅然《きぜん》たる態度で臨んでいただきたい、とのことでした」

「その暴力団というのは、どっちです？」

「岬組でしょうね」

安河内は頷いた。

「トランスリゾートは、お咎《とが》めなしですか」

「トランスリゾートは狼栄会《ろうえいかい》のフロント企業ですが、市長はそれを知らないようです」

「教えてやらなくていいのですか」

署長は無言だった。

「トランスリゾートの柳《やなぎ》ですが、あれはあたしの見たところ本職です。フロントなんかじゃない」

「そのことが今回の件に関係していますか」

今回の件、とはすなわち目崎の〝事故死〟に関する捜査だ。安河内は首をふった。

「いえ。今のところは」

「であるなら、安河内さんは目前の事案に専念して下さい」

「了解です」

「何か気になることはありますか」

安河内は迷った。傷害致死罪で服役していた大杉剣一が只進と名前をかえ、関口建設にいる。そしてその妹が経営するスナックで、目崎が飲んだあげく事故を起こしたという絵図を、東京の高州興業の社長が描いた、と話すべきだろうか。大杉剣一の九年前の行動を洗いなおせば、桑原和枝殺しの容疑者が浮かぶかもしれない、とも。

が、結局告げなかった。

「ありません」

署長は、安河内の迷いを見抜いたかどうか、表情をまるでかえず、いった。

「今後も、よろしくお願いします。何か決定的なことが判明したら、わたしの携帯あてに連絡をして下さい」

「承知しました」

安河内は立ちあがった。署長がいった。

「トランスリゾートの柳と桑野《くわの》は、狼栄会の正式組員です。東京本部に所属しています」

安河内は署長を見つめた。フロントとは、通常、正規の組員が属さない企業舎弟をさす。組員が企業内にいると、暴対法による規制がかかるため、あえて組員を外すのだ。

「やるんですか、柳たちを」

正式の組員であると判明すれば、届出が異なる名義であっても「人魚姫」の営業許可をとり消すことができるし、他にもトランスリゾートに圧力をかける方法がある。

「今は、まだ」

署長はいって首をふった。こういうところが苦手だ、と安河内は思った。とにかく、自分からは何もいわない。頭がよすぎるので、何もいわなくても、相手もわかってくれると思っているのだろうか。

いや、それはない。単に話す気がないだけだ。

「やるときは教えてもらえますか」

安河内がいうと、珍しく署長は困ったような顔をした。

「地元の人間を使いたくないの」

「あたしは、半分地元ですが、半分地元じゃありません」

署長は頷いた。

「考えておきます」

嫌な感じだ。だがそういったところで、この署長には露ほどもこたえないだろう。

「失礼します」

「ご苦労さまでした」

署長室をでた安河内は、刑事部屋に寄ることなく署をあとにした。警らにでようとしているパトカーをつかまえ、巡査に「人魚姫」で落としてくれ、と頼んだ。

「今日は営業していません。さっきの騒ぎで閉めてしまいました」

「じゃあ観光ホテルだ」

「了解しました」

観光ホテルの前に立つと、妙に張りつめた雰囲気が漂っていた。いかつい男が二人、死んだシンゴの父親が着ていたのと同じ法被《はっぴ》を着て、玄関にいる。パトカーから降り立った安河内に、無言で頭を下げた。

「専務はいるかね」

「どちらさまでしょうか」

「安河内って者だ。夕方のことで話が訊きたい」

「申しわけありません。今、でかけております」

「いつ、帰ってくる？」

「聞いておりません」

「じゃあ桑野はどうだ」

「桑野も同行しております」

「そうか」

安河内はいってロビーに足を踏み入れた。フロントの支配人を捜したが、カウンターの中にも見知らぬ男がいた。

「マネージャーはどうした」

「私ですが」

見知らぬ男が答えた。

「元からいた支配人だ」

「朝、でてきます。夜間はしばらく、私がマネージャーをつとめさせていただきます」

安河内は男を見つめた。本職の極道には見えないが、カタギにしては目つきが鋭い。

「マネージャーというよりは用心棒だな」

男は答えなかった。視線をそらしただけだ。

「専務がでかけた先に心当たりはないか」

「申しわけありませんが」

男は首をふった。

安河内の携帯が鳴った。バー「伊東」のバーテンダーからだった。安河内は耳にあてた。

「はい」

「『令子』にぞろぞろ、入っていくのを見かけてね。あの若いのがいないんで、安さんには知らせておこうと思って」

バーテンダーはいった。

「ぞろぞろ？」

「岬組の連中だ。こんな晩に飲みにでてるのも妙じゃないか」

「わかった。今からいってみる」

安河内は答えた。

40

「令子」の扉を押し、中に入ったとたん、

「鍵、かけとけ、つったろう!」

頭山の鋭い声が飛んできた。扉のそばに立っていた若い衆が、首をすくめた。

「何だ、貸し切りかね」

わざと安河内はいった。

「令子」の店内に、頭山と六人の岬組の組員がいた。頭に包帯を巻いた松本の姿もある。組長の姿はない。

「安河内さん――」

頭山があきれたようにいった。令子と洋子が中に立つカウンターを、頭山ら組員が囲んでいる。他の客はいない。

「たまには美人に酌をしてもらおうと思ってな。そういや松本、怪我《けが》の具合はどうだ」

「どうってこと、ないっすよ」

松本は肩をそびやかした。

「お前を殴った奴はつかまったらしいな」

松本は目を三角にした。

「勘弁して下さいよ。殴られたわけじゃないですから。転んだ弾みで、頭ぶつけただけっすから」

「そうか」

安河内は令子を見た。多少緊張はしているが、怯《おび》えているようすはない。

空いているボックスに安河内は腰をおろした。

「とりあえず、ビールをもらおうか」

令子が小ビンとグラスを手にカウンターをでた。頭山がいまいましそうに、にらんでいる。

「組長抜きとは珍しいな」

「私らだって、たまには息抜きしたいですよ。そういや、電話した件、お役に立てましたかね」

頭山はわざとらしい笑みを浮かべて答えた。

「ああ、あの件か。お前さん、関口建設の只って男を知ってるか」

「只さん……」

首を傾《かし》げた。

「聞いたことないですね」

「『シルビア』にときどき現われていたらしい」

「目崎さんとですか」

安河内の向かいにすわり、ビールを注いでいた令子の手が止まった。

「いや。別の人間と、さ」

「別の人間？」

「こっちの人間じゃないから、お前さんにいってもわからんだろう」

「そうですか。ま、お役に立てたのなら何よりです」

頭山は背を向けた。

「干場クンを捜しにきたの」

小声で令子がいった。安河内はグラスを手にした。署長室で飲んだ缶ビールは味がしなかった。極道がいすわるスナックで飲むビールのほうが、はるかに味がある。

「何のために」

「わからない。どこにいったか知らないかって、しつこく訊かれた」

「そういえば、シンゴはどうした」

「イクミとかがいっしょにいるから大丈夫」

「そうだ！」

不意に松本が大声をだした。

「あのガキなら知ってるかもしれません。なついてましたから」

「ガキ？」

頭山が訊き返す。

「ほら、親父《おやじ》が土左衛門であがったガキですよ。いっしょに歩いてるとこ見たんです」

「馬鹿！　声がでけえ」

頭山が叱りつけた。安河内はふりかえった。

「干場を捜しているらしいが、あいつなら山岬にはおらんぞ」

「どこにいったんですか」

すばやく頭山が訊ねた。

「それを訊くなら、なぜ捜しているかを教えてもらおうか。カタギのあの男をお前さんらが捜しているとなると、おだやかじゃないのでね」

安河内は答えて頭山を見つめた。

「いえ、うちの松本から話を聞いた組長が、そんなに強そうな奴なら会ってみたいって」

「会って、どうするんだ」

「さあ。ひっぱろうなんて話があっても、安河内さんにはいえませんよ」

安河内は煙草に火をつけた。

「それだけか」

「目障りだから沈めてこい、とかそんな話になってるのじゃないかと思ってな」

令子が口もとに手をやった。

「何いってるんすか。俺ら、ずっとおとなしくやってて、安河内さんに迷惑かけたことなんかなかったじゃありませんか」

「確かにな。だが、おとなしくやればやるほど、極道はじり貧になるご時世だからな。そろそろ何かしら、したいだろう」

「じり貧になってんのは、よそ者の極道にそちらさんが甘いからじゃないですか」

頭山の顔が真剣になった。カウンターを立ちあがり、安河内の向かいにすわる。

「ちょっと、勝手に席を移動しないで」

令子がいった。

「小学生じゃねえんだ。お互い知らないわけでもない。カタいこというな」

頭山は見向きもせず、安河内だけをにらみつけた。

「珍しい。酔ってるな」

安河内はいった。

「まあ、飲み屋にいるんですから、酔って文句いわれても困ります」

「確かにな」

「なんでサツはあいつらをほっておくんですか」

頭山はいった。喋《しやべ》っていた他の組員が黙りこんだ。

「あいつらってのはトランスリゾートの人間のことか」

「もちろんですよ」

安河内は息を吸いこんだ。

「いいわけをするつもりはないが、あたしは今日丸一日出張していてね。何が起こったのか、ぜんぜん知らんのだ」

頭山はあきれたように手下をふりかえった。

「おい、誰か、説明してやれや」

松本が仲間につつかれ、立ちあがった。

「あいつら、今日の昼過ぎくらいに車でどかどか乗りつけやがったんです。観光ホテルにぞろぞろ入っていって、それから『人魚姫』にいく連中もいました」

安河内は松本を見た。

「お前さん、それをずっと見張ってたのか」

「縄張《シマ》りうちですからね。見かけねえのが現われりゃ、それなりに気にしますよ」

頭山がかわって答えた。

「だってあいつら、サラリーマンには見えないじゃないですか。トランスリゾートの柳が呼んだに決まってる」

　松本がいった。

「それで？」

　安河内は先をうながした。

「夜になって、飲みにいこうって話になったんですよ。俺とあと二人で『人魚姫』へいったんです。そうしたら、見たことねえドアボーイが『入れません』て」

「入れない理由はいったのか」

「入口のところに、きのうまでなかった張り紙がしてあって。『同業者並びに暴力団員ふうの方はお断わりします』、それにひっかかるっていうんです。でもそんなのおかしいじゃないですか。きのうまではオーケーで、今日からいきなり駄目なんて、ムカつきますよ。それで俺がちょっとごたくれたら、奥から何人もでてきやがって……」

「弾みでコケたってわけだ」

　頭山があとをひきとった。

「それであっさり引き下がったのか」

　安河内は訊ねた。松本は頰をふくらませた。

「冗談じゃないっすよ。すぐ事務所に連絡して、人を呼びました。そうしたら奥から、あの柳ってオヤジがでてきて、いったんです。『岬組の人間は、今後は一切、店に入れない。観光ホテルも同じで、立入禁止だ。もしきたら一一〇番するか、叩きだす』。ふざけんなって話でしょうが。お前ら、何様だって、いいたくなりますよ。よそ者のくせにでかいツラしやがって」

「野郎、本当に一一〇番しやがったそうです。パトカーがきて、こいつら引きあげるしかなかった。おかしくないですか。そりゃ俺たちは極道だが、長いことこの町でやっていて、別に警察に厄介をかけることもなかった。なのに、あいつらがきたとたん、急にサツは、俺たちを目の敵《かたき》にしてる」

頭山がまくしたてた。

「聞いた話じゃ、トランスリゾートの社員を連行した筈だ」

頭山は鼻を鳴らした。

「そんなもん、すぐに釈放っすよ。わかってんだ。トランスリゾートは、市のお偉いさんとくっついてる。サツだって、どっちの味方をするか」

「市のお偉いさんてのは誰のことだ？」

「知っているでしょうが、市長っすよ。トランスリゾートは、潰れかけてた観光ホテルや水族館をテコ入れした。噂じゃ、マリーナも狙ってるっていうじゃないですか。市の借金を肩がわりしてくれるってわけだ。市長はトランスリゾートさまさまだ」

「柳が若い衆を呼んだ理由はわかるか」

「そろそろ山岬が手前《てめえ》らのものになった、と踏んだんでしょうよ」

「シンゴの父親が死んだ件に関係がある、とあたしは見てるんだがな」

「はあ？」

頭山は瞬きした。

「下足番が自殺した件とどんなかかわりがあるってんですか」

「柳は、あれを自殺じゃない、と思っている。下足番だろうと身内を殺《や》られ、黙っていられなくなった」

「待って下さいよ。確かにこいつが下足番の倅《せがれ》をいたぶった話は聞いています。けど、俺らが殺したと思ってるのなら、大まちがいだ」

頭山が真顔になった。

「じゃ、なぜシンゴの父親は死んだ」

「そんなの俺たちが知るわけないじゃないですか」

「そういえば、お前さんとこの組長が勝見先生と会っていた件だが、何か聞いたか」

「え？」

頭山はあっけにとられた表情になった。

「そのことと何か関係あるんですか」

「いや、たまたま思いだしただけだ」

安河内はとぼけた。目崎が勝見のもとを夜訪ねていて、それをシンゴが見て父親に話したことを、頭山が何らかの形で知っているかどうか試したのだった。

「トランスリゾートのやり口が気に入らないのなら、勝見先生に相談してみる手もあるだろう。案外、組長は、そんな話をしにいっていたのじゃないか」

「勝見先生は市長とべったりじゃないですか。アテになんかなりませんよ」

頭山は吐き捨てた。

「あのライオン爺《じじ》い、何を考えてるんだか、まったくわかりませんね」

「そういえば、目崎と勝見先生はつきあいがあったようだな」

「死人の悪口はいいたくないすけどね。目崎さんは、得になるなら、どんな相手とも組んでましたよ。勝見先生に何かいわれりゃ、尻尾ふって飛んでいったでしょうよ」

「厳しいことをいうな。お宅のためにもあいつはいろいろやってたのじゃないか」

「何のことっすか」

「隣のスナックの立《た》ち退《の》き交渉とかに目崎がついているのを見たんだよ」

頭山は天を仰いだ。

「あれは組長の道楽みたいなもんです。目崎さんは組長に恩が売りたかっただけです。別にワイロを渡していたとか、そんなのじゃないすから」

「だろうな。じゃなきゃ、ああおおっぴらに、おまえさんたちにつきあっていられない」

「とにかく、下足番のオヤジが死んだことで俺らを疑ってるのなら、そりゃとんだお門ちがいってもんです。むしろ柳とか、あいつの運転手のほうが怪しい。オヤジを海につき落としといて、警備を強化しなきゃなんないとかほざいて、若い者を呼んだってことも考えられるじゃないですか。奴にしてみりゃ、下足番のオヤジがいなくなっても痛くもかゆくもねえんだ」

頭山は吠《ほ》えるようにいった。

「そうですよ。きっとそうにちがいない。柳の野郎、シンゴの親父を鉄砲玉がわりにしたんですよ。うちと戦争する気なんだ!」

聞いていた松本が叫んだ。安河内はにらみつけた。

「おい! 戦争とか、めったな言葉を口にするんじゃない。トランスリゾートの人間が聞いたら大ごとになるぞ」

頭山は煙草に火をつけ、煙を吹きあげた。

「安河内さんも知ってるんでしょう。あいつらがカタギじゃねえって」

「らしいな」

「知っててなんで、キャバなんかやらせてるんですか。それこそサツがつるんでるっていわれてもしかたがありませんよ」

「確かにな」

頭山は身をのりだした。

「はっきりいいますよ。組長はもう、組がどうなろうと、正直、何とも思ってねえ。けど、俺には、若い奴らに対するケジメってものがあるんです。よそ者の極道が、いきなりやってきて、何十年て、俺たちが守ってきた土地で好き勝手やるのを、知らんふりするわけにはいかないんだ。銭金の問題じゃない」

安河内は頭山の顔を見なおした。

「銭金?」

頭山はそっぽを向いた。

「さっきの勝見先生の件ですよ。勝見先生は、マリーナの権利をトランスリゾートに売ろうとしていて、うちの組長にもどうだって勧めたらしいです。もってたって一文の得もないから、売っちまえってことでしょう」

「なるほど。で、組長は売る気なのか」

「けっこうな額らしいんで、揺れてるみたいです。若い者を痛めつけた相手に買ってもらおうってんですからね。いい気なもんですよ」

「干場のこともあるな」

安河内はつぶやいた。

「え？」

令子が安河内を見た。

「干場クンが関係あるの？」

「もし干場が殿さまの、本物の甥《おい》っ子《こ》だとしたら、マリーナに当然、所有権が生じる。そうなってから、勝見先生やお前のとこの組長が権利を売るといっても、今より安くなる」

「そうか。もし干場クンに権利の半分があるとなったら、勝見先生たちの権利も半分返さなくちゃならなくなるわけね」

令子がいった。

「実際の数字は詳しく調べなければわからんが、干場が相続人として名乗りをあげる前に売ってしまったほうが高く売れるのはまちがいない」

安河内は頷いた。

勝見に会う口実ができた。マリーナの権利売却のことを訊ねに、明日にでもいってみる手だ。

「それでうちの組長は、干場を捜していたのですかね」

頭山はつぶやいた。

「かもしれんな」

先に組長の有本に会い、そのあたりを詰めておく必要がある。高州に会いに東京にいくとすれば、それからだろう。とにかく、干場が証明書類をもって山岬に戻ってくれば、事態は一気に動きだす。

それにしても、署長の真意はどこにあるのだろうか。安河内は一瞬、放心した。市長と同じで、トランスリゾートの側なのか。それとも、まるで別の狙いをつけているのか。

「もしトランスリゾートがマリーナの権利を全部手に入れたら、いったいどうなっちゃうんですかね」

松本が頭山に訊ねた。

「岬組はおしまいだ。トランスリゾートは、マリーナを拠点にいろんなビジネスをする気だし、それだけの資金もある。奴らのバックには、全国組織がついているからな。うちだけじゃ、とうてい太刀打ちできねえよ」

安河内ははっとして、頭山を見た。

「お前さん、まさかそのために大城にいってたのじゃないだろうな」

大城一家に接近し、万一のときに加勢を頼むつもりだったのではないか。大城市でも、トランスリゾートの背後組織狼栄会は勢力を伸ばし、大城一家をおびやかしている。敵の敵は味方、という論理だ。

頭山は薄笑いを浮かべた。

「さあねえ。打てる手は打っておかなけりゃってことですよ」

「よく考えろよ。まかりまちがうと、山岬は戦場になるんだぞ」

安河内がいうと、頭山は鋭い目で見返し、いきなり立ちあがった。

「魚くせえ、こんな田舎町で、生きながら腐ってくより、よほど極道らしいじゃないですか。俺はもう、うんざりなんですよ」

その、「うんざり」という言葉が何に向けられたのかは、はっきりしていた。組長の有本だ。頭山が反旗をひるがえすのも時間の問題だった。そうなったら岬組は大城一家と手を組み、公然と狼栄会と対立する。大城一家は兵隊を山岬に送りこみ、代理戦争が勃発するだろう。

「おい、いくぞ!」

「はいっ」

頭山が声をかけ、一党はぞろぞろと扉に向かった。

「頭山――」

安河内が呼びかけると、頭山はふりむき、にやりと笑った。

「流れって奴ですよ、安河内さん。こんな片田舎でも銭になるって目をつけた向こうが悪い。今までもってたものを、たいして価値があるなんて思いもしなかったのが、急に銭になるとわかったら惜しくなるのは人の情でしょう。なのに、自分の懐のことしか考えていないのが、どこかの親分だ。笑っちまう」

安河内は無言で首をふった。

41

翌日、署には向かわず、安河内は観光ホテルを訪ねた。さすがに柳は戻っていた。安河内の姿に気づくと、以前も向かいあったロビーのソファに案内した。

桑野の姿はない。

「きのうは騒ぎだったらしいな」

「たいしたことじゃありませんよ。ドアボーイがあんまり臆病なんで、よそから人を入れましてね。そいつらがちょっと威勢がよすぎた。ひっぱられた奴も、もう帰してもらいましたし……」

柳はとぼけた表情でいった。

「それより、うちの下足番の件、調べは進んでいるんですか」

「あたしは担当じゃないから何ともいえんが、遺体の調べしだいだな」

検視の結果、事件性ありと判断されれば、大城の大学病院に送られる。

「自殺のわけがねえ」

　柳が吐きだした。

「ほう。なぜ、そう思う」

「下足番のオヤジは、背広を着ていった。誰かに会うためになりを整えていったんだ」

「自殺するんで整えたのかもしれん」

「俺の読みをいいましょうか。オヤジは金に困ってた。嫁の体が悪くて、手術費用が必要だったっていうじゃないですか。オヤジは金の工面にでかけたんです。借りるか、どうかしようとしていた。その銭を狙った奴が、海につき落としたんだ」

「借金の申し込みなら、まずお前さんにした筈だ」

　安河内がいうと、柳は息を吐いた。

「実はありました。もう半年以上も前ですがね。五百万貸してほしいといってきた。給料の前借りです。ですが、こっちはいずれクビにするつもりでしたし、五百万なんて何十年かかるかしれない前借りをさせるわけにもいかない。断わりましたよ」

「クビにしなかったのはなぜだ」

「別に。何となく、ですよ」

　安河内は柳を見つめた。

「干場に関係があるのじゃないか。シンゴと干場は仲がいい、それでクビにしなかった」

「そりゃずっとあとのことです。本当は、うちがここを買いとったときに辞めてもらうつもりだった。悪いがあんなオヤジより、もうちっと色気のある若い女の子でもおいたほうが客うけもする。ついでにコンパニオンでも入れて、色っぽい商売もやろうかと思ってたんですがね」

「なるほど。そっちのほうが、お前さんらしいやりかただ。地味にホテル経営をするよりはよほど稼げただろう。なんでそうしなかったんだ」

柳は目をそらした。

「いろいろ、すよ。資金ぐりの問題とか」

「資金は関係ないだろう。『人魚姫』のオープンに使った金に比べれば、たいしたことはない筈だ。キャバ嬢よりちっと見かけは落ちても、そのぶんお触わりだ何だがオーケーの稼ぎたいお姐《ねえ》さんをよそから連れてきて、空いてる部屋を寮がわりにすればすんだことだ」

安河内がつっこむと柳は黙った。

「色営業は金になる。だがそれだけに地元の反発を買いやすい。初めのうちはおとなしくやっていこうって話だったのじゃないのか」

「わかってんなら、いちいちからむことないでしょう」

柳は安河内を上目づかいで見た。

「マリーナの権利を買いとる前に地元の反発は食いたくなかったってことか。市長あたりからいわれたのじゃないのか」

柳は瞬きした。

「何のことですか」

「マリーナをトランスリゾートが買いとろうとしている話だ。勝見先生は乗り気で、岬組の有本にも今のうちだとけしかけたらしい」

「そりゃありがたいが、俺としちゃ何ともコメントしようがない」

柳は煙草に火をつけた。

「何を狙ってるんだ」

「狙う？」

「トランスリゾートは観光会社の皮をかぶってるが、中身はれっきとした極道だろう。もろもろ暴対法にひっかからないように隠してたってお見通しなんだよ。それが潰れかけたマリーナ買いとって、何をしようっていうんだ」

柳は目を光らせた。

「妙なアヤつけないで下さい」

安河内は柳の目をのぞきこんだ。

「トランスリゾートのうしろに狼栄会はいないって、お前さん、いいきれるのか」

「うちはやくざお断わりでやってくことにしたんです。なのにうちのバックがやくざだったら、洒落《しやれ》にならない」

柳は冷ややかにいった。

「ずっとその方針でやっていけるかな」

「どういう意味ですか」

「岬組が喧嘩しかけてきたらどうする。殴られっぱなしでいられるのか」

「そのために警察があるんでしょうが。一一〇番したらさっさときて、パクって下さいよ」

「この小さい町で、警察もあまりアテにならないと思うぞ」

「冗談じゃない。何の威しですか」

柳の顔が真剣になった。

「まるで俺らのほうが悪いみたいないいかたをしないで下さい」

「悪いんだよ」

安河内はいった。

「確かに岬組は極道だが、その岬組をつついているのはお前らだろう。マリーナの権利を買うの買わないので、町を揺さぶっている」

「れっきとしたビジネスじゃないですか。それにやくざ者が反応しているからって、こっちが悪いっていうのか」

柳の言葉づかいがかわった。

「原因をつくったのはそっちだといいたいのさ」

「じゃ今までこの町はまっとうだった。やくざ者がいても何ひとつ悪いことは起こらなかった。あんた、そういいきれるのかよ」

柳は安河内をにらみ返した。

「いや。いいきれないな」

「じゃ、何だよ。ことなかれ主義か？　今まで悪いことはあったが、皆が気づかねえ、裏で起こっていたから許される。けど俺らがきたんで、それが表にでてきた。だから気に食わねえってのか」

「俺はちがうが、もしかしたらそう思う人間もいるかもしれん」

「ふざけんな。目崎みたいな悪徳刑事をのさばらしといて、何をほざいてやがる」

「その目崎だが、殺されたとあたしはみているんだ」

「おいっ」

柳は大声をだした。

「まさかそれを俺たちにしょわせるつもりじゃねえだろうな」

「お前さんには動機がある」

安河内は静かにいった。

「ふざけんな。あんな嫌がらせていどでいちいちデカを殺すかよ」

「あたしもそう思いたいところだ。さもなけりゃ、あたしの命だって危ない」

柳は目を細めた。

「怒らせて俺に何をいわせたいんだ」

「本音って奴だよ。柳さん」

「――帰れや」

柳が吐きだした。

「あんたと話すことはもうねえ」

安河内は肩をすくめた。

「またくるとしよう。どのみち、干場が戻ってきたら、いろいろと動くだろうしな」

「奴が帰ってきたって、こっちには関係ないね」

「そうはいかんさ。もし干場が、マリーナの権利の半分を主張できる証明をもって帰ってきたら、この町はひっくり返る」

「だとしても、あんたと俺が会う理由はねえ」

「勘ちがいするなよ。あたしに理由があると思えば、何度でもお前さんに会うことができるんだ。デカだからな」

安河内はいった。そして観光ホテルのロビーをでていった。

署に戻ると、シンゴの父親の検視結果をまず見た。外傷は頭部と両手にある。頭部の負傷は、堤防から落ちたときにぶつけたものか、鈍器等で殴られてできたものか不明、となっていた。両手は、明らかに海中の貝や岩による擦過傷だ。

「解剖に回しましょう。死因が溺死だとしても、頭の傷が何でできたか気になる」

安河内は刑事課長にいった。二年前によその署からきた人物で、安河内を山岬署のお荷物だと考えているのを知っていた。それだけに、安河内の言葉に目を丸くした。

「事件性あり、と思うのかね」

「当然です。マル害は、事件当夜、誰かと会う約束をして、職場をでていった。そのためにふだんは着ない背広をわざわざ着ていったんです。その誰かに殺されたのかもしれない」

「誰が殺す。皆が顔見知りの町で――」

「顔見知りだからこそ、殺したのかもしれんでしょう。マル害は金に困っていたという情報もあります。借金の工面にでかけ、その金を狙った第三者に襲われたのかもしれない」

「マル害に金を貸したという人物はでてきていない」

「とにかく解剖に回して下さい」

安河内が主張すると、刑事課長は嫌な顔をした。

「あんたの担当は目崎じゃなかったのか」

「目崎の件も事件性あり、と判断しています。本当は店にきてもいないのに、きて大酒を飲んで帰った、と証言しようとした大城の飲食店関係者がいます」

「何だと」

刑事課長は目をむいた。

「『人魚姫』をでてからの、目崎の行動が今ひとつ不明です。本当に大城にいっていたのかどうか」

いってから安河内ははっとした。シンゴの父親は、目崎のことで勝見を強請《ゆす》ろうとしたのではないか。目崎が勝見のもとを訪ねていたと息子から聞き、目崎の死が事故ではない可能性を思いついた。それを匂わせ、勝見に借金を申しこんだ。勝見が応じれば、何かうしろ暗いことがある、というわけだ。

「安河内さん、こういっちゃ何だが、その、あんたらしくないのじゃないかね」

刑事課長がおそるおそる、といった顔で見つめている。

安河内はにっ、と笑った。

「もうすぐ停年ですからね。ちっとはデカらしいこともしてみたいんですよ」

机の前に戻ると、令子の携帯電話を呼びだした。

「シンゴはどうしてる?」

「さあ。学校じゃない? お父さんの遺体が戻ってこないのでお葬式もだせないみたいだから」

「シンゴの携帯の番号、わかるかな」

「イクミに訊くわ。授業中かもしれないから、メールで訊く。わかったら連絡する」

「頼む」

「ねえ、干場クンはいつ帰ってくるの」

「さて、な。二、三日はかかるだろうから、早くても明日というところじゃないか」

令子はため息を吐いた。

「どうした、心細いのか」

「そんなんじゃないわ。でもあの人がきてから、何だか町のようすがかわってきたように思うの。お客さんは減ってるし」

いってからあわてたようにつけ加えた。

「お客さんとして干場クンにきてほしいってわけじゃないわよ。いやだ、あたし何でこんなことを安河内さんに話してるのだろ」

安河内は笑った。

「女は、好きな男の話を、誰が相手でもしたくなるものだよ」

「うるさい！」

令子は小さく叫んで、電話を切った。

二十分後、令子から電話があった。シンゴは学校を休んでいるという。イクミの話ではたぶん、駅の近くをうろついているのではないか、ということだった。携帯電話の番号を聞き、安河内はかけた。

何度かの呼びだしのあと、

「はい」

知らない番号だからか、硬い声でシンゴが応えた。

「安河内だ。今、どこにおる」

「学校」

「嘘をつくな。大丈夫だ、お前さんを補導しようというのじゃない。親父さんの話を聞きたいだけだ」

「港だよ」

「漁港か」

「そう」

「そこにいてくれ。今からいく」

覆面パトカーで漁港に向かうと、シンゴが堤防に腰かけ、煙草を吹かしていた。

「おい、いちおう警察なんだ。煙草は隠せ」

シンゴは醒《さ》めた目で安河内をふりかえった。

「パクりゃいいじゃねえかよ」

「一丁前な口をきくな。小僧のくせに」

シンゴは無言で煙草を堤防にこすりつけた。安河内は隣に腰をおろした。トンビに追われたカモメの群れが鳴き声をあげて沖へと飛び去った。トンビは満足したように空高く舞い、大きな円を描いている。

「親父さんだけどな、ずっと山岬の人だったな」

「そうだよ。昔は漁師だったけど、腕を悪くしてやめたんだ。右手があんまり使えなかった」

淡々とシンゴはいった。海を見ている。

「山岬には詳しかったか」

「うん。でもあんまり喋らない人だから」

「目崎が勝見先生のところからでてくるのを見たって話だが」

安河内がいうと、シンゴは答えた。

「おかしいと思わねえ？　だってイクミをパクるつもりで、『人魚姫』いったんだろ。

なのに弁護士のとこいくなんて」

「約束があったのだろう」

「それ、干場のおっさんもいってたけど、イクミパクったら、約束の時間にまにあわないじゃん」

「別に何時でもいいからこい、と勝見先生にいわれていたのかもしれん」

「ふーん」

「親父さんは、目崎や勝見先生のことを知っていたか」

「目崎はどうだかわかんないけど、勝見のおっさんは知ってるよ。うち勝見不動産の借家だから。大家さんだ」

安河内は息を吐いた。忘れていた。勝見の家は山岬の大地主だ。市内のあちこちに勝見不動産の所有する家やアパートがある。

「実際に何度も会っていたのか」

「そりゃわかんねえよ。あっちはお金持でこっちは貧乏人だからさ。接点て奴がない」

シンゴは大人びた口をきいた。その横顔を見つめ、安河内はもう一度息を吐いた。死んだ父親にかけている疑いを、シンゴにはぶつけづらい。

「親父さんだが、おとついの晩、何をしていたのだと思う」

シンゴは無言で首をふった。目は堤防の下に積みあげられたテトラを洗う波を見ている。

「おっ母さんは何といってる？」

「何にも。母ちゃんはめちゃめちゃ落ちこんでて、ぜんぜん喋らない。俺も学校辞めて働こうかと思ってる」

「どこで？」

「さっき漁協にいってきたんだ。でも今は、漁師の手伝いはいらないって。船もっていたって、食うのがやっとなんだから、仲乗り雇う余裕なんかどこもないって」

仲乗りとは、船頭以外の乗組員のことだ。近海漁業が中心の山岬は、漁船がひとりかふたり乗りの小型船ばかりだ。親子、兄弟、夫婦といった、家族だけで操業している漁船しかない。

「大城いきゃ仕事あるかもしんないけど、母ちゃんおいていけないし」

安河内は無言で頷く他なかった。

「なあ」

シンゴが安河内を見た。

「父ちゃん、誰かに殺されたのか」

安河内は思わず目をそらした。

「まだわからん」

「でもそう思ってんだろう」

「その可能性があるなら見過ごせない。だから悪いが、お前の父ちゃん、解剖に回すことにした」

一瞬、シンゴの顔がくしゃくしゃになった。泣きだしそうだ。

「父ちゃん、切り刻まれちゃうのかよ」

「いや。そんなことはない。頭にある傷のところを調べるだけだ」

シンゴは膝を抱え、顔を伏せた。

「くそ。なんでだよ……。なんでこんな目にあわなきゃならないんだよ」

「それをつきとめるのが、あたしの仕事だ。ひとつだけ頼まれてくれないか」

「何だよ」

くぐもった声でシンゴはいった。

「お前の母ちゃんに訊いてもらいたいことがある。父ちゃん、金策をしていたのじゃないか」

「金策？」

「どっかから金を工面するってことだ。母ちゃんの病気のこととかで」

「それを母ちゃんが聞いてなかったかどうか、訊けっての？」

「そうだ」

「家に帰ったら訊いてみる」

「頼む。わかったら、あたしの携帯に電話をくれ」

安河内はいって、シンゴの肩を叩き、立ちあがった。

「今はつらいだろうが、母ちゃんのためにも歯をくいしばるんだ。いずれいいことがきっとあるからな」

他に言葉が思い浮かばなかった。背を丸めたシンゴは答えない。安河内はそっとその場を離れた。

42

漁港から勝見ビルまではすぐだった。車を止め、安河内はビルの階段をあがった。法律事務所の扉を押すと、勝見の姿はなく、長年いる事務員が驚いたように顔を上げた。

「いきなりで申しわけない。先生はお忙しいかね」

安河内の問いに、事務員はそっけなく答えた。五十代初めの、口の重い、痩せた女だ。

「先生は出張されています」

「出張？　どちらへ」

答えない。

「大城かね」

「ちがいます」

「東京か」

無言だが否定はしなかった。

「いつ、戻られる？」

「今日は戻りません」

「明日は？」

また無言だが、否定をしない。

「わかった。じゃあ、明日またきます」

前もって電話をする、とはいわなかった。電話をすれば当然、用件を訊かれる。勝見は、安河内を手なずけていると思っている筈だ。用件をいえば、そのスキを自ら潰すことになる。

勝見ビルをでた安河内は一瞬考え、岬組に向かった。昨夜の頭山の発言も気になる。組長の有本に探りを入れることにした。

「親分、いるかい」

事務所と同じ敷地にある、有本の家の玄関に、若い衆が二人ほどいて庭の手入れをしていた。安河内が声をかけると、ぴょんと立ちあがる。松本より下の、まだ二十《はたち》そこそこのチンピラだった。

「どちらさんでしょうか」

「馬鹿。ご苦労さまです」

もうひとりは安河内の顔を知っていて、上目づかいで腰をかがめた。

「どんなご用件でしょうか」

「ご機嫌うかがいだ。昨夜の一件もあるし」

「お待ち下さい」

答えて、母屋に入っていった。安河内は、チンピラに目を向けた。安河内の正体にやっと気づいたのか、ひどく緊張した顔でつっ立っている。

「頭山さんは事務所か」

「いえ、あの……」

唇をなめ、目を泳がせた。

「でかけてるのか」

「あ、はい」

好都合だった。来訪を、親分への告げ口だととられたくない。

「お前ら二人が留守番か」

「いえ、あの、あとひとり、事務所にいますけど……」

安河内は頷いた。残っているのは、見習い同然のチンピラだけだ。つまり組員の大半は、頭山についているというわけだ。

ばたばたと足音をたてて、チンピラがでてきた。腰を九十度に折って、

「どうぞおあがり下さい」

と頭を下げる。事務所ではなく、母屋に通す気のようだ。

玄関を入ってすぐの左手に、小さな応接間があった。四人もすわれば満員になってしまうような部屋だ。そこに浴衣に丹前がけの有本が待っていた。

ひと目でごろごろしていたらしいとわかる。

「こりゃこりゃ珍しい。どういう風の吹き回しですかね」

手をひょいとさしだす。チンピラが煙草に火をつけ、それをホルダーにさして渡した。

「すまんね。忙しいところを邪魔して」

「いやいや。おい、何か冷たいものでもおもちしろ」

「かまわんでくれていい。きのうの件は何か聞いているかな」

「ああ、あれですか。今朝がた、詫《わ》びの品をもって、観光ホテルの者がきましたわ。こっちもカタギにやられたとあっちゃみっともない話なんでね」

「カタギ？」

「だから、そのキャバクラのボーイだよ。おそらく、うちの人間のことを何も知らんで

手をだしたのだろう」

「そう聞いているのかね、あんたは」

「ちがうんですか。トランスリゾートはまっとうな会社だという話だが」

有本は表情をかえることなく訊き返してきた。

「そう考えておらん人間もいるようだ」

「いいたい奴にはいわしておけばいい。トランスリゾートが極道だとしても、こんな田舎町で何をするっていうんだ。キャバクラくらい、知らん顔してやりゃあいい。飲み屋の客が増えれば、代行やら何やらでうちにも金が落ちる」

地元の運転代行は、岬組のシノギだった。

「じゃあ、あんたは柳とはうまくやっていきたいクチか」

「向こうが頭下げてんのに、喧嘩売ったら、それこそ安河内さんたちが黙っておらんでしょう。うちにもそりゃ、血の気の多いのはいますがね。金にならん騒ぎを起こしてもしかたがない」

「なるほど。大人だね、有本さんは」

「がたがたやって一番迷惑するのはカタギですわ。うちは何十年とこの山岬でやってきた。地元の人間に迷惑をかけることだけはしちゃいかん、といっている」

「そういえば、マリーナの権利を手放すらしいね」

「ん？」

「いや、小耳にはさんだんだ。勝見先生も売ろうとしている、とね」

「勘ちがいせんで下さい。マリーナの権利をもっているのは、私じゃなくて親戚のカタギです。売るとすりゃ、そっちの判断で、私はとやかくいえません」

「堅いこといいなさんな。本当は有本さんのもちぶんだってのは、皆知っておることだ」

有本はそっぽを向いた。

「わからんね、そういう話は」

「その件で、干場って若い人を捜しているとも聞いたが」

「干場って、あれでしょう。令子のところにいた――」

不意に有本は身をのりだした。

「本当のところ、どうなんだ」

「どう、とは？」

「干場と令子はデキとるのか」

「は？」

「私はずっと令子を気にいっている。あの子は本当に山岬においておくのはもったいない上玉だ。大きな店を任せれば、きっと答をだすよ。ただその前に、妙な虫がついちゃ困るんでね」

「妙な虫というのは、干場のことかね」

有本は煙を吹きあげた。

「虫というには大きいが。あの男、本当は殿さまの隠し子なのじゃないかとにらんでいる」

「隠し子？」

「うん。令子のおっ母さんに近づいたのも、殿さまの財産がどうなっているかを知るのが目的で。つまり令子は、あの干場にたぶらかされている、というのが、私の読みだ」

安河内は唸《うな》った。

「そんなことを考えていたのかね」

「いずれ干場の化けの皮をはがせば、令子も目がさめるだろう。私はあんたのいう通り大人だから、色恋のひとつやふたつで、令子を叱るとか、そんなことは考えちゃいない。ただ、もし令子を利用しようとしているのだとすりゃあ、ちっとお灸はすえてやらなきゃいかん。頭山にもいって、いろいろ探りを入れさせているのだが……」

「なるほど。あたしの見たところ、隠し子という線はない。だが、甥だとしても、マリーナの相続権はもっていることになる」

「また、その話か」

有本は顔をしかめた。

「それについちゃ、私が話すことはないね」

「トランスリゾートから交渉はあったのだろう？」

「だから私は知らんよ」

「つまり勝見先生に任せてある、ということか」

有本は一瞬、険しい顔になった。

「誰からそんな話を聞いた」

「小さい町だ。あんたが訪ねていけば見ている人間もいる」

有本は息を吐いた。

「そういう話を広めてもらっちゃ困る。私がトランスリゾートとよろしくやろうとしてるってのは、うちにも疑ってる人間がいる話だ」

「ちがうのかい」

「だからいってるだろう。相手はカタギだ。極道がカタギをいじめたら、あんたら警察がほっておかない。飲みにいくのを断わられたくらいで、頭に血を昇らせるほうが馬鹿なんだ」

「もし、トランスリゾートがカタギじゃなかったらどうするね」

「そんなことか」

有本は鼻で笑った。

「こっちはとっくに承知だ。だからといってトランスリゾートが全部、狼栄会の組員だったら、それこそあんたらが大忙しだ。ちがうかね」

「まあな」

「こっちはれっきとした組だ。ことをかまえて、馬鹿を見るのはどっちかね」

「岬組、だろうな」

「だから、いっている」

「つまり、組員をパクられたくない、と」

「今は何かとうるさいご時世だ。サツはその気になれば、使用者責任だ何だと、私のこともつかまえにくるだろう。挑発に若い者がのったら、ワリを食うのは私なんだ。親のことを考えるのなら、おとなしくしておけ、というのさ」

頭山のいらだちが安河内にもわかった。要は自分がつかまることを有本は恐れているのだ。だからあくまでもトランスリゾートをカタギだといいはり、手をだすなと命じている。またその裏側には、トランスリゾートにマリーナの権利を売却して得られる利益をふいにしたくない、という欲もある。柳はそれを見すかしている。

「まったく面倒だ」

有本がつぶやいた。

「トランスリゾートが、かね」

「全部だ。もう極道なんぞやっていてもしかたがない。一文にもならんしな」

「本当にそう思っているのなら、署のほうに引退届をだすかね」

「馬鹿をいっちゃ困る。今私が引退したら、路頭に迷う者が何人いると思う。そいつらが勝手に悪さをしだしたら、あんたら警察が困るのだぞ」

やくざの幹部が何かというともちだす理屈だった。世間に嫌われるはみだし者を集め、まがりなりにも人間らしい生活を送らせられるのは、「組」という受け皿があるからだと主張する。

この理屈は半分当たっていて、半分ちがっている。受け皿の存在が、はみだし者を増長させ、衆を頼んだ行動に走らせる結果を生んでいる。同時にカタギになる機会をも奪っているのだ。

世間の冷たい目や差別によって、やくざに身を落とす者が多いことも事実だ。優れた頭脳や行動力をもっていても、それだけで成功するのが難しい社会である。現実の壁に対する不満を分かちあってくれるのが、やくざ組織だと思いこみ、歪をうける。だが、現実以上の現実もそこにはある。

有本が見せた金に対する執着は、まさにその証明だった。組をほうりだしてさえしまえば、今よりうんと楽な暮らしができる、と有本は考えているにちがいなかった。

「柳はあんたに頭を下げたのか」

「きたのは、桑野って、奴の部下だ。頭山はそれが気に入らなくてぶつくさいっていたな。なんで柳本人が詫びにこないんだ、とな」

「あたしも柳のところにいったが、ホテルの下足番が死んだ件でかりかりきておったな」

「港に浮いとったそうだね。酒にでも酔って落っこったのじゃないか」

有本は表情をかえることなくいって、思いだしたようにつづけた。

「そういえば、おたくの目崎が事故ったというのも驚いたな。あんな無茶をやる男だったんだ」

「いっしょに飲んだことがあったのかね」

「いや、まさか私と飲むわけがない」

「つきあいはまるでなかったのか」

「まるでとはいわんよ。この小さい町で、しかもうちの頭山とは縁者だったからな。何かあれば相談にのってもらおうとは思っていた。だから、盆暮れくらいは、な……」

言葉を濁した。

「高州という東京の人間を知っているかね」

「高州、高州……」

有本はつぶやいた。

「金貸しで確かそういうのがいたな」

「目崎はその人と会うことがあったらしい。あんたが紹介したのじゃないのか」

有本は首をふった。

「私じゃない。誰から高州の名を聞いたのだっけな――」

考えこんだ。わざとらしい演技だった。

「駄目だ、思いだせない」

「思いだしたら教えてもらいたい。これはあたしの携帯の番号だ」

安河内は手帳に番号を走り書きし、破りとった。テーブルの灰皿の下にはさみこむ。

有本の目を見て告げた。

「盆暮れの挨拶はいらんが、相談にのるくらいならできる」

有本は無言だった。安河内は腰を浮かした。

「邪魔したね」

「いやいや。また近くにでもきたら寄ってくれや」

いって有本は丹前の懐から封筒をとりだした。

「何かね」

「ビールでもだそうと思ったが、勤務中じゃそうもいかんだろう」

安河内は中を改めた。ビール券が入っている。それをテーブルにおいた。

「ま、これは今度ということにしておこう」

「いいのかね」

「高州のことを頼んだよ」

そういって、安河内は応接間をでていった。

43

シンゴの父親の解剖の結果は、翌日の昼に届いた。頭部の負傷は転落の際に生じたのではなく、鈍器で殴打されたものだと判明した。死因は溺死で、殴られ海に転落した結果、死亡したとみなされるとあった。殺人あるいは傷害致死だ。捜査本部を設けるべきか、県警とやりとりがあり、午後には一課から捜査員が派遣されてきた。

これらの捜査員とはいれちがいに、安河内は山岬署を出発した。車でまず向かったのは、勝見の事務所だった。だが勝見はまだ戻ってきていなかった。そこで東京に走らせた。

目的地は、東京・新宿の高州興業だ。安河内の担当は、あくまでも目崎の事故調査だ。県警の一課がのりだして、シンゴの父親の件を捜査するというのであれば、自分がでしやばるまでもない。シンゴの父親が勝見を強請《ゆす》った可能性があることは、勝見本人と会うまでは、安河内は秘密にしておくつもりだった。一課の刑事に知らせれば、シンゴやその母親につらい思いをさせることになる。知らせるのは、勝見本人からあるていどの感触を得てからでいい。

　高速道路を走っている最中に、安河内の携帯電話が鳴った。シンゴだった。サービスエリアに入り、安河内はかけなおした。

「安河内だ。電話をくれたか」

「母ちゃんに訊いた。背広を着て仕事にいくんで、『どうしたの』と訊いたら、『借金のアテができた』って。母ちゃんは『無理しなくていいよ』といったけど、父ちゃんは『大丈夫だ、任せておけ』って、でてった」

　安河内は息を吐いた。自分の勘が当たったというのに、嫌な気分だ。

「そうか、わかった」

「父ちゃん、やっぱり――」

「検査の結果、誰かが頭を殴ったというのがわかった」

　あえて解剖という言葉を使わず、安河内は告げた。今日は方針会議だろうが、明日になればシンゴのもとにも一課の刑事がやってくる。

「殺されたんだ」

「殴られ、海に落ちた。それで溺れたらしい」

「殺されたんじゃん！」

シンゴの声が高くなった。

「今日、大城から刑事がいっぱいくる。お前の親父さんの件を調べるために」

「安さんはどこにいるの」

「俺は今、出張中だ」

「何だよ、干場のおっさんだけじゃなくて、安さんまでいなくなっちゃうのかよ」

「何かあったら令子に相談しろ」

「大丈夫だよ、別に」

シンゴは強がった。

「明日は刑事さんにいろんなことを訊かれるぞ。煙草とか吸っちゃ駄目だからな」

いって、安河内は電話を切った。

東京に入ったのは、午後三時過ぎだった。渋滞につかまり、いらいらしながらも、四時半にようやく新宿に到着した。高州興業は、北新宿一丁目の小滝橋《おたきばし》通りに面した雑居ビルにあった。ＪＲの大久保駅のすぐ近くだ。カーナビが覆面パトカーに装備されたおかげで、地図と首っぴきにならないですむのは、老眼が進んだ安河内にはありがたい。

車をコインパーキングに止め、安河内は高州興業の入ったビルの前に立った。

このあたりの所轄署の刑事課に問いあわせれば、高州興業に関する情報を得られる可能性はあった。が、もし目崎のような人間がその署にいたら、こっちの動きを知らされるかもしれない。

古いやりかたかもしれないが、安河内は、刑事は前もっての約束をとりつけずに会いにいくべきだと考えていた。その結果、無駄足を踏むことがあっても、こちらの意図を見抜かれ、逃げられたり、工作をされるよりはましだ。

雑居ビルは十一階建てで、そのうちの八、九階が高州興業だった。借りているとしても、相当な家賃がかかるだろう。

八階でエレベーターを降りると受付があり、制服を着た若い女がすわっていた。やくざのフロントめいた金貸しを想像していた安河内には意外な、品のよさだ。

身分証を提示し、高州さんにお会いしたいと告げると、受付の女は電話をかけ、

「社長はただ今不在です」

と、緊張したようすもなくいった。

「いつ、お帰りになられますか」

「一時間以内には戻ると思いますが、はっきりお約束はできません」

「待たせていただいてよろしいですか。なにせ、お会いするために山岬からきたもので」

「やま、みさき、ですか?」

受付の女は知らなかった。だが、電話をもう一度かけ、いった。

「ではお手数ですが、九階におあがりになって下さい。『御相談室』という部屋が、一、二、三、とあります。第三『御相談室』でお待ち下さい」

「ありがとう」

礼をいい、九階にあがった。スーツを着け、眼鏡をかけた若い男が待っていた。

「安河内さまでいらっしゃいますか。申しわけございません。社長以外の者でよろしければ、お役に立てると思うのですが」

「いや、社長さんでないと駄目なんですな」

「そうですか。それではこちらへ……」

廊下を進み、番号をふられた扉を開いた。

「どうぞ、お待ち下さい」

腰を深々と折って、いった。安河内が入ると、扉は閉められた。テーブルをはさみ、椅子が四つあるだけの殺風景な部屋だ。窓も、絵もない。防音設備がよいのか、外の音はまるで聞こえなかった。

五分ほどすると、扉がノックされ、制服を着た、受付とは別の女がコーヒーを運んできた。テーブルにおき、無言で立ち去る。

安河内は腰をおろし、煙草をとりだしかけ、テーブルに灰皿の用意がないことに気づいた。舌打ちをして、煙草をあきらめた。

のろのろと時間が過ぎていく。ここに閉じこめられた状況では、たとえ高州が戻ってきていてもわからない。といって、令状ももたない自分をうろつかせてくれはしないだろう。

携帯電話が鳴ったのは、個室に閉じこめられて三十分が過ぎたときだった。

狭い小部屋で、電話の音がやけに大きく響き、安河内はとびあがった。液晶には、署長の携帯の番号が表示されている。

「はい、安河内です」

捜査本部の件を知らせにかけてきたのだろうか。いや、そんなに親切な署長ではない、と思いなおした。

「今、どちらですか」

「東京におります。目崎がときどき会っていたという金融業者の会社です」

「話せますか」

「ええ。待合室みたいなところに閉じこめられていますから」

署長は一瞬、間をおいた。嫌な予感がした。

「先ほど警視庁から連絡がありました。新宿区内のホテル客室で、男性の死体が発見され、『弁護士　勝見和輔《かずすけ》』という名刺を所持していたとのことです」

安河内は思わず目を閉じた。

「何と、まあ……」

「警視庁は、身許確認のできる人間を求めています。安河内さんは東京のどこにいるのですか」

「新宿です、あたしも」

今度は署長が驚く気配があった。

「死体は新宿警察署にあります。そちらの用件がすみしだい、向かっていただけますか」

「了解です」

「死因等について、情報があれば収集をして下さい。新宿署には、わたしから連絡をしておきます」

告げて、署長は電話を切った。安河内は携帯電話を見つめた。

発見されたのが本当に勝見ならば、シンゴの父親の事件当夜の行動について訊ねられる人物がいなくなったことになる。

いや、それどころではない。

山岬の二大地主が、これで両方ともいなくなったわけだ。勝見には息子がいるが、山岬には住んでいない。山岬に所有する土地や建物は、親族の勝見不動産によって管理されているので、すぐには売却などされないだろうが、今後の見通しはまるで立たなくなる。

干場、お前さんが山岬を離れているあいだに、とんでもないことになっているぞ。

思わず、安河内は心の中でつぶやいていた。

扉がノックされた。

「はい」

「お待たせしました」

秘書らしき男を従えた、恰幅《かっぷく》のいい白髪の男が立っていた。今どき珍しい、紋付の羽織袴《はかま》を身につけている。鼻の下に白いヒゲをたくわえていた。

「私が、高州です。山岬からお見えになったそうですな。ご苦労さまです」

和装の男は、そう重々しく告げて、安河内の向かいに腰をおろした。六十代の半ばくらいだろうか。金貸しというより、政治家か民族派の大物のようだ。

「いえ、こちらこそ」

「おい、新しいコーヒーをおもちしなさい。それと灰皿だ」

高州は控えていた男に告げ、悠然と懐から葉巻をとりだした。金のライターで火をつけ、濃い煙を吐く。狭い部屋に葉巻の香りがたちこめた。

「で、どのようなご用件ですかな」

一瞬、気圧《けお》されていた安河内は、我にかえった。

「いくつかありますが、まずは、山岬署の目崎という警部補をご存知ですか」

安河内は手帳をとりだし、いった。

「目崎警部補。刑事ですか」

「そうです」

高州は一瞬目を閉じ、開いた。

「かすかに記憶に残っております。一度どこかで会ったような――」

「大城市にある、『シルビア』というスナックではありませんか」

「『シルビア』……」

「経営者は、大杉しほという女性で、以前、東京の新宿で働いていたそうです」

「ほう」

高州は表情をかえることなくつぶやいた。

「実は四日前に、その目崎刑事が交通事故で亡くなりました。飲酒運転をしていた疑いがあり、あたしが調べています」

「警官が飲酒運転で事故死したとなると、あまり芳しくありませんな」

「おっしゃる通りです」

「しかしそれと私にどんな関係があるのですかな」

「事故直前の目崎刑事の行動について、いくつか不審な点がありまして」

「不審な点？」

「目崎刑事の遺体からアルコールが検出されたのは事実なのですが、どこで酒を飲んでいたかがわからない」

「その、何といわれたか、『シルビア』というスナックではないのかね」

「『シルビア』があるのは大城市で、目崎刑事の勤務地である山岬とは離れています。高州さんは、山岬についてはご存知ですな」

高州は瞬きした。

「何か、私と関係がありましたか」

「トランスリゾートによる『山岬観光ホテル』の買収事業です。あいだに高州興業さんが入られていたのは、山岬で知らぬ者はおりません」

高州は沈黙した。

「観光ホテル側に高州さんを紹介したのは、地元の関口建設の社長だそうですな」

「関口くんはいわば、私の後輩のようなもので、いろいろと相談にのっている。地方は、今、何かと厳しい時代ですからな。ことに関口くんのところのような建築関係は大変だ。資金ぐりも含め、もろもろ悩みは尽きないでしょう」

安河内はふと思いついて訊ねた。

「『山岬マリーナ』の権利を、高州さんもおもちだとか」

ん、という顔を高州はした。

「よくご存知ですな。ま、それも関口くんに頼まれてしかたなく買ったものです。実際は船などもっていない」

「売却はされないのですか」

「売却？　どこにですか」

「トランスリゾートがマリーナの権利を売らないか、と所有者にもちかけています」

「そうかね。私のところにはまだきていないな」

「話が横道にそれました。『シルビア』にいかれたことがあるからには、大杉しほさんはご存知ですな」

高州は葉巻を大きく吹かした。煙幕のように濃い煙がそのヒゲ面を包んだ。

「ここだけの話、しほの面倒をみてやっていたことがあります。あれがまだ新宿にいた頃です。ま、金銭を介した男女関係であった、とお考えいただければよい。そろそろそれを清算しようという話になり、形の上で私に借金をした格好で、大城に店をもったのです」

「大城にした理由は何ですか。大杉さんの出身地だったのですか」

「そうだったのではないかな」

「彼女にはお兄さんがいますね。大杉剣一さんという」

「ほう。それは初耳だ」

しほの話と矛盾する。しほの話では、只進こと大杉剣一は、高州の紹介で関口建設にもぐりこんだことになっていた。だが安河内はそこには触れず、つづけた。

「大杉剣一さんは、以前事件を起こして刑務所に服役しています。出所後、住んだのは、現在の『シルビア』に近い、大城市内なのですが、それについてもお聞き及びではありませんか」

「知らんね」

「目崎刑事を高州さんに紹介したのは、大杉しほさんだったのですか。それとも別の人物ですか」

「たぶん関口くんではないかな。関口くんはたまに『シルビア』を使ってくれているようだ」

「紹介したのは高州さんですね」

「そうだ。東京から大城に飲みにいくより、山岬から大城にいくほうが近い。関口くんは義理がたいところがあるからね」

「大杉しほさんとは、現在どのていど連絡がありますか。週に一回、それとも月に一回?」

「そんなにひんぱんではない。せいぜい、み月かよ月に一回、というところだ」

「最後に話されたのはいつです?」

高州の表情が曇った。

「何か、そのことがあなたの捜査に関係あるのかね」

「お話ししたように、事故直前の目崎刑事の行動を調べています。もし高州さんが大杉しほさんと話された日に目崎刑事が来店していれば、通話記録などから確認がとれるわけです」

「覚えてはおらんね。だいたい、しほのほうから電話がかかってくる。私のほうからすることはほとんどない」

「目崎刑事が『シルビア』で飲んでいたということになれば、お店と大杉しほさんの携帯電話の通話記録をすべて調べます」

高州の目が一瞬みひらかれた。

「なぜそんな必要がある」

「運転者にアルコールを提供したとなれば、『シルビア』に責任が生じます」

「田舎ではよくあることだ。ちがうかね」

「確かに。しかし法は法ですし、それによって警察官が死亡したとなると、社会的影響も大きい」

「それは管理責任の問題ではないのかね」

「もちろんそうです。ですから山岬署は、目崎刑事の死亡原因を調べているわけです。もし、目崎刑事の警官にあるまじき飲酒運転が原因だとすれば、署長が責任を問われます」

「当然だな」

「別の原因がないかを調べるようあたしが命じられたのも、それが理由です。『シルビア』が飲酒した場ということになれば、徹底して大杉しほさんの周辺を洗わなければなりません」

高州は黙りこんだ。

「また、その飲酒の場に、目崎刑事以外の人物が同席していたかどうかも調べる必要があります」

「少なくとも私はいない」

「弁護士の勝見先生をご存知ですか」

「山岬のかね。知っている」

「目崎刑事の事故直前の行動の中に、勝見先生の事務所を訪ねていた、という記録があります」

「弁護士と刑事なのだから会っていても不思議はないのではないかね」

「職務上の接点はありませんでした。何かお心あたりは?」

「なぜ私に訊く? 私は山岬の人間じゃあない」

「だからこそお訊ねしています。地元の人間にはいえないことがたくさんあります。狭い土地ですからな。外から山岬を見ておられる高州さんならお気づきのことがあるかもしれない」

「そんなことをいわれても。関口くんを除けば、私にとって山岬は、縁もゆかりもない町だ」

「トランスリゾートはどうなのです? 山岬には、柳さんという人がトランスリゾートから派遣されてきていますが」

「知らんね。そろそろ時間なので失礼してよろしいかな」

高州はいって腰を浮かせた。安河内は頭を下げた。

「お手間をとらせて申しわけありませんでした。捜査の進展によっては、また、おうかがいします」

「次からはご連絡をいただけるとありがたい。私は社をあけることが多いのでね」

高州はいって、部屋をでていった。安河内の返事は待たなかった。安河内も、はい、そうします、という気はなかったのだが。

44

新宿署の質素な遺体安置所で勝見と向かいあった。ライオンのような顔が土色にかわり、ひと回り小さくなっていた。

「まちがいない。勝見弁護士です」

案内をした新宿署の刑事課員にそう告げた。

「死因は？」

「ホテルのバスルームのカーテンレールにバスタオルを巻き、そこに首をつっこんでいました。走り書きの遺書があって、自殺とみられます。備え付けのバーの酒がほとんど空になった状態で部屋に転がっていました」

安河内は首をふった。

「自殺をするような人じゃなかったがね」

「ホテル側の話では、一昨日チェックインして、きのうは丸一日、外出していたようです。死体は今朝、室内清掃に入った従業員が発見しました。携帯電話の通話記録を現在、照会中です」

「ホテルに戻った時刻は？」

「不明です。大きなホテルですから、深夜も人の出入りがあり、カードキィをもっていればフロントに寄る必要もありませんから。ロビーの防犯カメラのビデオを調べることになっています」

「何かわかったら山岬署のほうに連絡をいただけますか」

「かまいませんよ。安河内さんは事件性があると思われるのですか」

野村という新宿署の刑事課員は、丸っこい顔にかけた眼鏡の奥から安河内を見つめた。ずんぐりとした体つきで、およそ新宿警察署の刑事には見えない。

「仏さんは、山岬じゃ知らない者のない名士で、大金持でした。自殺する理由など思いあたらない」

「人は案外簡単に自殺しますよ。特にこんな大都会にでてくると、自分ひとりくらいいなくなっても、どうということもない、と思うらしい。新宿じゃ、いろんな人間が自殺しています」

野村は淡々といった。

「勝見先生の事務所は何といっています？」

「月に一度の東京出張は恒例だった、と。特に思いあたる自殺の理由はないそうです。夜には、親族の方がみえますが、遺体をお渡しするのは明日以降になると思います」

「解剖に回したほうがいい」

野村はげんなりしたような表情になった。

「うちはとにかく忙しいのでね。正直、自殺なら地元でやっていただきたいと仏さんにはいいたいくらいです」

「自殺じゃないから、地元じゃない場所で死んだのかもしれない」

安河内がいうと、野村は息を吐いた。

「殺しだとすれば、かなり慣れた手口ですよ。わかりました。解剖に回します。ただし――」

釘をさすようにいった。

「もし殺しなら、うちの管轄だ。申しわけありませんが、山岬署は、関係者に触らないでいただきたい。捜査協力をお願いする際には、それなりのチャンネルを通します」

勝手に訊きこんだりするな、というわけだ。

犯罪捜査は、発生地の管轄捜査機関のものだ。したがって新宿で〝殺された〟勝見の捜査は、新宿署と警視庁が担当することになる。田舎警察の山岬署には、情報の〝じ〟の字も降りてこないだろう。

「承知しました」

安河内は頷いた。もちろんいう通りにする気などない。

新宿署をでて、車に乗りこんだ。署長の携帯電話を呼びだす。

「安河内です。勝見先生にまちがいありませんでした。死因は縊死《いし》で、自殺、他殺、両方の可能性がありますが、他殺ならかなり手慣れた人間の仕業だと思われます」

「死亡推定時刻は？」

「昨夜から今朝方にかけてだということです。殺しなら、新宿に捜査本部《ちょうば》が立ちます。山岬署は手だし無用といわれました」

「誰にいわれたの」

「新宿署の刑事さんですよ」

「いわせておきなさい。勝見弁護士は、地元の大物よ。本庁の人間に任せきりというわけにはいかないわ。で、金融業者と会った収穫は？」

「ありました」

「殺しなの？」

「ほぼまちがいありません」

「実行犯は？」

「そこが問題です。ひとりクサい奴はいますが、触ると飛ばれそうなので、触ってはいません」

「何者ですか」

「関口建設の社員で、只といいます。今日会った金融業者の高州の紹介で入社した筈なのに、高州は関係を否定しました」

「関口建設……」

「明日社長の関口に会って、ゆさぶってみます。ただ、その間に飛ばれるとマズいので、只に監視をつけたいのですが」

「うちの刑事課は避けたほうがいいわね。関口建設の社員じゃ、全員、メンが割れている」

「その通りです」

「県警に相談するから一日待って」

「わかりました。県警一課は何か見つけましたか」

「残念ながら何も。凶器も見つかっていないし、目もいない」

目とは目撃者のことだ。安河内は間をおき、いった。

「実は、マル害が、事件直前に勝見先生と会っていた可能性があります」

「何ですって――。待って、その話は直接聞くわ。電話じゃ駄目。どれくらいでこちらに戻れます？」

安河内は時計を見た。そっとため息を吐いた。

「真夜中近くになります」

「わたしの住居を知ってる？」

だ。

「新港町のグランドマンションの八〇一号よ。そっちにきて下さい」

数年前に建った、山岬唯一といってよい高級マンションだった。入居者はごくわずか
「いいえ」

「直行でよろしいのですか」

「そうして下さい。お疲れのところを申しわけありませんが」

「了解しました」

山岬に戻るには、きたときほど時間を要しなかった。午後十時過ぎに、安河内は署の駐車場に車を止めていた。捜査本部が立ったわけではないので、県警の人間は大城に戻ったようだ。そうでないなら山岬署に泊まりこんでいる筈なので、周辺がもっと騒然としていておかしくない。

十一階建てのグランドマンションは、署の駐車場からもはっきり見える、ひときわ高い建物だった。安河内は徒歩で向かった。本当はバー「伊東」に寄って喉を潤していきたかったが、酒臭い息を署長に吹きかけるわけにもいかない。

グランドマンションを建設したのは勝見不動産で、施工したのは東京に本社がある大手ゼネコンだ。一部下請けを関口建設がうけおったという噂があったが、細かなことは安河内は知らなかった。勝見不動産は、マンションを山岬の富裕層に売ろうと考えたよ

うだが、失敗した。山岬にそもそも富裕層など存在しなかったからだ。「山岬マリーナ」と同じで、容れ物を作ってはみたが、伴う中身がなかったというわけだ。分譲はほとんどが売れ残り、賃貸に回されている。そのうちのひと部屋を警察が借り上げて、署長の官舎にしたというわけだ。

数少ないグランドマンションの分譲オーナーのひとりが、市長の西川だった。その西川がロビーにいた。エレベーターを降りてきたところのようだ。安河内には目もくれず、足早にロビーをよこぎり、エントランスに止まっていたシルバーグレイのセダンに乗りこんだ。

小柄だがスマートな二枚目で、洒落たセルフレームの眼鏡をかけている。かたわらには秘書と思しい男がつき添っていた。あるいは勝見の死を聞いて、あわてて弔問に向かったのかもしれない。もっとも仏さんが東京におかれていたのでは、格好がつかないだろう。

西川がでていくのとすれちがいだったため、オートロックの自動扉を安河内はインターホンを使うことなく、くぐり抜けた。そのままエレベーターで八階まであがり、署長の部屋の前に立った。

ドアホンを鳴らすと、署長が扉を開いた。ジーンズにブラウスというラフないでたちだ。

「直接きてしまってすみませんでした。下でちょうど市長とすれちがったもので」

安河内が告げると、署長は驚いたようすもなく頷いた。

「市長は七階に住んでいるの」

署では見たことのない眼鏡姿だ。ふだんはコンタクトレンズを使っているようだ。

「そうですか。ここに住んでいるのは聞いていましたが、こんなまぢかで顔を見るのは初めてです」

「あなたは投票したの？」

にこりともせずに、署長は訊ねた。安河内は首をふった。

「ずっと選挙にはいってません」

署長は小さく笑った。

「その話は聞かなかったことにします。上がって下さい」

「いや、ここでけっこうです」

「東京に往復してくれた人を立たせっぱなしにはできない。上がって」

「では失礼します」

廊下を抜け、リビングに入った。およそ私物らしいもののない殺風景なリビングだった。

応接セットの他に目につくのは、大型の液晶テレビくらいだ。

「女のひとり暮らしにしてはものがないでしょう」

安河内の視線に気づいたのか、署長はいった。

「そうですかな。あたしは殺風景なくらいが好きで、小物を集めたがる女房とよくもめましたが」

「奥さんを六年前に亡くされたそうね」

ソファにかけた安河内の前にアイスコーヒーの入ったグラスをおいて、署長はいった。ビールをださないのは、二人きりだという状況に対する配慮かもしれない。

「ええ」

「今はひとり暮らしですか」

「気楽なものです。歩いて通える距離ですから」

「同じ年に干場伝衛門氏も亡くなっている」

やはりきたか。安河内は緊張した。この女署長は〝お飾り〟でいるつもりはないようだ。

「よくご存知ですね」

「調べただけです。六年前の十月十九日、山岬を台風が通過した晩に、干場伝衛門は死亡した。ひとり暮らしで、翌朝、通いの手伝いをしていた小沼洋子が死体を発見し通報した。検視をおこなったのは、目崎警部補で、事件性なしというその判断をもとに、遺体は茶毘《だび》に付された」

「おっしゃる通りです」

答え、つかのま安河内は迷った。

「実はその日の当直は私の予定でした」

告げると、署長は無言で安河内を見つめた。眼鏡のフレームで眉が隠れ、ふだんより優しげな顔立ちに見える。

「家内が大城の病院に入っていて、峠だといわれ、台風がきたら駆けつけられないので、目崎にかわってもらったのです。その夜に、干場氏は亡くなった」

「殿さまと呼ばれていたそうね」

「生涯独身で、地元ではかわり者だと思われていました」

「目崎警部補の身辺を調べた？」

「目崎の義弟と岬組の若い者頭《がしら》の妹は夫婦です」

署長はわずかに眉をひそめた。

「規則上はいろいろありますが、ことさら問題にはなっていませんでした」

「岬組と目崎警部補のあいだは何もなかったの？」

「若干はありました。若い者頭とではなく、組長の有本と、ですが」

「癒着があったということ？」

「癒着といえるほど深い関係であったかどうかはわかりませんが、つきあいはあったと思います」

　署長は間をおいた。

「何か便宜をはかった？」

「それについては何ともいえません。岬組は、長期にわたって山岬唯一の暴力団でした。祭礼や海水浴場の営業など、地元と深くかかわっています。容易には排除できない関係を、地域ともってきました。そういう点では、所轄の警察とあるていどのつながりができるのは避けられないことです」

「安河内さんがそんな建前を口にするとは思いませんでした。あなたはそういうものかsらは距離をおいている、とわたしは思っていました」

「距離をおくのと地域のつながりを全否定することは別です」

　署長は目をそらした。

「二、三年で転属になる人間と退官後も同じ場所で暮らしていく人間はちがう、というわけね」

「そのいいわけこそ建前に聞こえます」

　署長は再び安河内を見た。

「あなたは六年前のことをどう考えているの？」

安河内は一瞬息を呑んだ。こうも単刀直入に話をふられるとは思ってもいなかった。

「その三年前に、問題がひとつ生じています」

「九年前、ということ？　西川市長が初当選した年ね」

「ええ」

「何があったの」

「干場伝衛門は生涯独身でしたが、先代は婚外子を作っていました。相手は大城市内のキャバレーホステスで、先代の死去後、スナックを経営していました。その女性、桑原和枝が強盗殺人にあって死亡したのが九年前です。ほしはつかまっていません」

「九年前というと、安河内さんは――」

「県警の一課におりました」

「子供は？　どうなったの」

「それに先だつ六年前、アメリカ在住中に死亡しています。これも殺人ですが、犯人はつかまっています」

「待って。干場伝衛門には腹ちがいの兄弟がいて、それが十五年前にアメリカで殺され、その母親も九年前に殺された、ということ？」

「そうです。腹ちがいの妹、ですが」

「そう」

「その妹に息子がいた、という可能性がつい最近、発覚しました」

安河内が告げると、署長は目を大きくみひらいた。

「何ですって」

「干場伝衛門にとっては、甥にあたる人物です。妹はアメリカ留学中に、日本人ミュージシャンと知り合い、出産したというのです。それが三十年前の話です」

「つまり甥は三十歳」

「はい。干場功一と名乗っていて、一週間ほど前に、山岬にふらりと現われました。本人の弁では、身寄りがこの町にいるかと考え、会いにきたというのです。しかし、干場家の人間は、今は山岬にはひとりもおりません」

「じゃあ干場伝衛門が死んでいることをその甥は――」

「知らなかったようです。あくまでも本人の弁ですが」

「六年前、干場伝衛門が亡くなったとき、財産は山岬市に寄付された。でも、その甥が申し立てをすれば、法定相続分の回復はできるわね」

「そういうことです。殿さまの屋敷跡であるマリーナの所有権を、干場功一は得られます」

署長は黙りこみ、やがていった。

「勝見弁護士と目崎警部補が会っていた、という話はどこから？」

「溺死した観光ホテルの従業員の息子です」

「どういうこと？」

「高校生ですが、たまたま、勝見ビルから夜、目崎がでてくるのを見ていました。翌朝、目崎が事故死し、その晩に、息子から話を聞かされていた従業員が港で溺死したのです」

「解剖によると事故ではないようね」

安河内は頷いた。

「従業員の妻は、心臓病で、手術をうけるにはまとまった金が必要でした。当日の夕方、従業員は妻に、金策のアテができたようなことをいって、でかけていきました」

署長の顔が険しくなった。

「あなたの考えを聞かせて下さい」

安河内は息を吸いこんだ。

「署長と同じです。従業員は、勝見を恐喝しようと試みた」

「恐喝の材料は？」

「目崎の死亡です」

「会っていた直後に事故死したからといって、恐喝のネタにはならない」

「目崎は、勝見ビルを訪ねる直前、キャバクラ『人魚姫』に、嫌がらせともとれる捜査をおこなっていました。高校生を雇用している疑いがある、といって。しかし生活安全もその実態を把握していたわけではありませんでした」

「個人的な捜査行為だった、ということ？」

「そうです。初め私は、それを有本の指示によるものだと考えました。『人魚姫』のバックには狼栄会がいて、岬組と対立する可能性がある。しかし有本はそれを否定しました」

「信用できる？」

安河内は頷いた。

「有本は、岬組の維持に対し、熱意を失っています。抗争につながるような対立は歓迎しません」

「だったら誰が、目崎警部補を『人魚姫』にいかせたわけ」

「勝見先生ではないかと私は考えています」

「なぜ勝見弁護士なの」

「先ほどの干場功一を、トランスリゾートの柳が勧誘していたからです。干場功一の素姓を知らず、『人魚姫』で働かないかと声をかけたのです。『人魚姫』が未成年者雇用で営業停止になれば、干場は就職先を失います」

「待って。そんなことをして、勝見弁護士に何の得があるわけ」

「干場伝衛門の甥を名乗る人物が現われたことは、すぐに町中の噂になりました。翌日には、関口建設が干場を顧問として迎えいれたい、といってきたくらいです」

自分が勝見に電話し、情報を流したことは伏せて、安河内はいった。

「ちなみに、そのとき関口の使者として干場に接触したのが、先ほど電話でお話しした只という男です。高州の口ききで関口建設に入社する前は、傷害致死で服役していました」

「傷害致死」

「只の本名は大杉といい、実妹が大城市内でスナックをやっています。目崎が事故死する直前まで、そのスナックで飲んでいたと証言することを高州に強要されたとあたしに述べました」

署長はテーブルの上にメモ帳を開いた。

「高州、関口、只、勝見、目崎」と名前を記していく。

「目崎警部補が殺害された理由は何？　まさか勝見弁護士の指示で『人魚姫』に嫌がらせをおこなったことを隠すためじゃないわよね」

「六年前の件ではないかと思います」

「干場伝衛門の検視？」

「はい」

署長は安河内を正面から見つめた。

「つまり干場家の財産をめぐって四件の殺人が起こっている、ということ？」

「五件です。九年前に殺された干場伝衛門の異母妹の母親、桑原和枝、伝衛門、目崎、ホテル従業員、そして勝見先生です。後半の三件は、すべて干場功一がこの町に現われたことがきっかけで起こった、とあたしは考えています」

「干場功一は容疑者ではないの？」

「勝見先生に関しては何ともいえませんが、残りの二件については除外してよいと思います。桑原和枝は、干場功一にとっては祖母ですが、面識がなかったといっていて、状況を総合的にみて、信じてもよいと思われます。もし、桑原和枝や伝衛門を殺害したのが干場功一ならば、わざわざ山岬までこないで、東京なり別の土地で、相続権回復の訴えを起こせばすむことですから」

「すると誰がこの絵図を描いたの」

絵図を描くなどという言葉が署長の口からでると、妙に不自然だった。

「それをつきとめたい、とあたしもずっと思っていたんです」

安河内は答えた。

45

署長の官舎をあとにしたのは、午前零時を回った時刻だった。安河内はバー「伊東」に向かった。だが珍しく、「伊東」の扉は閉まっていた。客がいないので早じまいしたようだ。

安河内が飲みにいく場を考えあぐねていると、「令子」の扉が開いた。

「ありがとうございました」

客を送ってでてきた令子が、安河内に気づいた。

「あ、安さん」

「やあ」

「『伊東』さん、閉まってるの？」

「そうなんだ」

「だったらうちにくれば。今のが最後のお客さんだから、安さんにはサービスする」

令子は笑みを浮かべていった。

「何だか怖いね」

「刑事さんからぼったくらないわよ」

「あたしのことを刑事だと思っているのかね」

「シンゴに優しくしてくれたでしょう。お礼をいおうと思って」

安河内はあたりを見回した。どこの酒場も閉まっている。家に帰って飲むのもわびしかった。

「それなら甘えるか」

安河内は「令子」の扉をくぐった。カウンターの内側であと片づけをしていた大ママの洋子が、

「あら珍しい」

と目をみはった。だがその口調にも嫌がっている気配はない。安河内はほっと息を吐いてカウンターに腰をおろした。

「何を飲むの」

令子が隣に立ち、訊ねた。

「ウイスキーの炭酸割りをもらえるかね」

「ハイボールね」

洋子が棚からボトルをおろし、グラスに氷を入れた。

「今日の安さん、ちょっと雰囲気がちがうね」

洋子が作ったハイボールをコースターにのせ、令子がいった。隣にかけ、煙草に火を

つける。

「そうかい」

「いつもはぼんやりしていて、眠たそうに見えるけど――」

「ひどいもんだ」

「だってあたしが知ってる安さんは、『伊東』でいつも飲んだくれてるじゃない」

安河内はグラスを掲げた。

「ここでも飲んだくれようと思ってやってきた」

「ちがうな」

断定するように令子はいった。

「どこかぴりぴりしてるよ。何かあったの」

答えず、安河内は酒をすすった。「伊東」のハイボールより濃かった。サービスのつもりなのだろうが、濃すぎるハイボールは好みではない。ビール並み、とはいわないが、すいすいと喉を通っていくくらいの薄さがちょうどよいのだ。安河内はグラスを戻した。

洋子が目ざとく気づいた。

「濃かったかしら。炭酸を足す?」

安河内は頷いた。母娘《おやこ》で目が鋭い。

炭酸を足されたハイボールを口に含んだ。今度はちょうどよかった。

「出張してたんでしょ」

令子が自分のグラスを手にしていった。酒ではなくウーロン茶のようだ。

「よく知っておるな」

「シンゴからイクミが聞いたの。今日、シンゴの家に、大城の刑事さんがきたって」

「そうか」

「シンゴのお父さん、殺されたって本当？」

「シンゴから聞いているのだろう」

「あんなおとなしい人を誰が殺すのよ」

洋子がいった。

「それを調べているんだ」

「何か急に物騒になったものね。目崎が死んで、シンゴのお父さんが殺されるなんて」

「明日になればわかることだがな。勝見先生も亡くなった」

「えっ」

母娘が異口同音に叫んだ。

「いつ!?」

「昨晩らしい。東京のホテルのバスルームで首を吊っておった」

「信じらんない」

令子がつぶやいた。顔が青ざめている。

「どういうことなの」

「さてね。勝見先生の件についちゃ、東京の警察が調べることになるだろう」

「それってまさか自殺じゃないかもしれないってこと」

「あたしの口からは何ともいえん」

「嫌だ！」

令子が叫び、両腕で肩を抱いた。安河内は洋子を見た。

洋子は無言でグラスに氷を入れ、ブランデーを注いだ。それを口に運び、宙を見つめている。

「洋子さんはどう思うね」

洋子の目が動いた。安河内を見た。

「なんであたしにそんなこと訊くのさ」

「あんたはいろんなことを知っておるだろう」

「別に」

「あんたの立場は独特だ。山岬の内側でもなけりゃ外側でもない」

ふん、と洋子は笑った。

「はみだし者だからね」

「あんたが家族以外で気を許しておったのは、干場の殿さまだけだろ」

「殿さまは恩人さ。あの人がいなけりゃ、あたしらは路頭に迷ってた。いくら田舎でも、二人も子供を抱えた出戻りの面倒をみてくれる人なんか、いやしないからね」

「その殿さまの亡くなったときのことだが、覚えておるかね」

「もちろん。忘れようたって忘れられない」

ブランデーをすすり、洋子はいった。

「どうして死んだのだと思う」

「さあ。あたしは医者じゃないからね。でも心臓の発作とかそういうのじゃなかったかと思う。パジャマ姿でお屋敷の廊下に倒れてた」

「殺された、とは思わなかったのかね」

安河内がいうと、洋子はにらんだ。

「それこそ警察が調べて、何でもなかったって決めたのじゃない。殺されたのだったら、そう、いう筈よ」

「病院や自宅で、医師にみとられることなく亡くなった者は、それが病気や老衰であっても、変死とみなされる。遺体を警察に運び、警察官と担当の医師が検視して、事件性なしと判断すれば、死亡診断書にかわる死体検案書が発行され、葬儀、埋葬をおこなうことができる」

安河内はいった。洋子は頷いた。

「知ってる。あの日、救急車の人にいわれて一一〇番したのはあたしよ。警察が殿さまをワゴンで運んでいったわ。それで何でもない、といわれたのよ」

安河内は洋子を見つめた。

「何でもない筈がない、とあんたは思っておったかね」

洋子はすぐには答えず、安河内を強い目で見返した。やがていった。

「そんなこと、いえるわけないじゃない。大騒ぎになる上に、自分を疑ってくれと叫ぶようなものよ」

「なるほど」

安河内は頷いた。

「安さんはどう思ってるの」

令子が訊ねた。息を止めて答を待っている。

「どうなのだろう。あたしもずっと疑っていた」

「だったらどうして調べようとしなかったの」

「嫁が死んだのが、そのときだった」

「そうなの」

「嫁は大城の病院に入っておった。この二、三日がヤマだと医者にいわれ、台風のせいで、いざというとき駆けつけられないかもしれんと考えたあたしは、大城に泊まっていた。実は、あの日、当直はあたしの筈だった。だが別の者にかわってもらったのだ」

「誰なの、その別の者って」

洋子が訊ねた。

「目崎だ」

安河内が答えると、洋子は口もとをおおった。

「嘘……」

令子がつぶやいた。

「殿さまの葬儀の段取りをしたのは勝見先生だったな。二人とも死んでしまったわけだ」

令子が安河内を見つめた。しばらく黙っていたが、

「なんで……」

とつぶやくようにいった。

「あたしは干場だと思う」

令子の眉が吊りあがった。

「どういうこと!?　干場クンが人殺しだというの」

「ちがう。あの男がこの町にきたことで、今さら誰もひっくり返さないと思っていた石

がひっくり返った。とたんに、その下に隠れておった毒虫が動きだした」

「じゃあ目崎も殺された、と安さんは思ってるの」

「いいたくはないが、目崎はまともな警官ではなかった。殿さまの死因を、事件性なしと判断したのは、誰かにそうするように頼まれたからかもしれん」

「でも医者がいるじゃない」

洋子がいった。

「担当医も当番制でね。あの日は、長野先生だった」

「長野先生って、あの亡くなった――」

洋子の問いに安河内は頷いた。

「誰なの」

令子が訊ねた。

「もうあの頃で七十過ぎだった、開業医のお爺《じい》ちゃん。お年寄りの上にヤブだから、かかる人なんてほとんどいなかった。自分が病院に入ったほうがいいのじゃないかっていわれてたのよ」

洋子が答えた。

「そんな人が、警察のお医者さんをしてたの」

「しかたがない。地元の先生にお願いしなければ、大城からきてもらわなければならないのだ。もう少し若い先生と長野先生に交代で検視をお願いしていた」

「じゃあアテにならないってことね」

「そういうわけだ」

しばらく誰も口をきかなかった。

「いったいどうなっちゃってるの」

令子がいうと、洋子のグラスを奪い、ブランデーを呷った。それをとがめず、洋子はさらに酒を注いだ。

「これは根の深い事件だ。何年も前に、周到な絵図を描いた人間がおって、その通りにものごとが運んでいた。干場が現われたことで、それらがすべて狂い、いろんなものが表面に浮かびあがってきた」

安河内はいった。

「干場クンが心配だわ」

令子がつぶやいた。

「あたしもそれをずっと思ってた」

洋子がいった。

「あの子はそういうことを何も知らずにこの町にやってきた。悪い奴らの思うツボよ」

「二年前までだったら、干場もあっというまに殺されておったろうな」

安河内はいった。

「二年前？」

「そうだ。状況が一変した。トランスリゾートがやってきたことで」

「柳さんたち？」

「元からおったワルどもとはまったく別のワルがこの町に目をつけた。それがトランスリゾートだ」

「どうしてこんな田舎に目をつけるの」

「わからん。わからんが、柳には何か目的がある」

「マリーナだよ。元をただせば、殿さまのお屋敷」

洋子がいい、安河内はふりかえった。

「なぜそう思うのかね」

「噂がたってる。トランスリゾートは、マリーナの所有者に権利を売ってくれ、ともちかけている。半分は市のもちものだけど、残りの半分は、勝見先生や有本組長たちのものだ。それを買いとろうとしているんだ」

安河内は無言で考えていたが、はっと目をみひらいた。

相続回復請求が通った場合、マリーナの所有権の半分が干場のものになる。マリーナの所有権は現在、五割が山岬市で、五割が個人権利者にある。それを二割五分ずつさしだすのか、それとも市が所有する五割をそっくり干場に返すのかで、まったく状況はかわってくる。

個人権利者の中には、死んだ勝見はともかく、有本のように売却に前向きな人間もいる。彼らのもちぶんをおさえ、尚かつ市の所有分をそっくり干場が受けとって「人魚姫」に就職すれば、マリーナのすべてをトランスリゾートは手に入れることになる。

勝見が殺されたのだとすれば、理由はそこにあったのではないか。

安河内は目をつぶって唸った。やはりもっと早く勝見に会うべきだった。勝見がマリーナの権利をトランスリゾートに売る気だったかどうかで、容疑者がかわってくる。売る気ならば、トランスリゾートと敵対する勢力。そうでないなら、トランスリゾートだ。

だが、敵対する勢力はどこにいるのか。岬組の有本は、最初からその気などない。若頭の頭山か。頭山が大城一家の力を借りて狼栄会と伍《ご》していこうと考えているのなら、それもありうる。

勝見は、目崎を使って「人魚姫」の営業を妨害しようとした。その時点では、干場がトランスリゾートにとりこまれるのを何とか防ごうと考えていた節がある。

勝見には〝見えていた〟筈だ。干場がトランスリゾートにつけば、マリーナの権利をそっくり狼栄会が手中におさめる日がそう遠くない、ということが。

その上で、トランスリゾート側につくか、それとも敵対勢力につくかを、じっくり判断できたろう。態度を明確にせず、双方のでかたをうかがい、最も大きな利益につながる結論を下したにちがいない。

それをよしとしなかった者がいた。

柳か、頭山か、それともまったく別の誰かなのか。

「どうしたの」

令子が心配そうにのぞきこんでいた。

「急に唸るからびっくりしたわ」

「あんたにも見えたんだね」

洋子がぽつりといった。安河内は洋子に目を向けた。

「大ママにはいつから見えていたんだ」

「ずっと前さ」

眉ひとつ動かさず、洋子は答えた。

「殿さまが死んだときか」

「もっと前。殿さまにとっての腹ちがいの妹さんの母親が殺されたとき」

「桑原和枝が？」

洋子は頷いた。

「なぜだと思う」

「なぜだ」

「殿さまがいったのさ。これで私が死ねば、千場家の全財産は宙に浮く。悪いことを考える人間がいるかもしれない」

「殿さまは、あんたに残す、とはいわなかったのか。立ち入ったことを訊くようだが」

今度は洋子が目を閉じた。

「いってくれた。全部じゃないが、あたしたち母娘が食べていけるくらいのものを残してあげよう、と。でもあたしが断わった」

「断わった？」

「そう。そんなことになったら、それこそ町の人間に何といわれるか。体《てい》のいい妾《めかけ》だ、といわれてるのはわかってた。第一、殿さまがあんな亡くなりかたをして、あたしが遺産を受けとったら、それこそあんたは黙っちゃいなかったろう」

「確かに。疑われるのはまちがいない」

洋子は目を開けた。

「でも殿さまは聞かなかった。人が何といおうと、自分が世話になったことへの気持を形にして何が悪い、と。もしとやかくいわれるのが嫌なら、受けとった財産をもって山岬を離れればいい、とまでいってくれた。だから遺言書は書きかえておく、と」

「そうなの!?」

令子が声をあげた。

「そうだよ。でも実際亡くなってみたら、そうではなかった。殿さまが書きかえる前だったのか、あたしに嘘をついたのか、あるいは――」

「あんたが大声をださないと踏んで、古い遺言書を勝見先生が執行した」

安河内はいった。

令子は呆然《ぼうぜん》とした顔で洋子を見つめている。どうやらこの話は令子にも初耳だったようだ。

「どうして……」

令子がつぶやくようにいった。

「生きていればそういうこともあるんだよ。お金よりも守らなけりゃいけないものがあたしにはあったからね」

洋子はつぶやくように答えた。令子は黙りこんだ。

安河内は宙を仰ぎ、グラスを手にした。

46

朝八時、安河内の携帯電話が鳴った。「令子」で少し飲みすぎたか、わずかに頭が痛む。

安河内は茶の間にぽつんとすわり、茶をすすっているところだった。

「はい」

「安河内さんですか。頭山です」

「極道にしちゃ、早起きだな」

不穏なものを感じながら安河内はいった。

「わけがあるんですよ。うちの松本が自首をしたい、といってて」

干場にからんでいたチンピラだ。

「何の自首かね」

「それは会って話すそうです。今から事務所のほうにきてもらえませんか」

「急ぐな」

「安河内さんがいっしょのほうが心強いと思うんで」

「わかった。今から家をでるから十分か十五分で着くだろう」

「もうひとつあります」

「何だ」

「うちの組長が引退します」

「ほう」

安河内はいって煙草をくわえた。頭山の声には興奮をおさえこんでいるような響きがあった。

「じゃあ組は解散か」

「いえ、俺があとを任されることになりました。オヤジが書いた引退届を安河内さんから署のほうに持っていってもらいたいんです」

「それは松本の自首と関係があるのか」

「まあ、あるといえば、あります」

「とにかくそっちにいく」

安河内は告げて電話を切った。松本を連行するときのことを考え、自分の車で岬組の事務所に向かった。

事務所の前には一昨日見たのとはちがう若い組員が二人立っていた。安河内が車を止めると、大声をだして腰をかがめた。

「ご苦労さまです！」

「こちらです」

ひとりが事務所の扉を開き、いった。頭山がのっそりと姿を現わした。スーツ姿だ。

「朝からすいません」

頭山もいって、腰をかがめた。岬組の事務所内には、一昨日はまるで感じられなかった緊張感が漂っている。

「松本はどこだ」

「こっちです」

頭山は奥を示した。神棚が祭られ、代紋が扉に入った部屋だ。以前は床の間に模造日本刀が飾られ、床に虎の敷皮があった。それが姿を消している。

松本が畳の上に正座をしていた。顔面蒼白《そうはく》でぶるぶる震えている。

「ご厄介になります！」

いきなり声をあげて、両手をついた。

安河内は背後に立つ頭山を見やり、松本に目を戻した。松本は畳に頭をこすりつけている。

「何のご厄介だ」

「シンゴの親父を殺《や》ったのは俺です。殺す気はありませんでした。港でばったり会って、嫌みをいったらつっかかってきたんです。それで、落ちてた棒きれで頭をひっぱたいたら、よろけて海に落ちました。やばいと思ったんでそっから逃げました。申しわけありません！」

松本はひと息に喋った。安河内は頭山をふりむいた。

「というわけです。こいつはずっと黙ってるつもりだったみたいですが、きのうから県警のデカさんたちがいっぱい入ってる。びびって俺に相談してきたんです。それで俺は自首しろ、といったんで」

頭山は無表情にいった。

「なるほど」

安河内は答えた。そして松本に、

「顔をあげな」

といった。松本が顔をあげた。半べそをかいている。

「お前さん、そのとき誰といた？」

松本は瞬きした。目が安河内の背後の頭山を見た。

「あたしの顔を見て答えるんだ」

「ひ、ひとりです」

「ひとりで何してた」

「ぶらぶらしてました。飲んでよく、海を見にいくんです」

「別に港じゃなくたって、海岸でも見られるじゃないか」

松本は一瞬言葉に詰まった。

「お、俺……。港のほうがよかったんです」

「よかった？」

「いや、港のほうが好きで。小便もしたくて……」

「お前の家はあのあたりだっけか」

「そうです。俺の親父も漁師でしたから。ガキのときに時化で死にましたけど……」

「で、何時頃だ」

「何が、すか」

「港にいった時間だ」

「じ、十一時頃っす」

「そのときはいたのか」

「誰が、すか」

「シンゴの父親に決まってるだろう」

背後で頭山が舌打ちする音が聞こえた。

「いや、いません。俺が小便して、ぼんやりしてたらきたんです」

「歩いてか」

「よく覚えてません」

「それで？」

「ひと目で観光ホテルの奴だってわかったんで、俺、『何サボってやがるんだ』っていったんです。そうしたら俺のことにらんできて――。俺、かっとなって、『何だ、この野郎』つって、気がついたら棒で殴り倒してました。ふらふらとなって海に落ちたんで、ヤバいと思って逃げたんです」

「その棒はどこにやった」

「棒？」

「シンゴの父親を殴った棒だよ」

松本は激しく瞬きした。

「そのへんに捨てました」

「そのへんてのはどこだ。港の中か、それとも外か」

「いや、わかんないす。俺、ぼうっとなってて。とにかく、シンゴの親父、殺ったのは俺っす。申しわけありませんでした」

安河内は黙った。

「というわけで、ご厄介をおかけしますが、こいつを署に連れていってやってもらえませんか」

頭山がいった。安河内は頭山を見つめた。

「ナメてるのか」

「は？」

「こんな与太をあたしが信じると思ってるのか」

「本当っす！　俺が殺りました」

松本が叫んだ。頭山は苦笑いを浮かべた。

「与太なわけ、ないじゃないですか。与太で、オヤジが引退するわけないでしょう」

「こいつのやったことの責任をとる、というわけか」

「そうです」

「そのわりに指も飛ばしてないのは、どういうわけだ」

松本の両手は無傷だった。

「いくら田舎やくざでも、もうそんなの流行らないですよ。俺は詰めろっていったんですけど、オヤジが『どうせこれからクサい飯を食うのだから勘弁してやれ』と。こいつのことは、十五のときから知ってますんで」

安河内は煙草をとりだした。頭山がライターをさしだした。

「わかってやって下さい。こいつだって根性だして自首する腹を固めたんです。どうせなら、県警のデカさんじゃなく、安河内さんにお世話になろうって」

「松本」

「はいっ」

「お前、わかってるのか。マル暴のお前が殺しで入ったら、一年、二年じゃすまないんだぞ」

安河内は松本のかたわらにしゃがんだ。

「殺しじゃなくて傷害、じゃないすか。結果としてあのおっさんは死んじまいましたが、松本は殴っただけです」

頭山がいった。安河内は頭山を見あげた。

「傷害致死は免れられんぞ。海に落ちたのを助けもせず、ほうって逃げたんだ」

「そのあたりは、裁判で決まることですよね」

頭山は平然と答えた。

安河内は無言だった。這《は》いつくばった松本の肩が小刻みに震えている。

「こいつを男にしてやって下さいよ。もし安河内さんがどうしても駄目だっていうのなら、俺が署まで連れていきます」

頭山はいった。

「一課の取り調べはきついぞ。あやふやなところがあったら、とことんつっこまれる。わかってるのか」

「誰が何といおうと、俺がやりました！」

松本がいった。安河内は立ちあがり、頭山にいった。

「ちょっと二人で話そうや」

頭山の顔が険しくなった。

「松本を連れていってくれないんですか」

「話してからだ」

頭山は安河内をにらんでいたが、松本に告げた。

「お前ちょっと外にいってろ」

「はいっ」

松本は部屋をでていった。二人きりになると頭山は背筋をのばした。

「何でしょうか」

「有本に会いたい」

「オヤジはこもってます」

「こもってる？」

「自分の子供が、地元の人間を手にかけたってんで、世間に顔向けができない、と」

「仮に、だ。松本がシンゴの父親を殺った犯人だとして、それが有本の命令だったって可能性もある。こもってる、ですむと思うか」

「なんでオヤジが、ホテルの下足番、殺らせるんですか」

「そりゃわからん。誰かに頼まれたのかもしれん」

「そんなわけないでしょう。どこの世界に、わざわざ極道使って、下足番のおっさん殺す人間がいるんすか」

「俺はいる、と思ってる」

「誰です」

「そいつをお前さんにいうわけにはいかん」

「とにかく、オヤジは引退して、跡目は俺が任されることになりました。こんな時期ですから、襲名とかそういう義理ごとは、しばらく控えさせてもらいますが、どうかお見知りおきを願います」

頭山は口調を改めた。そして背広から封筒をとりだした。「引退届」と墨書《ぼくしょ》されている。

「松本といっしょに、これをおもちいただきたいんで……」

安河内は受けとった。

「お前さん、胸は痛まないか」

「何のことです」

「もし自首が通ったら、最低でも七、八年は、松本はでられんぞ。相手はカタギだ、もっと長くなるかもしれん。頭が悪いだけの小僧をそんな目にあわせて、胸は痛まないかと訊いている」

頭山は表情をかえなかった。

「だからこそ自首させるんじゃないですか」

安河内は頭山を見つめた。

「ずいぶん腹をすえたな。松本を犠牲にしても、この組を有本から貰《もら》いうけたかった、ということか」

「引退を決めたのはオヤジです。もしそれに納得できないっていうなら、会っていただけりゃわかります」

「どこだ、家か」

頭山は頷いた。その顔に安河内は冷やり、とした。もしここで、あくまでもすべて茶番だ、と安河内がいいはったら、頭山は何をするかわからない。何としても、松本が自首し有本を引退させる、という絵図を実現させる覚悟のようだ。

「松本を署に連れていってから、戻ってくる。自首の件と引退の件は別だからな」

安河内はいった。

「けっこうです。ただ俺は、そのときいないかもしれません」

「どこへいくんだ」

「大城です。跡目の報告と、兄弟縁組の打ち合わせがあるんで」

「兄弟縁組?」

頭山は誇らしげに頷いた。

「誰と誰の兄弟縁組だ」

「井本総長と俺とのです」

安河内は無言で頭山を見つめた。井本は、大城一家の親分だ。頭山が盃を交わせば、結果として岬組は大城一家の傘下に入ることになる。

「願ったり、か。お前さんにとっては。組を割らずとも、したいようにできるわけだからな」

頭山は安河内を見返した。

「よそからきた奴らに、いつまでもいいようにやらせるわけにいかないじゃないですか。土地の人間が一番だってのを、誰かが教えてやらなけりゃ」

安河内は顔をそむけた。頭山の鬱憤につけこんだ人間がいる。そいつが松本を身代わりに仕立て、有本の引退を演出した。結果、山岬は、大城一家と狼栄会の代理戦争の戦場になりかねない。

状況は悪くなっている。

47

「松本はほんぼしなの」

「引退届」の書状に目を通し終えた署長が訊ねた。松本の身柄を一係に預け、安河内は署長室を訪れていた。

「おそらく身代わりです」

「じゃあほしは、岬組のもっと上の人間ということですか」

「その可能性もなくはないですが、組外の人間であるほうが高い、と思います。おそらく松本は、大城一家との縁組で岬組が大きくなる、ツトめを終えたら、新しい組織の幹部になれる、と吹きこまれたのでしょう」

「実際にそうなる？」

「狼栄会との抗争に大城一家・岬組連合が生き残れば……」

「抗争なんて許すわけにはいかない、絶対に」

署長は言下にいった。安河内は黙った。

「松本が他の組員の身代わりでないのなら、組長に引退する理由は、ない筈です。なのに引退するのはなぜだと思いますか」

「ふたつ、考えられます」

安河内はいった。

「ひとつ目は、有本にはもう組を維持していく情熱がなくなっていた。たいしたシノギもなく、やくざということでいろんな縛りをうけている。さらに漁業や観光が不振で、稼ぎが下がるいっぽうだ。頭山のように意地を張るのも馬鹿ばかしい。組を畳んでも食っていけるのですからね。マリーナの権利をトランスリゾートに売ればさらに金になる。ただそうするためには、岬組の組長でいるのはマズい、と考えた」

「もうひとつは？」

「下からの突き上げ、あるいは外からの圧力です。頭山は気合が入っています。まかりまちがえば、根性のないオヤジに我慢ができなくなる、という可能性もある。それが怖かった。または、頭山に組を譲れという圧力が、大城あたりからかかった」

「大城一家の人間が観光ホテルの従業員を殺し、その身代わりに松本をたてた、という可能性は？」

安河内は首をふった。

「まず大城の人間と従業員のあいだに接点がありません。動機がない」

「嘱託殺人だったら」

「もしそれで身代わりに松本をたてたとなれば、岬組は大城一家に大きな貸しを作ります。有本は引退しないほうが得でしょう」

「あなたの考えでは、マル害の従業員は勝見弁護士を恐喝していた疑いがある、ということだった。可能性は排除できない。高齢の勝見弁護士が直接手を下すとは考えにくい。嘱託殺人で、松本が殺害した可能性は排除できない」

「おっしゃる通りです。しかしその場合、嘱託は、組長の有本抜きでおこなわれたことになる」

「どうかしら。有本が勝見から依頼をうけて従業員を殺害した。ところがそのかんじんの勝見が死亡したという知らせをうけて、失望して引退を決めたとも考えられる」

「すると勝見先生を殺した人間は、そこまで見こしていたことになりますね」

「大城一家が都内で勝見を殺害したとすればどうかしら。有本が引退し、大城一家は岬組を傘下におさめられる」

「勝見先生を殺した手口は、あれが殺人だと仮定して、ですが、極道らしくありません」

「あなたが監視をつけたい、といっていた人間なら？」

「可能性が高い、と思います。今はサラリーマンの皮をかぶっているが、只は、依頼をうければ、どんな人間をどんな形でも殺してのけるような気がします」

「一課に監視を要請しましたが、松本の自首で状況がかわると思います」

「そうですか」

苦い気持で安河内は頷いた。シンゴの父親殺しの捜査で一課の刑事が山岬に入っていれば、そこから只の監視に人をさくことができる。が、被疑者として松本が自首した今、捜査員の数が減少するのは避けられない。おそらく松本の供述のウラをとるための最低の人員しか山岬には残らないだろう。それでなくとも捜査一課というのは忙しい部署なのだ。

「行動確認は、その対象者を一番臭いと思っている人間がやるしかないようです」

安河内はいった。それは安河内自身をさしている。

「只こと大杉が、もしあなたの考えている通りの人間なら、彼はいったい誰の指示で犯行に及んでいると思いますか。社長の関口ですか」

「あるいは高州かもしれません。これはあたしの印象ですが、高州にはどこか底知れないところがあります」

署長はしばらく無言だった。

「本庁に高州に関する情報提供を要請します。それと、只の行動確認をするのであれば、用心の上にも用心を重ねて下さい。あなたの考えが正しいのなら、只はすでに警察官を一名殺害しているのですから」

やがて安河内の目を見ていった。安河内は無言で頷いた。

署をでた安河内は再び、岬組の事務所に向かった。今度は同じ敷地の有本の自宅を訪れる。応対したのは、前回と同じ見習いらしき若者だった。

応接間に通されしばらくすると、有本が現われた。生気のない顔だった。浴衣に丹前がけという格好はかわらない。

「あんたの引退届をさっき署長に渡してきた。ずいぶん急な話じゃないか」

有本は目だけを動かし、安河内を見た。

「あんなことになった以上、しかたがない」

「引退したとしても嘱託殺人の容疑を逃れることはできないぞ」

「嘱託殺人？」

「松本が観光ホテルの従業員を殺したのは、あんたの命令があったからじゃないかと署長は考えている」

「冗談じゃない。わかるだろう。なんで地元の人間を手にかける。私は本当にショックをうけているんだ。これまで、うちは地元の発展に尽くしてきた。それがこんなことになって、まさに針のムシロだ」

「引退はあんたの考えか、それとも下からの突き上げがあってのことか」

「何をいってんだ」

一瞬、有本は語気を荒らげた。

「さっき頭山と話したんだが、大城の井本総長と兄弟の縁組を結ぶらしい。あんたが組長だったらできなかったことだ」

有本は目をむいた。

「何だと!?」

「知らなかったのか」

「そんなことは何ひとつ聞かされてない。いったい何様のつもりだ」

「組長様さ。あんたが譲ったのだろうが」

有本の顔がまっ赤になった。

「帰れ！　二度とくるな」

立ちあがり、怒鳴った。

「俺はもうカタギだ。お前らとは関係ねえ」

安河内は有本を見つめ、冷ややかにいった。

「引退したからってすぐにカタギになれて、財産抱えてのうのうと暮らせると思ってたのか。そこまで世の中、甘くないぞ。カタギだろうが極道だろうが、デカが臭いと思ったら、いつまでもつきまとわれるんだ。勘ちがいしないことだな。また寄せてもらうよ」

立ちあがり、応接間をでた。閉じた扉の向こうで、何かを床に叩きつける音が聞こえた。

48

観光ホテルに柳を訪ねた。柳はおらず、かわりに桑野が対応した。こちらは前回と逆だ。

「有本のところに詫びを入れにいったそうだな」

「そんなおおげさなものじゃない。ただ怪我は怪我だ。遺恨を残すなって、専務にいわれたんだ」

桑野は顔をしかめた。

「本当はマリーナの権利買収の話だったのじゃないのか」

安河内がいうと、桑野は無表情になった。

「何の話だ」

「柳と話したい。あたしの携帯に電話するよう伝えてくれ」

「専務は当分忙しい。連絡はいつになるかわからない」

安河内は一歩、桑野に詰めよった。

「おい、警察をあまりナメるなよ。デカが連絡しろといったら、極道は連絡してくるものだ。してこないのなら、できない事情がある、とこっちは踏むぞ」

「何をすごんでやがる」

桑野は目を細めた。

「お前と柳の正体はバレてるんだ。組織犯罪処罰法って奴で、いつでもこのホテルを洗ったり、営業停止にできる。もちろん『人魚姫』もだ」

「手前……。目崎の後釜か」

「いっしょにするな。柳に連絡しろといっておけ！」

安河内はいって、背を向けた。

署に戻る途中で、携帯電話が鳴った。柳からだった。

「ずいぶんがたくれたじゃねえか」

「あんたと話したいことがある」

安河内はいった。

「どの件だ。有本の引退か。それとも勝見先生が亡くなった件か」

安河内は息を吸いこんだ。

「いろいろ知っているようだな」

「小せえ町だからな。噂はすぐに入ってくる。あのデブが自首したっていうじゃないか」

安河内は息を吐いた。山岬署の情報が洩れているのは、岬組だけではないのだ。トランスリゾートにも情報を流すスパイが署内にいる。しかも柳はそれを隠す気すらない。

「いつ会える」

「今、出張中でね。今夜遅くか、明日、だな」

「いいだろう。時間ができたら、いつでもかまわんから連絡をくれ」

答えて安河内は電話を切った。署に戻ると、刑事課は閑散としていた。松本の自首に伴う取り調べと裏づけ捜査に課員が狩りだされ、会議室に集められている。安河内を除く刑事課員は、ほぼ全員、県警一課の補助に回されたようなものだった。

署長の〝特命〟がなければ、安河内にも当然その役がふられたろう。

やがて会議が終わったのか、どやどやと刑事部屋に人が戻ってきた。中でも課長が、安河内を見るなり、いった。

「安さん、勘弁してくれよ。いきなり被疑者押しつけてどっかいっちまうんだもの。捜一の連中はカリカリしてたぜ」

「あたしは担当じゃないですから。で、どうなんです、松本の取り調べは」

課長は息を吐いた。

「微妙だね。今のまま送検したら、つっ返されるだろう。本人は自分がやりましたの一点張りだが」

「一課は何といってるんです？」

「裏づけ捜査しだいだが、まあ正直、検事さんが納得するだけのネタがそろえられるんなら、それでチョン、でもかまわねえとさ。もっともその材料を集めるのは私らの仕事なんだがね」

安河内は無言で煙草に火をつけた。

「署長は、裏づけ捜査は徹底的にやれ、とおっしゃってるよ。嘱託殺人の疑いもあるから、と。だけどね、こんな小さな町で、ホテルの下足番を極道雇って殺させる奴がいるかね」

「署長がそういってるんだ。やるしかないでしょう」

「安さんが何か吹きこんだのじゃないの？」

別の課員がまぜかえした。

「あたしはそんなに優秀じゃない」

「まあ、女署長さんだからね――」

課長が息を吐いた。署長が女にかわると、署内が杓子《しやくし》定規になる、といわれている。

「そんなにうるさい人じゃありませんよ。ただことなかれじゃない」

「うちあたりはことなかれでいいんだよ。こんな田舎で、そんな大きなヤマがあるわけないでしょう。騒いだって、何もいいことないのだから。一課だって、そのへんわかっているんだよね」

「なるほど」

「とりあえず、有本が引退しても岬組の関与のあるなしは、きちんと洗えといわれてるから、そのあたり安さんからも情報を上げてもらわないと」

「わかりました」

安河内は答えた。課員の中にトランスリゾートとつながっている者がいるとわかった以上、うかつなことは口にできない。

「安河内さん、いますか」

そのとき声がかかった。一課の人間だった。

松本の取り調べにあたっていた県警一課の人間が、自首前後の状況を訊きたい、といってきたのだ。安河内は会議室で向かいあった。

ひとりは一課時代の同僚で、今は出世して主任になっている。

「安河内さんが山岬にいるって聞いて、そういや奥さん、こっちの出身だったなって思ったんですよ」

佐倉というその警部はいった。

「家を建てちまったんで、離れるに離れられなくってね。まあ、じき停年だから……」

「私は期待してたんですよ。安河内さんがいるなら捜査もやりやすいだろうって。ところが、安河内さんはこっちの班じゃないっていうじゃないですか。署長にもってかれていて……」

佐倉はいった。表情をふだんからあまり浮かべない男だが、今日は特に乏しい。

「年寄り向けの仕事なんだよ」

「事故で亡くなった署員の身辺調査でしょう。やりたがる人間はいないんですわな。でもそんな仕事じゃなくて、殺しの捜査に安河内さんを回してほしいもんだ」

「あまり買いかぶらんでくれ」

佐倉は首をふった。

「本部のほうは、さっさと片づけて帰ってこいっていってるんですがね。正直、私は何か匂うんです」

安河内は佐倉を見つめた。いっしょにやっていたときはそれほど鋭いと思ったことがない男だったが、一課で磨かれたのかもしれない。

「どのあたりがだね」

「この一週間で、やけに山岬の人間が死んでいる。町の大地主の弁護士が東京で自殺したっていうじゃないですか。このヤマのマル害と安河内さんがやっている署員で三人だ。こりゃ何かしらある、と思うでしょう。それに六年前に死んだ別の大地主の倅だとかいうのもうろうろしてるというし」

「倅じゃなくて甥だ」

「本物なんですか」

「それがわからん。話してみると悪人には思えんが、騙りなら騙りで、相当の度胸だ」

「感心している場合じゃないでしょう」

「その男、干場功一というんだが、干場は相続回復の請求をまだ起こしちゃいない。すれば、必要書類などで本物かどうか確認ができる」

「一連のヤマとの関係はどうです」

「何ともいえんな。だが、あの男が現われたんで、殺しが起きたとも考えられる。ほしという意味とは別で」

「のらりくらりだな。そういえば、九年前のヤマ、覚えてますよね。大城のスナックママ強殺。ほしはまだ挙がってませんが、確か山岬に親類がいたのじゃありませんか」

「よく覚えてるな。そうだ。その親類が、六年前に死んだ大地主だ」

佐倉は黙った。やがて訊ねた。

「松本はほんぼしじゃない、と安河内さんは思っているでしょう」

「ウラをとるのは、あんたらの仕事だ」

「ずいぶん冷たいじゃないですか」

安河内は息を吐いた。佐倉を見つめる。

「何ですか。気になる目つきだな」

「あたしの考えを全部話してもいいが、条件がある」

「条件？」

「ある男の行確を一課に頼みたい」

「山岬の人間ですか」

「たぶんな」

「この小さな町で我々よそ者が行確なんかやった日には、かえって目立つと思いますよ」

「じゃあ、あたしの話はなしだ」

「待って下さいよ」

佐倉はあわてたようにいった。

「行確のマル対は何者です」

「関口建設という地元の土建屋の社員だ。傷害致死で服役したことがある」

佐倉は手帳をとりだした。

「氏名は?」

「只進。本名は大杉剣一」

安河内は字を教えた。

「妹が大城でスナックをやっている。店の名は『シルビア』、妹は大杉しほ。ちなみに大杉しほの住居は、九年前の強殺現場のすぐ近くだ。地取りの訊きこみもうけている。そのときは話さなかったが、事件当日、兄の大杉剣一が、着替えに部屋を貸してくれと訪れていた」

「何ですって」

佐倉が初めて表情をかえた。

「どうだ。行確、やってくれるか」

「全部話して下さいよ」

佐倉は安河内の目をのぞきこんだ。

49

佐倉との話しあいを終えた安河内は関口建設に向かった。関口に会いたいと告げると、社長室に通された。

「これはこれは、ご苦労さまです。いや、しかし勝見先生のことは驚きましたな。まさかあんな人が自殺するとはね。まったくびっくりしました」

関口は安河内の顔を見るなりいった。

「自殺の動機に心あたりはないのですか」

「いや、まったく。どっか体でも悪くしていたのかなと思ったくらいですわ」

「それについては、東京の刑事さんが調べているところです」

「じゃあ、今日はそのご用じゃないのですか」

「目崎のことです」

「目崎？　ああ、あの、事故で亡くなった」

「ええ、現役の警官が事故死したものだから、いろいろと調べる必要がありましてね。あたしみたいな窓際族に役目が回ってきてしまった。とりあえずご協力を」

「まあ、何でも訊いて下さい」

怪訝な表情で関口はいった。安河内は社長室におかれたマリーナの模型を見つめた。

「そういや、マリーナの権利を買い集めているところがあるそうですな」

「え？　ああ、らしいですね。私のところにはそういう話はきてませんが」

「きたら、社長も売られるのですか。噂じゃ、売ることに決めた人も何人かおられるようだが」

「私は売りませんよ。何といってもあのマリーナは関口建設の仕事の象徴だ。当社が地元にいかに貢献したかという証《あかし》です。売るわけがない」

「立派ですな。勝見先生は売るおつもりだったらしい」

「いや、それはないでしょう。勝見先生には売る理由がない。別にお金に困っておられたわけではないし、市長に泣きつかれて買ったのだから……」

「その市長が売却を勧めているのじゃありませんか」

「まさか。あのマリーナの権利は、市と我々民間が五割ずつ所有しています。市長が売る、ということは、市が売るってことでしょう。民間の権利者への連絡なしに、市が勝手に処分するなんてありえませんよ。第一、理由がない」

「理由はあります。山岬の財政状態です」

安河内がいうと、関口は難しい顔になった。

「確かに苦しいは苦しいですわな。うちあたり、公共事業が中心の事業者にとっては、市の財政は死活問題です」

「市がマリーナを処分すれば、金利負担だけでも赤字がだいぶ減るのではないですか」

「そうはなるでしょうが、民間権利者には知らん顔で、そんなことはしませんよ」

「マリーナの権利が、今の半分になるとしたら？」

関口は目をむいた。

「何の話です」

「いや、ただの噂です。亡くなった殿さまの甥ごさんというのがでてきた。甥ごさんが裁判所に訴えれば、市に寄付された殿さまの遺産の半分をとり戻すことができるのでしょう。そうなったら、マリーナの権利の売り値も半分になる」

関口は咳《せき》ばらいをした。

「そのことが、安河内さんのお仕事である交通事故の捜査と関係あるのですか」

「こりゃ失礼。まったく関係ありません。ついね、地元の噂話に気をとられてしまって。

申しわけありません」

安河内はいって頭をかいた。関口は蔑むような目になった。

「あたしらのような庶民には縁のない大金の話なんで、ついつい。いや、申しわけない」

懐から手帳をだし、めくった。

「じゃ、本題に入らせていただきます。大城にある『シルビア』というスナックをご存知ですかな」

「『シルビア』?」

関口は首を傾げた。

「さあ」

「関口社長もいかれたことがある筈です。東京の高州興業の社長さんと」

「ああ! あの店ね。長いこと高州さんとつきあいのあった新宿のホステスがだしたスナック」

「そうです、そうです」

安河内は頷いて、にこにこと笑った。

「その『シルビア』がどうしました」

「事故を起こした目崎が直前までそこで飲んでいたという情報がありまして。関口社長は目崎をご存知でしたか」

「いいや」

関口は首をふった。

「私はまったく知らない人だ。なぜ『シルビア』でその人は飲んでいたのかな」

「常連だったようです。警官という立場上、あまり地元の山岬じゃ飲めないので、大城まで飲みにいっていたのですな」

「なるほど」

「実はこの件について、東京の高州さんのところにもあたし、おうかがいしたのです」

「そりゃまた熱心なことで」

言葉とは裏腹に驚いた顔ではない。すでに高州から連絡をうけていたようだ。

「高州さんのお話によると、目崎とは一度『シルビア』で同席したことがあって、その場に関口社長もいらしたというのですがね」

「うん？　そうでしたか」

「ご記憶にありませんか」

関口は唸った。

「さて、いつ頃ですかな。商売柄、あちらこちらで飲む機会があるので、正直覚えておらんことも多いのですが」

「関口社長には秘書の方がおられますよね。只さん、といわれましたか。あの方に訊かれてみてはいかがです」

「只くんは今ね、出張で関西のほうにいっております。戻ってきたら訊いてみますが」

「出張中ですか、ほう。いつからです」

「一昨日ですな」

「いつ、戻られます」

「明後日まで戻ってきません」

「それはそれは……」

「その席に只くんもいたのですか」

「そこまではわからんのですが。高州さんのお話では、関口社長に『シルビア』を使ってやってほしいと頼んでいたということで」

「それは頼まれましたな。確かに。ですが大城までいくとなるとね……」

「近場のほうが便利ですからな。『人魚姫』などもいかれますか」

「いやいやいや」

関口は手をふった。

「ああいう、子供がいるような店は、私はちょっと。それにあそこに関しちゃ、あまりいい噂を聞かない」

「そうなのですか」

「未成年のホステスを雇っているとか、暴力団が関係している、とか。特に、観光ホテルの専務もしている男、何といいました、柳ですか。あの男はどう見てもマトモじゃない」

「確かに少しやくざっぽいですな」

「やくざそのものでしょう。それにあの柳の運転手。あれはもう、どこから見てもチンピラですよ」

「そういえば――」

安河内は思いだしたようにいった。

「有本さんが引退しましたな」

「何のことです」

「岬組の組長ですよ。跡目を若頭の頭山に譲って引退しました」

「いつです」

「今朝早く、です」

関口は口をあんぐりと開いた。

「そ、そうなのか」

「お聞き及びじゃありませんでしたか」

「いや、まったく。なんでまたいきなり」

関口は首をふった。

「岬組の松本という若い衆が自首しましてね。観光ホテルの下足番が港に浮いていた件で」

関口は瞬きした。

「それは、えっ、どういうことなんだ」

「自分がやったというんです。酔ってからんだあげく、態度が悪かったので殴ったら海に落ちた、と」

「そんな馬鹿な」

「何か腑《ふ》に落ちないことでも？」

「いや、それはだって、岬組の人間が、です。地元の人間を手にかけるなんて――」

「そうそう。有本さんもそこに責任を感じて引退したとのことでした」

「冗談じゃない。そんな勝手な――」

安河内は関口を見つめた。どうやら本当に有本の引退を知らなかったようだ。

「確かに関口社長に何も知らせないのは妙ですね。岬組は、何かとつきあいがあるのでしょうから」

「いや、うちはまっとうですから、そうそうつきあいがあるわけじゃありません。ありませんが、まあ、それなりに……」

関口はしどろもどろになった。

「頭山にも会ったのですが、張り切ってましたな。まあ暴走しないといいのですが」

「暴走？」

「ここだけの話ですがね」

安河内は声をひそめた。

「頭山は、大城一家と兄弟盃を考えているようです」

関口は目をむいた。

「大城一家と……」

「有本さんとはちがう路線でやっていこうということじゃないのですか。あまり、警察の厄介ごとを増やすようなことにならんようにとは思っているのですが」

関口は荒々しく息を吐いた。安河内は手をふった。

「いやいや、また話が寄り道しました。申しわけない。すると、関口社長は『シルビア』で目崎に会った記憶がない、そういうことですな」

「まあ、そうです。ただ高州さんがいた、といわれるのなら、いたのでしょう」

「そのあたり只さんに確認させていただいてよろしいですかね。お戻りになられてから」

「けっこうですよ。何でしたら、私から只に連絡をさせます」

安河内は首をふった。

「いや、それには及びません。あたしは暇ですから、こちらからおうかがいします。只さんのご住居は、山岬ですか」

「いや、あの男は大城です。車で通っている筈です。何でも潮の匂いが苦手だとかで」

「ほう。住所をうかがえますか」

「受付にいっておきます。あとでお渡しします」

「恐縮です」

「もう、これでよろしいですか」

「あとひとつだけ」

安河内はいった。

「只さんが関口建設に入社されたいきさつをお聞かせ願えますか」

「知人の紹介です」

「知人というのは？」

「いや、誰だったかな。仕事に困っている人間がいるので、と頼まれたんです」

「高州さんではありませんか」

「え？　そうだったかもしれませんな。只が何か？」

関口は安河内を見つめた。

「いや、以前どこかでお会いしたことがあるような気がしていて、ずっと考えているのですが、思いだせんのですよ」

「気のせいじゃないですか。私の聞いた話では、うちにくる前は、九州だかどこかにいた、ということなので」

関口はいった。

「そうですか。じゃあ、気のせいか。いや、お忙しいところを失礼しました」

安河内はいって頭を下げた。

50

関口建設の受付で只の住所を書いたメモをもらい、安河内は自分の車に乗りこんだ。本当なら署の覆面パトカーを使いたかったのだが、すべてではらっていたのだ。刑事課がそれだけ忙しくしているという証だ。

只の自宅は、大城市の外れで山岬からはそう遠くない位置にあるアパートだった。あたりは畑ばかりののどかな場所だ。アパートといっても、一見戸建てのような駐車場つきの棟割り長屋に近い。

マッチ箱を思わせる家が四軒連なって建っていて、その右端が只の住居だ。他の三軒は家族が住んでいるらしく、プランターや洗濯物が庭先にあって、生活の匂いがする。只の住居だけが、庭に何もなくひどく殺風景だった。駐車場に車はない。

安河内は少し離れた場所に車を止め、家のようすを眺めた。家は二階建てで、一階二階とも、窓にはカーテンがかかっている。中に人がいるようすはなかった。

車を降り、只の家に歩みよった。表札を掲げておらず、郵便受をのぞいても、何も入っていない。新聞をとっていないか、今朝抜いたかのどちらかだろう。

エンジン音にふりかえると、隣の家に軽自動車が止まろうとしていた。運転しているのは若い女で、駐車するとチャイルドシートから赤ん坊を抱えあげた。買物帰りのようだ。

「あ、申しわけありませんが——」

安河内は声をかけ、身分証を提示した。女は驚いたように立ちすくんだ。

「実はこちらにお住まいの只さんを訪ねてきたのですが、お留守のようですね」

女は安河内と只の家を見比べた。

「そうなんですか。わたし、お隣とぜんぜんおつきあいがなくて……」

「あまり会われることがないですか」

「ええ。めったに。お隣はたいてい朝早く、車ででかけてますし、帰りもけっこう遅くなるみたいで……」

「おひとりで暮らしてるのですかね」

「そうだと思いますけど」

「誰か、人が訪ねてきているのをご覧になったことはありませんか」

女は首を傾げた。

「ない、と思います。いつも、家にいるかどうかわからないくらい静かで、車が止まっていると、ああいるんだな、と思うくらいですから」

「すると何かトラブルとか起こったこともない？」

「ないですね。うちは半年前にここに越してきたんですけど、お隣はもう、そのときには住んでました。ここの四軒では、一番昔からいるみたいです。でもご近所づきあいはまるでしてません」

赤ん坊がむずかり、女は揺すった。

「そうですか。じゃあ特にかわったこととかもありませんか」

女は首をふった。

「わかりました。どうもお邪魔しました。あ、あたしがきたことは、お隣さんにはご内聞にお願いします」

安河内が告げると、女は不安げな顔になった。

「あの、何か悪いことをしたとか――」

「いやいや」

安河内は手をふった。

「おつとめの会社のことでちょっとうかがおうと思っただけです」

「うちが引っ越してきたときに挨拶にうかがったら、東京の出版社におつとめだっておっしゃってました。話したのは、その一度きりです」

「東京の出版社に、ほう。通うのが大変ですな」

「時間にうるさくないところなので平気だとか、そんな話をしてましたよ」

「なるほど、なるほど。只さんが乗っておられる車をご存知ですか」

「紺色の、あれはクラウンかしら。四ドアのセダンです」

「紺色のセダンね。承知しました。いや、どうもありがとうございました」

安河内は頭を下げ、その場を離れた。

山岬に戻ると自宅に車をおき、バー「伊東」に徒歩で向かった。

「えらくくたびれた顔をしてるじゃないか」

バーテンダーは、安河内の顔を見るなり、いった。

「くたびれもする。あっちにこっちにふり回されっぱなしだ」

安河内はいって、さしだされたハイボールの半分を一気に空けた。

「おやおや珍しい。今日は酔いたい気分かね」

「そんなんじゃない」

　つきだしは、ハムとモヤシのカレー炒《いた》めと肉団子だ。

「そういや、きのうは早仕舞していたろう」

「嫁いでた娘が孫を連れていきなり帰ってきてね。どうも亭主と喧嘩をしたらしい。今朝がた亭主が迎えにきたよ」

「平和だな」

「私はあんまりかかわりたくなかったんだがね。女房がやいのやいのいうものだから、話を聞く羽目になっちまって。無駄足踏ませたかね」

「向かいの『令子』で飲ませてもらったよ」

「あの若いのは、まだ戻ってこず、か？」

「干場か？　まだだ」

　安河内は首をふった。

「まさかこのまま帰ってこない、なんてことはないだろうね」

「なぜそんな風に思う」

「だってやたら物騒じゃないか、このところ。勝見先生が亡くなったって話も、町中に広がっているし。まさか、あの太ったチンピラが、シンゴの父親を殺したとも思わなかった。今、あの甥っ子が帰ってきたら、まっ先に何かありそうだ。ちがうかね」

「いなくなってもらいたい、と思ってる人間は、確かにいるだろうな」

一杯目を飲み干して、安河内はつぶやいた。

「だからさ。遺産をよこせってのは、別に、山岬にこなくたってできるのだろう」

「弁護士をたてればな」

「だったら尚さらだ。勝見先生が死んだんで、山岬に弁護士はひとりもいなくなった」

「生きてたって、勝見先生には頼めないさ。勝見先生は、訴えをうける側だ。市の代理人に立つだろうからな」

「安さんは、誰がやったと思う」

二杯目のハイボールをさしだし、バーテンダーは声をひそめた。

「やったってのは？」

「勝見先生だよ。自殺みたいにいわれてるが、本当は殺されたのだろう」

「あたしにはわからんよ。東京の刑事が調べることだ」

「自殺する理由なんかないじゃないか」

安河内は黙った。

「皆、怖がりながらも、いったいどうなるんだって、興味津々だ。これから山岬がどうなっていくのだろうって」

「どうもこうもないさ。悪い奴がいたらふん縛る。ただ、それだけだ」

「勝見先生が殺されたのも、裏で悪いことをしてたからじゃないかっていう者もいる」

「殺されたと決まったわけじゃない。めったなことをいわんでくれ」

安河内の携帯電話が鳴った。署からだ。

「はい」

耳にあてると刑事課長の声がとびこんできた。

「安さん、今どこだ」

「駅前のバーで一杯やってるとこですが」

「すぐ『人魚姫』に向かってくれ。頭山が押しかけて、にらみあいになってるらしい。外部のマルBが加わってるという情報もある」

「なんで、あたしが」

「有本の引退届をもってきたのは安さんだろう。頭山は、あんたのいうことなら聞く。パトはもちろんいってるが、変にややこしくしたくないんだ」

「じゃあ迎えの車をよこして下さい」

ため息を吐き、安河内は電話を切った。

「また何かあったな!?」

バーテンダーの目が輝いた。

「お前さんには喋らんよ。よけいな噂になっちゃ困る」

安河内はいって、立ちあがった。五分と待たず、パトカーが店の前にやってきた。赤色灯を回しているが、サイレンは鳴らしていない。中には二人の制服警官が乗っていた。

「先に何人、いってる」

パトカーに乗りこむなり、安河内は訊ねた。

「とりあえず二台、八人はいってます。それと課長も向かってる筈です」

助手席の巡査が答えた。やけに張り切った顔をしている。

「何だか殴りこみみたいな状況だって、先発から応援要請があって」

安河内は首をふり、

「そんな馬鹿なことあるか」

と吐きだした。

「人魚姫」の周囲には多くの人間が集まっていた。安河内がパトカーを降りたとたん、

「何だ、こりゃあ。山岬ってのは、酒を飲みにきただけで、こんなにお巡りが集まってくんのかよ！」

叫ぶ声が聞こえた。

「人魚姫」の入口に桑野と何人かの黒服が立ち、七、八名のやくざとにらみあっていた。声をあげたのは先頭に立つ男で、岬組の人間ではない。

「いいから帰れ。店がお断わりだといっているのだから――」

制服警官がいなしている。

「うるせえ。お巡りがなんででてくんだよ。俺らが何したってんだ」

食ってかかった。さすがに手はださないし、武器を所持しているようすもない。一種の嫌がらせだ。

その男のうしろに頭山が立っていた。

「おい、頭山。何の騒ぎだ」

安河内は声をかけた。頭山はふりかえり、薄笑いを浮かべた。

「別に騒ぎなんかじゃありませんよ。大城からせっかくきてくれた客人を、町で一番の店に案内しようと思っただけで」

「暴力団お断わりと書いてあるだろうが」

桑野がいった。頭山が前にでた。

「つい先週まで飲ませておいて、それはねえだろう」

「気取るなよ、こら」

別のやくざがいった。これもどうやら大城一家らしく、半数は安河内の知らない顔だった。

「お前ら、どっからきた」

桑野がその男に訊ねた。

「関係ねえだろう。この店は何か、いちいち客にどこからきたか確かめなきゃ、酒を飲ませねえのか」

「誰も客だなんて認めてねえ」

「何を、この野郎！」

つかみかかろうとするのを、警官が割って入った。

「こらっ。騒ぎを起こすのなら逮捕するぞ」

「クサい芝居はよせ」

安河内はいった。

「お前ら本気で騒ぎを起こす気なんかないのだろう。頭山、何がやりたいんだ」

「だから酒を飲みにきただけですよ」

「おっさん、地元のデコスケか」

先頭の男が安河内を向いた。

「そうだ。お前さんの名は？」

「原田ってんだけど」

「大城のとこか」

原田と名乗ったやくざは肩をそびやかせた。

「しばらく、頭山さんとこに世話になろうと思ってんだよ」

「若いのを連れてか」

「そうだよ、悪いか」

「悪いに決まってるだろうが。うちの人間を海に叩きこんで殺したのは、岬組のガキだ」

桑野が吠えた。原田が前にでる。

「だから自首したじゃねえか。うちの人間つったってよ、下足番だろう」

桑野の顔がかわった。

「調子くれてんじゃねえぞ、この田舎やくざが」

「何を――」

警官がいっせいに動き、桑野と原田の体を押さえた。

「離せ、この野郎！」

「頭山！」

安河内は声を荒らげた。頭山は冷静な表情でふりかえった。

「何ですか」

「これがお前の方針か」

「何の話ですか」

「トランスリゾートに喧嘩を売って、有本に身動きできなくさせるつもりだろう」

「先代は関係ないっすよ」

「すっかり親分気取りだな」

「財産もちとはちがいますからね」

頭山は横を向いた。原田が唸った。

「何がトランスリゾートだ。格好つけやがって。お前らだって同じ極道だろうが」

「何の話だ」

桑野がいうと、

「正体わかってんだ、手前ら。地元のサツと組みやがって、お前らの本家は狼栄会だろうがっ」

原田が叫んだ。野次馬がいっせいにざわめいた。狼栄会の名は、一般人も知っている。

桑野は無言だった。

「皆さん、知らねえで飲んでたのか。山岬の人間てのは、お人好しだな。え？」

原田は野次馬を見回し、大声をあげた。制服警官の中にも顔色のかわった者がいる。

初耳だったようだ。

「極道がやってる店だ、極道が飲んでどこが悪い」

「いい加減にしろ」

安河内はいった。頭山の目を見ていう。

「もう充分だろうが」

頭山が何かいいかけたとき、野次馬のひとりが叫んだ。

「本当なのかい、頭山さん」

日焼けした二十そこそこの若者だった。地元の漁師だ。

「何が」

頭山がふりむいた。

「ここが狼栄会だっていうの」

「ちがう！」

桑野が叫んだが、いっせいに、

「何がちがうんだ、その通りだろうが」

「極道のくせに極道って名乗れねえのかよ」

原田をはじめとする大城一家がわめき声をあげた。

頭山は肩をそびやかせた。

「刑事さんに訊いてみろよ。俺らなんかより、よっぽどよく知ってらあ」

安河内を示した。

若者が安河内を見た。漁師仲間らしい、ジャージ姿の少年を二人伴っている。

「本当かよ、刑事さん」

安河内は深々と息を吸いこんだ。その場の全員が口をつぐみ、安河内を見つめた。警官たちも安河内を注視している。

「確認中だ」

いっせいにざわめいた。

「何だよ、それ。知ってんじゃねえの、本当は――」

「サツがグルってことかよ」

「ありえねえだろ」

「とぼけてんだよ。ただ酒飲ませてもらってんじゃねえのか、え？」

声が飛んだ。

「確認できたら、どうするんすか」

頭山がいった。安河内は頭山をにらんだ。はめられたことに気づいていた。頭山は、「人魚姫」が狼栄会資本であると山岬の住人に知らせるため、わざと手下をひきつれて押しかけ、騒ぎを起こしたのだ。

「そんなことはお前に関係ない」

「そりゃそうですけどね。地元の俺らを目の敵にして、よそからきた極道はお目こぼしってのは変なのじゃないですか」

「誰がお目こぼしにしてる。おい、めったなことというな」

サイレンが安河内の言葉をかき消した。覆面パトカーが急行してきたのだった。ドアを開けて降り立ったのは刑事課長だ。

「おおい、何やってる！　解散しなさい！」

課長はいきなり大声をあげた。頭山ら、岬組側のグループを指さす。

「こんなところに集まっているのじゃない」

「何だよ！」

原田が叫んだ。

「何だよとは何だ!?　解散しないのなら検挙するぞ」

課長はにらみつけた。最悪のタイミングだった。これでは警察が岬組だけを叩いていると思われてもしかたがない。

「課長――」

安河内がいうと、課長は厳しい表情でふりむいた。

「どうしたんだ、安さん。なぜこいつらをいすわらせている」

「今帰るよう、説得していたところです」

「課長だぁ。あんたが狼栄会に飼われてるのか」

原田が野次った。課長の顔が赤くなった。

「何ていった、今！」

「よせよせ、帰るぞ」

頭山が原田の腕をつかんだ。課長の顔をのぞきこみ、いった。

「どうもご厄介をおかけして申しわけありません。ちょっとしたいきちがいだったんで」

「いきちがいだと。この連中は何だ。どこから連れてきた」

課長は、原田や他の大城一家と思しいやくざを示した。

「客人ですよ。山岬のうまい魚を食っていただこうと思いましてね。じゃ、失礼します」

頭山が合図をすると、いっせいに踵《きびす》を返した。ぞろぞろと動き、ここまで乗りつけてきたらしい車に乗りこむ。

課長はそれを見送り、舌打ちした。

「あいつら。今まで甘やかしすぎたか」

それから気づいたように、あたりに残っている野次馬に声をかけた。

「さあ、皆さんも引きあげて下さい」

野次馬たちから向けられている不信の目には気づいていないようだった。

51

課長や制服警官が引きあげると、安河内は桑野と「人魚姫」の店内に入った。店は急きょ営業をとりやめ、今まで飲んでいた客には料金をとらずに帰ってもらった、と桑野はいった。女の子もいなくなり、がらんとしている。

「あいつら、最初から騒ぎを起こす腹できやがった」

桑野は上着を脱ぎ、分厚い上半身を反らせて吐きだした。テーブルにおいてあったミネラルウォーターのペットボトルをつかむとキャップをひねり、ラッパ呑《の》みする。

「どうしてわかるんだ」

「いきなり、専務を呼べといったんだ。出張中でいないと若い者が断わったら、今度は俺を呼べ、だ」

「若い衆とよく殴り合いにならなかったな」

「専務に、絶対にもめるな、といわれてた。特に、あの怪我をさせた松本ってガキが自首してからは、ピリピリしてた。向こうが手をだしてもやり返すのじゃねえぞって。実際、応援にきた社員をホテルのほうに回せっつったくらいで」

「だから人がいなかったのか」

桑野は苦い顔になった。

「いてもいなくても同じだ。あいつら、でけえ声で狼栄会、狼栄会って騒ぎやがって」

安河内は煙草に火をつけた。

「本当のところ、お前ら、どっちなんだ」

桑野は上目づかいで見返した。

「知ってんだろ、もう」

「ここの営業許可をよくとれたな」

「社長はカタギだからだ」

安河内は目を細めた。

「トランスリゾートの社長か。さてはダミーだな。名前だけ社長にして、本当の経営者は柳ってことか」

「今さら隠してもしょうがねえか。そうだよ」

「だから社長てのが、いつまでたっても山岬にこなかったのか。わかってるだろうが、そうとなったら営業許可はとりあげられるぞ」

「ここに関しちゃ、あきらめるしかねえ。もう客なんかこない」

放心したように桑野はいった。その通りだろう、と安河内は思った。いくら田舎町で唯一のキャバクラといったところで、経営が地元のやくざならともかく、全国的に名の知られた広域暴力団となれば、敬遠されるのは見えている。

「観光ホテルはどうするんだ」

安河内はいった。「人魚姫」が畳まれるぶんには、地元に及ぶ影響はさほどのこともない。ホステスを含め、従業員の多くは、よその土地の人間だからだ。だが観光ホテルを畳むとなると、そうはいかない。観光客の誘致も含め、山岬全体にマイナスの影響がでる。

観光ホテルは、数少ない、漁業以外の地元住人の職場なのだ。

「それはそっちが決めることだろうが。サツが潰すと決めたら終わりだ」

「柳はまだ戻ってこないのか」

「さっき携帯で話した。あと一、二時間はかかるってた」

安河内は煙草をもみ消した。頭山は今頃、トランスリゾートの化けの皮をはいでやったと悦に入っているだろう。だが、その下に隠れていた狼栄会がひらきなおったらどういうことになるか、そこにまで考えを至らせていたのだろうか。

柳の腹ひとつで、本当にこの町は抗争の舞台になる。それだけはさせるわけにはいかない。

「お前たち、さらに兵隊を増やそうなんて思ってないだろうな」

桑野はすぐには答えなかった。脱いだ上着から煙草をとりだした。

「向こうしだいじゃないか。専務にだって我慢の限界がある。それによ、専務のうしろには、本部がいるんだ。本部が今までの投資を全部ふいにされて、黙ってるとも思えねえ」

「たとえ岬組を潰しても、狼栄会はここで商売はできないぞ」

「そいつはどうかな」

桑野は煙を吹きあげた。

「あんたじゃ手もだせねえような、でかい話になるかもしれん」

「マリーナの買収のことをいってるのか」

「さあね」

「有本は売ったのか」

「俺は知らないね」

もうカタギの仮面をかぶる必要はない、と思ったのか、桑野の態度がふてぶてしくなった。

人の気配に安河内はふりかえった。無人だった店にいつのまにか、数名の男が立っている。無言で、壁ぎわに立ち、安河内と桑野に視線を向けていた。大城一家の連中とちがい、これみよがしな服装や態度ではないが、明らかにカタギではない威圧感を漂わせている。

「桑野さん、大丈夫ですか」

ひとりがしゃがれ声でいった。

「ああ、大丈夫だ。世間話をしてただけさ。安河内さん、俺らこれから会議がありますんで、引きあげてもらえますかね」

桑野はいった。

「何の会議だ」

「いろいろ、ですよ。今度あいつらが何か仕掛けてきたら、一一〇番するってわけにもいかないでしょう。困るのは、そっちになるでしょうし……」

安河内は無言で桑野の顔を見つめた。噂はあっというまに広まる。警察が狼栄会の味方をして岬組だけを取締っている、などという話が流れれば、県警本部や新聞社まで動きだすかもしれない。

とはいえ、封じこめるにも、材料がない。

今のところ、狼栄会は表だっては何もしていないのだ。

だが何かが起こってからでは遅い。そんな気がしていた。にらみあい、互いに威しの言葉を吐く段階を、双方とも通り過ぎている。すでに何人かが死に、これからも死者がでるかもしれない。

「とにかく、柳と話す。奴さんにもそういってあるが、戻ってきたらあたしに連絡をするようにいってくれ」

安河内は立ちあがって告げた。

「人魚姫」をでていくと、パトカーは一台もいなくなっていた。課長が帰したのだろう。やむをえない処置だ。残っていれば、警察が狼栄会を守ってやっているといわれかねない。

安河内は息を吐き、歩きだした。バー「伊東」に今さら戻る気もしない。このまま自宅まで歩いて帰ろう。

海沿いの道を歩き、水族館の前まできた。

あたりに人けはない。ゲームセンターも営業を終了している。駅が斜め前方に見えた。時計をのぞくと、午後十一時四十分だった。

山岬止まりの終電も十五分ほど前に着いている。駅舎は暗かった。

さらに歩いた。漁港を左手に見て、旧街区の岬町に入る。漁師町なので、まっ暗だ。ぽつぽつと街灯が点《とも》っている以外、猫一匹いない。家まであと数百メートル、というところで、安河内は立ち止まった。妙な気配を感じたのだった。

誰かがあとを尾《つ》けてきている。そんな気がした。

気のせいだろうか。

街灯の光を外れ、建物の陰に入った。もし尾けてきている人物がいるなら、姿を現わす筈だ。

五分が過ぎた。誰も現われなかった。勘ちがいだったようだ。再び歩き始め、数分後には、自宅の前に着いた。

玄関灯が点り、小さな門の向こうの植え込みが影を作っている。門を開け、上着のポケットのキィホルダーを探りながら玄関の扉の前に立った。

カサッという音がして、安河内はふりかえろうとした。が、次の瞬間、細くて硬い輪が首に食いこんできた。輪は一瞬で安河内の喉を絞めあげた。

声にならない呻《うめ》きが安河内の開いた口から洩れた。

息が詰まり、キィホルダーを落として、安河内は首に両手をやった。が、喉を絞めつける輪は細く、すでに肉の中にまで達していて、指先すら届かない。

耳の奥でごうごうと音が鳴っている。両足で地面を蹴った。輪は容赦なく、安河内の首を絞めつづけた。

視界が不意に黒ずんできた。黒インクを目に落とされたようだ。

大きく口を開いているが、空気はまったく入ってこない。誰かが背後から金属の細い輪で首を絞めあげている。

安河内は暴れた。背後の人物のほうをふり向こうと体をひねった。一瞬、輪がゆるんだ。

息を吸いこもうとした刹那、再び輪が絞まった。がっという叫びが安河内の喉から洩れた。

膝が砕けた。襲撃者の思うツボだった。

尻もちをつくような姿勢になった。ハアハアという荒い息が耳もとでした。襲撃者は膝を安河内の背にあて、さらに絞めてきた。

安河内は腕をふり回した。襲撃者の手に当たった。感触で革手袋をしているとわかった。

だがそれ以上は何もできなかった。全身から力が抜け、目が飛びだしそうだ。

終わりだ、殺《や》られる。

次の瞬間、叫び声がして、輪がゆるんだ。安河内はそのまま地面に倒れこんだ。土の匂いと新鮮な空気を必死で吸いこんだ。

地響きがする。誰かが争っている。ぜいぜいと喉を鳴らしながらそれを感じていた。が、指一本動かせない。

やがてたたたっという足音が聞こえた。太い腕が安河内の肩の下にさしこまれた。

「大丈夫かい、安さん!」

安河内は目をみひらき、自分を抱え起こした人物の顔を見た。干場だった。

ほしば、といおうとしたが、かわりに口からこぼれたのはヒューヒューという情けない音だった。安河内は深呼吸し、唾を喉の奥に送りこんだ。まだ硬い輪が首を絞めつけているような気がする。

とにかく家に入りたい。

安河内は落としたキィホルダーを目で捜した。見つかるとそれを指さし、ドアを示した。

干場が動いた。キィホルダーを手にとり、ドアに鍵をさしこむ。干場は山岬駅で別れたときと同じジーンズ姿で、リュックを背負っていた。

今頃帰ってきやがった。安河内は心の中でつぶやいた。だが自分にとっては、一番のタイミングだ。もし干場が現われなければ、確実に殺されていた。

干場が家の扉を開け、安河内を抱え起こした。

「だい……丈、夫だ」

ようやくかすれた声がでた。玄関をくぐり、靴を蹴るようにして脱ぐと、茶の間にへたりこんだ。

朝でがけに飲んだ茶が湯呑みに残っている。それをつかむと喉に流しこんだ。

突然、汗が噴きでてきた。湯呑みをつかんだ手がぶるぶると震えた。

干場は茶の間の入口に立ち、心配そうに安河内を見おろしていた。

安河内は煙草をとりだすと火をつけた。せわしなく二度ほど吹かし、もう一度冷めた茶を飲んで、ようやく落ちついた。

「救急車を呼ぶかい」

見ていた干場が訊ねた。安河内は首をふった。

「大丈夫だ、すわってくれ」

座卓の向かいを示した。干場はリュックを肩から抜き、腰をおろした。

安河内は息を吐き、首を回した。小さな仏壇があり、亡くなった嫁の写真が飾ってある。

笑みを浮かべた、その丸顔を見た。

危なかった。「まだ、きちゃ駄目よ」と嫁の目がいっているような気がした。

干場に目を戻した。

「助かった。お前さんはあたしの命の恩人だ」

ようやく声がでた。

「偶然だ。終電でこっちに着いて、ぶらぶら歩いてた。漁港のようすを見にいこう、と思ったんだ。そうしたら、誰かが安さんにのしかかっていた。安さんとわかったのは、そいつが逃げてからだけど」

「顔を見たか」

干場は首をふった。

「覆面をかぶってた。黒い布の、プロレスラーがかぶるような奴。アメリカにいた頃を思いだした」

「体格は」

「あまり大きくない。けど、腕にはいい筋肉がついてた。硬くなくて、ボディビルとかじゃつかないような、いい筋肉だ」

安河内は唸った。

「服装は」

「黒っぽいナイロンジャンパーにズボンだ。運動靴をはいてた。そうだな、小柄だ。百七十センチあるかどうか、だと思う」

安河内は短くなった煙草を消し、携帯電話をとりだした。少し考え、署の番号を押した。

52

「悪いが、もうしばらくつきあってくれ」

安河内がパトカーの中でいった。安河内が電話をかけて、五分とたたないうちにパトカーがサイレンを鳴らしてやってきた。

玄関口に立った安河内は、でてきた警官に、

「裏に回れ！」

と怒鳴った。それが、安河内を襲った犯人の足跡とかを残すためだったというのが、あとから続々とやってきた警官たちに安河内が下した指示で、干場にもわかった。

安河内の家の周囲は、制服と私服の警官だらけになった。干場は、何人かの刑事に、安河内を救ったいきさつや、犯人の印象を何度も話させられた。

一時間ほどたつと、安河内が干場をうながし、外に止まっているパトカーに乗りこんだ。

「俺をつかまえるのかい」

干場は安河内に訊ねた。安河内は首をふった。

「まさか。だがあんたは犯人を見ている。このまま、ぶらぶら帰すわけにはいかん。今度はあんたが俺の首を絞めるかもしれん」

「あいつが俺の首を狙われるかもしれん」

干場は笑っていった。

「他の得物《えもの》を使ったらどうする。刃物や銃、ということだってある」

安河内の顔は真剣だった。

パトカーは山岬警察署に到着した。安河内に促されるまま、干場は署内に入った。階段をあがり、「第三会議室」とプレートのでた扉をくぐった。テーブルと椅子があるだけの殺風景な部屋だ。

「ここで少し待っていてくれ」

安河内はいいおいて、でていった。干場は首をふり、椅子に背を預けた。

数分すると、扉が開いた。警官の制服を着た女が、安河内とともに入ってきた。三十半ばくらいに見える。性格はきつそうだが、彫りの深い美人だ。

「干場功一さんですね」

婦人警官は、干場の向かいにすわるといった。

「そう。こんな遅くまで働かなきゃいけないなんて、婦警さんも大変ですね」

干場はいった。女はちらっと苦笑した。

「仕事ですから。このたびは、安河内さんを助けて下さってありがとうございました。お疲れのところを申しわけありませんが、もう少しご協力願えますか」

「いいけど、知ってることはもう全部、他の刑事さんに話したよ」

干場は答えて、婦警の背後に立つ安河内を見やった。いかめしい顔をしている。喉にはうっすら赤い線が走っていた。

婦警は安河内をふりかえった。

「安河内さんもすわって下さい」

安河内が言葉に従った。干場は二人を見比べた。

「もしかすると、安さんより偉い人ですか」

「署長だ」

安河内がいったので、干場は目を丸くした。

「え。それは失礼」

「気になさらないで。今夜の事件も含めてですが、いくつか干場さんにうかがいたいことがあります。深夜なのに申しわけありません」

「大丈夫ですよ。電車の中でずっと寝てましたから。ただ――」

干場は口ごもった。

「ただ？」

女署長が訊き返した。

「俺、すごく腹が減ってるんです。安河内さん家《ち》の前を通ったのも、実は、港のほうにでもいったらラーメン屋とか開いているかな、と思ったからで……」

女署長が笑みを見せた。安河内をふりかえる。

「この時間、出前とかとれる？」

安河内は首をふった。

「無理ですね。カップラーメンか、駅前のコンビニで何か買ってくるか」

答え、干場を見た。

「だったらなぜ、『令子』に寄らなかった。いけば何か食べるものくらい、だしてもらえたろうに」

干場は肩をすくめた。

「いろいろ考えることがあって。ちょっと令子さんのところにはいきづらかった」

「どういうことだ？」

「待って。その前に食べるものの手配を、当直の人間にさせて下さい」

女署長がいった。安河内は頷き、立ちあがった。

「わかりました。すぐ戻ります」

安河内は部屋をでていった。

二人きりになると女署長が訊ねた。

「書類は揃《そろ》ったのですか」

「書類？」

「あなたが干場伝衛門氏の甥である、と証明する書類です」

干場は天井を見上げた。それから女署長に目を戻し、

「まだです」

と答えた。

「ニューヨークに連絡して、とり寄せようと思ったのだけれど、テロとかの警戒の関係で、本人がいかないと難しいらしいんです。それで、ハイスクール時代の友人で、法律事務所につとめている奴に頼みました。けっこう時間がかかると、いわれました」

「そう」

安河内が戻ってきた。女署長はいった。

「今聞いたのだけれど、相続回復に必要な書類は、もうしばらくかかるそうです」

安河内は頷き、干場に告げた。

「カップラーメンと握り飯くらいなら用意できる」

干場はにっこりと笑った。

「助かる」

「で、令子のところにいかなかった理由を聞こう」

干場は下を見た。

「横浜に戻って、少し考えてた。俺は、殿さまの甥かもしれないけれど、一度も殿さまに会ったことはない。俺の母親も、腹ちがいの兄さんにあたる殿さまのことは、たぶんほとんど知らなかったと思う。そんな俺が、殿さまの遺産をよこせ、なんて訴えを起こすのは、おかしいのじゃないかと思って。親父のお袋さん、つまりおばあちゃんは、まだ元気で横浜にいる。そのことを話したら、やっぱり、『お前にそんな権利はない』って、いわれたんだ。法律的にはあるかもしれないけれど、たぶん、人間としてってことだと思う。『人さまの財産をあてにするなんて、それでも男か』って、怒られた。けど、令子さんや大ママは、俺が殿さまの遺産をとり返すことを期待している。もし戻って顔をだしたら、きっとその話になる。それがちょっと、重かった」

女署長と安河内が目を見交わした。

「横浜の家にずっといたのかね」

安河内が訊ねた。

「そう。ニューヨークと時差があるんで、連絡するのに、あまり出歩けなくて」

「山岬に戻ってきた理由は？」

女署長が干場を見た。

「いくら相続回復請求をしなくても、このまま帰らないわけにはいかないって思ったんです。友だちもいるし」

「友だち？」

「安さんや令子さん、シンゴやイクミ。それに柳さんも、まあ……」

「勝見先生のことは知っているか」

「勝見先生がどうしたの」

「テレビのニュースも見ておらんのか」

安河内がとがった声をだした。

「テレビとか好きじゃないんだ。アメリカにいたときも、野蛮人とよくいわれた。携帯電話ももってないし、テレビも見ない、インターネットも興味なくて……」

女署長が首をふった。

「確かにバーバリアンね」

「勝見先生が亡くなったんだ。新宿のホテルで首を吊っておるところを見つかった」

干場は安河内を見つめた。

「いつ」

「一昨日だ」

「新宿署は、事件性なし、と判断したそうよ。さっき通達がきていた。遺体は明日、帰される」

女署長がいった。安河内は眉を吊りあげて女署長を見たが、何もいわなかった。

「ただし、血中のアルコール度がかなり高かった。部屋には、飲み干したウイスキーのビンが転がっていた」

「そんな深酒をするような人物じゃありませんよ」

いらだたしげに安河内はいった。

「絶対に殺しです」

「わたしもその可能性は高いと思う。けれど所管警察署が事件性なしと、判断したものをひっくり返すためには、それなりの証拠がいる。とりあえず、遺体をすぐには荼毘に付さないよう、ご遺族には頼んでみるつもりだけど」

「大城の大学病院で保管してもらう、という手があります」

「ご遺族の了解をとりつけるのが先です」

干場は黙って、安河内と女署長の顔を見比べていた。

安河内が干場に告げた。

「それからな、松本が自首をした。シンゴの父親を殺したのは自分だ、といって」

干場はいった。

「ありえない。あいつにそんな度胸はない」

「あたしもそう思う。松本は、誰かに因果を含められて、身代わりになったんだ」

「じゃあ誰がシンゴの親父さんを殺したんだ？」

「それを知っていたのが勝見先生だ」

「だから勝見先生は殺されたのか」

「いいや。理由は別にある」

安河内は首をふった。

「マリーナの権利売買だ。勝見先生は、マリーナの権利を、トランスリゾート、つまり柳に売ろうとしていた。有本にもそうするよう勧めていた可能性がある」

「有本って、やくざの親分の？」

「引退したわ。松本の責任をとって。新しい親分は、頭山という男」

千場はあきれたようにつぶやいた。

「俺がいない間に、いろんなことが起こってるな」

「その通りだ。まるでお前さんがいなくなるのを待っていたみたいにな」

「そういうわけで、警察としては、あなたを保護対象者にする必要がある、と考えました」

女署長が告げた。

「保護対象……」

「身辺を警護します」

「警護って、どう？」

「私服刑事をつけます」

「ええっ」

千場はあっけにとられたように叫んだ。安河内がいった。

「マリーナの権利売買が一連の殺人に関係していることはまちがいない。表面的には、マリーナの権利をトランスリゾートに渡したくない者が殺人をおかしているように見えるが、あたしはこの事件はそんなに単純ではない、と思う。もとを辿《たど》っていけば、六年前の殿さまの急死、さらには九年前の、お前さんの祖母にあたる桑原和枝殺害にもつながる可能性がある」

「そりゃ、また……」

干場はあんぐりと口を開けた。

「九年前、大城で起きた強盗殺人事件で、お前さんのばあさんは殺された。犯人はいまだにつかまっておらん。あたしはそのとき県警本部にいて、捜査を担当した。その三年後、殿さまが急死したとき、本来なら検視をする筈だったのが、目崎にかわりを頼んだ。嫁の死に目にあうためだ。お前さんが山岬にきて、最初に死んだ人間が目崎だ。それから目崎と勝見先生が会っていたのを知った、シンゴの父親が殺された。あたしは、シンゴの父親が勝見先生を強請《ゆす》ったのじゃないかと見ている。

シンゴの父親は、目崎と勝見先生のあいだに何か怪しいつながりがある、と勘づいた。直後に目崎が事故死して、まちがいないと思ったのだろう」

「待てよ。シンゴの父親を殺したのは誰だ。松本じゃないぜ」

干場はいった。

「さっきもいったけど、あいつにそんな度胸はない」

「シンゴの父親を殺したのが誰かは、ここではおいておこう。ただその殺人に勝見先生が関係していたのはまちがいない、とあたしは思う」

安河内がいうと、女署長が訊ねた。

「ということは、一連の事件の背景に、勝見弁護士が関係していたと思うのですね」

安河内は頷いた。

「正直なことをいいます。あたしは、黒幕は勝見先生だ、とずっと疑っていました。その正体を暴いてやりたくて、干場が山岬に現われたとき、最初に勝見先生にそれを教えにいきました。尻尾をふってみせれば、スキを見せるかもしれない、と考えてました」

女署長は目をみひらき、安河内を見つめた。

「そのとき、まさか――」

安河内は首をふった。

「謝礼は受けとっていません。それは誓います。死んだ人間の悪口はいいたくありませんが、あたしは目崎とはちがいます。ところが、その勝見先生が死んで、黒幕はどうやら他にもいるらしい、とわかってきた」

「黒幕でいることに耐えかねて自殺した、とは考えられませんか」

「そこまで警察は、勝見先生を追いつめていませんでした。それに松本が自首することで、シンゴの父親殺しも決着がつくと思っていた筈です」

「松本の自首は、岬組幹部の関与がなければありえません。つまり有本か、現組長の頭山が黒幕ということでは？」

　女署長がいった。

「関与はしている、と思います。有本は突然引退届をだしました。直前にあたしが会ったときに引退など考えもしない、といっていたくせにです。そして有本が引退したとたん、あとを継ぐ頭山は、大城一家の井本総長と兄弟盃を交わした。この町に大城一家をひっぱりこみ、トランスリゾートを排除するのが狙いです。今夜、『人魚姫』に押しかけた頭山らは、おおぜいの野次馬の前で、トランスリゾートの正体が狼栄会であると騒ぎました。有本はトランスリゾートとはことをかまえる気がなかったのに、頭山はまるで逆のようです。挑発し、狼栄会がこの町に入りこんでいることを皆に知らしめた。しかも、まるで警察がその味方をしているかのような発言もした」

「許せないわね」

　短く女署長はいった。

「確かに許せませんが、現状ではトランスリゾートに手をだすことができません」

「組織犯罪処罰法違反で検挙する手もある」

「今それをすれば、いかにも上べをとりつくろうためにやったかのような印象を市民に与えます。それに岬組と狼栄会の対立に目を奪われていると、一連の殺人の背景を見落としてしまいかねません」

「殺人の背景というのは、殿さまの遺産か」

　干場がいった。

「あたしはそう思っている。これには何人もの人間が関与していて、時間をかけて計画を進めてきた。まずお前さんのばあさんを殺し、次に殿さまを殺して、遺産をとりこんだ」

「待って。とりこんだといっても、遺産は市に寄付されたのでしょう」

　女署長が口をはさんだ。安河内は女署長の顔を見た。

「ええ、そうです。そして殿さまの屋敷のあとにマリーナが造られた」

「それはつまり、市が殺人に関与した、といっているの？」

「殿さまの死によって利益を得た者の中には、山岬市もいる」

　女署長は深々と息を吸いこんだ。

「それが事実だとしても、立証するのは容易じゃない」

「山岬市といったって、市に人殺しができるわけがない。安さんは、誰をさしているんだい」

　干場はいった。安河内と女署長は顔を見合わせた。やがて安河内がいった。

「勝見先生と市長の西川さんは、叔父、甥の関係だ」

干場は無言で安河内を見つめた。女署長がいった。

「西川市長は、九年前、前の山岬市長が高齢で引退したのをうけておこなわれた、市長選で初当選しました。もともと中央官庁で官僚として将来を嘱望されていた人物でした。それが四十四のときに突然、地元の山岬に戻って立候補したのです。以来、現在が三期目にあたります」

「マリーナの建設を決めたのは、西川市長だ」

安河内はつけ加えた。

「安さんは市長を疑っているのか」

「犯人だといっているわけじゃない。が、勝見先生との関係を考えれば、何も知らずに山岬に戻ってきたとは考えられんのだ。殿さまの遺言をうけて、全財産を市に寄付した執行人は、勝見先生だった。だがその遺言じたいが信用できないと考えている人間もいる」

「誰ですか、それは」

女署長が訊ねた。

「死ぬ直前まで殿さまの身の回りの世話を焼いていた、小沼洋子という女性です。生前、殿さまは彼女に遺産を渡すといっていた。ところが蓋を開けてみると、そういう内容の遺言は一切、なかった」

「なぜ抗議しなかったのです」

「この小さな町で、実力者の勝見先生の発表に盾突けば生きていけない、と考えたのです。彼女には娘が二人いて、ひとりは駅前で酒場を、もうひとりは市内で主婦をしています。娘たちにも累が及びかねないと考え、沈黙を守ることにしたようです」

女署長は無言で首をふった。安河内がつづけた。

「相続した土地に、市は第三セクターの資本でマリーナを建設しました。その工事をうけおったのは、地元の関口建設で、それによって、一時的にせよ潤った住民もいたわけです。そうした計画全体に水をさすような行為が、この小さな町で、可能だとはあたしも思いません」

「しかしそのマリーナの建設が、今では市の財政を圧迫しています。建設に投入する費用のために発行した公債や、マリーナじたいの経営難が、市の首を絞めている状態です」

「そう。その点では、山岬市も被害者だ」

「しかし今、トランスリゾートは、マリーナの権利を買おうとしている。それはいったいどういうことです？」

安河内は首をふった。

「それはあたしにもわかりません。トランスリゾートの社長は、名前だけのカタギで、実際に仕切っているのは柳です。柳に何か考えがあって、マリーナの権利を買いあさろうとしているのだとすれば、それを売る売らないの対立が、犯人側のグループに生まれているのかもしれません」

「マリーナの権利をもっているのは誰なの」

「市を別にすれば、関口建設の関口、勝見先生、名義は他人ですが有本、などです。このうち有本は売る気満々で、そうしむけたのは勝見先生だと思われます。一方で、関口は、売る気がない、といっています。また、ここにいる干場さんが相続権の回復請求をおこない、それが通れば、マリーナの権利の半分は、この干場さんのものになる可能性がある。それをめぐって、トランスリゾートの柳も関口建設の関口も、干場さんを自社にとりこもうとしました」

女署長は干場を見た。

「どちらかに就職されるのですか」

「『人魚姫』は無理だぞ。明日にでも営業停止処分になる」

安河内がいった。干場は首をふった。

「どっちにも就職する気はないよ」

「今、市にはふたつ大きな問題があります。ひとつは、ここまで安河内さんが話してきた、長い時間のあいだに発生している何件かの殺人。もうひとつは、大城一家と岬組の縁組に伴い、狼栄会とこのふたつの組が対立するという、治安上、看過するわけにはいかない問題です。一連の殺人について犯人の目星を安河内さんはつけているのですね」

「すべてが同じ犯人かどうかはわかりませんが、今日、あたしを襲ったことからして、そいつが多くのヤマを踏んでいるのはまちがいないと思います」

答えて、安河内は干場を見た。

「今夜あたしを襲った犯人だが、お前さんがこの町で会った人間の誰かに似てはいないかね」

「気をつけて。誘導にならないように」

女署長がいった。干場は無言で考えこんでいたが、首をふった。

「わからないよ。誰のことをいっているんだい」

「それをいうと、署長さんのいった通りになってしまう」

「安さんを襲ったってことは、犯人は自分が安さんに疑われているのを知っているんだな」

干場がいうと、安河内ははっとした顔になった。

「いかん。『シルビア』のママが危ない」

「『シルビア』?」

「目崎が事故直前まで飲んでいたという店だ。それも嘘だったのだが」

いって、安河内は携帯電話をとりだした。記憶させていた番号を押し、耳にあてる。

相手が応えると、いった。

「ママは今日、でていますかね。でていたら、ちょっとかわっていただきたいのだけど」

返事を聞いて、安河内の表情は険しくなった。

「そうですか、わかりました。あの、携帯の番号を教えてもらえますか。あたし、以前おうかがいした、安河内といいます。山岬警察署の安河内です」

向こうが何かをいった。

「わかりました。それで結構です。連絡をお待ちしています」

安河内は自分の番号を告げ、電話を切った。

「どうしました」

女署長が訊ねた。

「三十分ほど前に、携帯に電話がかかってきて、ママは早引けしたそうです。店のバーテンダーは、ママの携帯に連絡がついたら、こっちにかけるよう伝える、と。あたしに直接番号を教えるのは警戒したみたいです」

「大杉が安河内さんを襲ったのだとしたら、妹からあなたの捜査のことを聞いたのが動機だというのですか」

「もちろん、それ以外の人間、たとえば高州から聞いた可能性もあります」

そのとき、安河内の携帯電話が鳴った。

「はい、安河内です。そうですか、わかりました。いえ、ご協力、感謝します」

安河内は電話を切った。

「ママの携帯はつながらないそうです」

「自宅に確認にいかせましょう。大城の人間を誰か」

女署長がいって、内線電話をとりあげた。

「お願いします」

安河内がいって、手帳をとりだし、住所を告げた。

一連の連絡が終わると、干場は安河内を見た。

「只が安さんを襲った犯人だと疑ってるのかい」

「容疑者のひとりだ」

干場は目を閉じ、考えこんだが、やがて首をふった。

「わからない。あのおっさんは、顔が強烈すぎて、体つきまで印象に残っていないんだ。けど別人だと断言はできない。背丈とかは、同じくらいだった」

「今日、あたしは自宅にいってみたんだが、近所の人間には、東京の出版社につとめている、といっているらしい」

「なんでそんな嘘をつくのかな」

「さてね」

「署長さん――」

干場は女署長を向いた。

「何でしょうか」

「さっき、刑事さんを俺につける、といわれましたよね」

「いいました」

「だったら安さんをつけてもらえますか」

「干場――」

安河内があきれたようにいった。

「わたしもそれを考えていました。事件背景に詳しい人間でなければ、署内の人間であってもうかつにあなたの警護を任せられないでしょう。安河内さんは適任です」

「あたしは駄目です、署長。いざというとき、あべこべに守ってもらわなきゃならん」

安河内が首をふった。

「では、署内の人間で適任がいますか」

「いや、それはいくらでもいるでしょうが、ただ事情を知らせずに任せるのはちょっと……」

安河内は黙った。

「だったら安河内さんでいいじゃないか。俺が守ってやっても、ぜんぜんかまわない。それに俺がいっしょにいたほうが、いろんな人間の話が聞けそうじゃないか」

「それはそうだが、お前さんは警官じゃない」

「でも当事者だ」

安河内は女署長を見た。

「今夜のところは、とりあえず安河内さんに任せたいと思います。よろしいですか」

「拝命します」

安河内が頭を下げた。とたんにまた、安河内の携帯電話が鳴った。

画面を見て、安河内がいった。

「柳です」

女署長の表情が険しくなった。

「——はい、安河内だ」

携帯電話を耳にあてた安河内は、柳の言葉に答えた。

「いや、起きておった。お前さんは今どこだ」

柳の返事を聞き、

「ちょっと待て」

といって千場を見た。

「柳は、車で動いていて、あと二十分ほどで山岬に着くといっている」

「気をつけて下さい。接触の方法によっては、岬組の流す噂にかえって信憑性《しんぴょうせい》を与えてしまいます」

女署長が小声でいった。安河内は頷き、電話に告げた。

「実は今、千場といっしょにいる。いろいろあってな。お前さんと会いたいのだが、そこらで気軽に話すというわけにはいかんのだ」

柳が喋った。

「今か？　今は署におる」

安河内は首をふった。

「いや、『令子』はまずい。他の場所がいい。千場の旅館も駄目だ。そうだな……」

考えあぐねたように安河内は女署長を見た。

「善楽寺はどうかな」

千場がいった。

「善楽寺だと？」

安河内は目をむいた。

「あそこなら町から離れてる。和尚さんはもう寝ているかもしれないけれど、事情を話せばわかってくれると思うんだ」

「善楽寺というのは？」

女署長が訊ねた。

「殿さまのお墓がある寺です。ここからわりと近くて、海や町を見おろす山にあります」

「ああ、あそこね」

安河内が電話で善楽寺の場所を説明した。柳は善楽寺で会うことに同意したようだ。

電話を切り、安河内は干場にいった。

「これから会うことになった。お前さんはここにいてくれ」

「待ってよ。俺がいかなかったら、柳さんは和尚さんに追いだされる。安さんの心配してることはわかってる。安さんがいいというまでよけいな話はしないでいるから、俺もいっしょに連れていってほしい」

干場はいった。安河内は息を吐いた。

「柳、ひいては狼栄会が干場さんに危害を加える可能性はないのですか」

女署長がいった。安河内は首をふった。

「今の段階でそれはありません。ただトランスリゾートによるマリーナの権利の買収目的がはっきりしていない以上、今後のことは不明です」

「拳銃をもっていきなさい」

安河内は渋い顔になった。

「拳銃ですか」

「あなたひとりの身体生命を守るためではありません。干場さんも守らなくてはならないのですから」

「わかりました」

安河内はつぶやいた。

「柳との接触は重要です。岬組の挑発に対して、狼栄会がこれにのらないよう、説得するのが安河内さんの仕事です。それは理解していただいてますね」

安河内は頷いた。

「その役割は、あたしにしか果たせんでしょう」

女署長は安河内を見つめた。

「たいへんだとは思いますが、どうかベストを尽くして下さい。安河内さんが山岬署にいたのは、不幸中の幸いだったとわたしは思っています」

安河内は首をふった。

「あまり買いかぶらんで下さい。あたしは停年まぢかの老兵です」

53

「さっきの署長さんのいったこと、どういう意味だい」

安河内の運転する覆面パトカーが山岬署の駐車場をでると、干場は訊ねた。

「どういう意味とは？」

「安さんが山岬署にいて、不幸中の幸いだったって」

「さあな。こき使うんでちょいとお世辞をいったのじゃないかな」

「それだけ？」

「それだけとは？」

「善楽寺の和尚さんは、山岬は一度潰れて、漁だけで細々と食う町に逆戻りすればいい、といってた」

「あの和尚は厳しいからな」

「いろいろ町のことを知っていて、でも自分からは何もいわない、そんな感じだった」

安河内はちらりと干場を見た。

「小さな町の警察というのは、難しいんだ。ましてそこに、暴力団がふたつもいる、となるとな」

「しかも町の財政が破綻しかけていて、それを喰《く》いものにしようとしているのだろ」

「そうだ。だが市役所とちがって警察は、市の財政とは無関係だ。県や国の予算で運営されておるからな。その一方で、地元とはさまざまなつながりをもたざるをえない」

干場は考えこんだ。

「俺は最初、山岬は、日本中どこにでもあるような、のどかな田舎町だと思っていた」

「どこにでもあるさ。財政破綻目前の自治体などどな。だがそれに暴力団が目をつけているとなると、ちっと特殊だろう」

「あの署長さんは、安河内さん以外の山岬署の警官をあまり信用していないみたいに見えた」

「そうじゃない。いろいろな町の背景を理解するのがたいへんだというだけだ。警察は、地元の人間がむしろ少ないからな」

「いるとすると目崎みたいな人間か、安さんみたいな人間のどちらかってこと？」

「そうだ」

車は県道を外れ、善楽寺へつづく坂にさしかかっていた。ライトの光に、以前干場が登った石段が浮かびあがった。車だとそれを回りこむように山道をさらに登っていかなければならないようだ。

あたりはまっ暗だ。カーブの向きによって、町の夜景が見えるが、それを折れると漆黒の森林が山道に迫って、視界を閉ざしてしまう。

「安さんは、名刑事なのだろ」

「何をいっとるんだ」

「署長さんが不幸中の幸いといったのは、地元出身の刑事に安さんみたいな腕ききがいたからだと俺は思ったのだけれど」

「刑事なんてのはな、ひとりじゃ何もできん」

「そうかな」

「実際、今夜あたしが殺されていたら、それまでだ」

「つまりそれだけ安さんは犯人に迫ってるってことだろ」

干場の言葉に安河内は答えなかった。

やがて山道の先に善楽寺の山門が浮かびあがった。黒々とした本堂の建物の向こうに、山岬の夜景と水平線が広がっている。

山門をくぐり、参拝者用の車寄せで安河内は車を止めた。ライトを消し、エンジンを切る。柳はまだ到着していなかった。

覆面パトカーの窓をおろし、安河内は煙草をくわえた。

「あたしが本当に名刑事だとお前さんは思っているのかね」

煙を吸い、咳こみ、安河内はしわがれた声でいった。

「あたしが名刑事なら、神奈川県警にお前さんのことを調べさせている」

干場は安河内を見た。が、暗がりで表情はわからなかった。

「俺の何を？　本物の干場功一かどうかを？」

「まあ、そうだ」

「で？　調べたの」

「いや。調べなかった。大切なのは、お前さんが本物かどうかじゃない、と思ったのでな」

「じゃ何が大切なんだい」

「お前さんが現われたことで起きる、もろもろだ」

「人が死ぬことも？」

「それは誤算だった。昔の殺人を暴きたいと思ってはおったが、今になって、こんなに人が死ぬことになるとは予想もしてなかった」

「俺が悪いのかな」

「それはお前さんが殺人犯なら別だが、そうでなければ関係ない。本物だろうと、偽者だろうと、な」

「俺が偽者だとしたら目的は何だい。殿さまの財産か」

「思ってるよ」

「裁判所を納得させられるような証拠を捏造《ねつぞう》するのは大仕事だ。それに、たとえ作れたとしても、わざわざ山岬にまでくる必要がない。どこかよその土地で訴えを起こせばすむ」

「じゃあ何のために山岬にきたんだ？」

干場が訊ね、安河内が答えようとしたとき、ヘッドライトが車内にさしこんだ。二台の車が山道を登ってきて、山門の手前で止まった。

安河内は運転席のドアを開け、降り立った。手でライトをさえぎり、あがってきた車を見た。

ライトが消えた。安河内は手をおろした。車のドアが開く音がして、

「こんな夜中に寺とは、肝試しでもしようってのか」

柳の声がした。干場は助手席のドアを開いた。

「そういうお前さんこそ、今日はずいぶんお供を連れとるじゃないか。お化けが苦手というがらでもないだろうに」

安河内がいった。

柳は五人の男たちに囲まれていた。小柄な柳が隠れてしまいそうなほど、大柄で厚みのある体をした男ばかりだ。いずれも黒っぽいスーツを着けている。

「よう、干場。やっと帰ってきたな」

男たちを押しのけ、柳が前にでた。嬉《うれ》しそうに歯を見せている。

そのとき、

「何じゃ、何じゃ。こんな夜中に騒々しい！」

大声が浴びせられた。本堂の明りがついている。浴衣姿の住職が歩みよってきた。住職はまっすぐに柳の前に立った。

「お前さん、確かふもとの観光業者だったな。引き連れておるのは、お前さんの手下か。ふん、どいつも凶悪そうな面がまえをしておる」

「何だと、この野郎」

男のひとりが唸り声をたてた。

「住職、申しわけない。あたしがこの連中を呼んだんだ」

安河内がいった。住職はふりかえった。

「あんた、安河内さんかね。嫁の墓参りにしちゃ、ずいぶん妙な時間だが」

いって、住職は干場に気づいた。

「おう、お前さんもおったのか。こりゃあどういうわけだ。ふもとじゃいろいろ物騒なことも起こっているようだが」

「ひと言で説明するのはちょっと。ただ、こちらの境内で話をしたかっただけなんです」

安河内がいった。住職は柳たちに顎をしゃくった。

「まさかあんた、この連中と仲よくしとるんじゃないだろうな。嫁さん怒って化けてでるぞ」

「おい、爺い、あんまり調子こいてんじゃねえぞ」

柳のかたわらの男が進みでた。

「坊主だろうが何だろうが、ナメた口きいてると後悔するぞ」

「よせ」

柳が低い声で止めた。

「夜中に押しかけて迷惑かけてんのはこっちだ」

「別にきたくてきたわけじゃないでしょう。呼びだされたからきたんだ。なのに何ですか、こりゃ。山岬てのは、皆んな、こんなナメた奴らばっかりなんすか」

「やかましい。お前は少し黙ってろ」

「黙ってられませんね。柳さんのやりかたがぬるいからってんで、俺ら本部からいってこいっていわれたんです。岬組の新組長が大城の井本と縁組結んだってんで、大城のうちの支部もぴりぴりしてるんすよ。あいつら田舎やくざがどこを相手にしてんのか、そろそろわからせてやったっていいんじゃないすか」

「狼栄会だってか」

安河内がいった。男は安河内をにらんだ。

「それなら心配はいらんよ。さっき『人魚姫』に押しかけた頭山がいいふらしておったからな」

「上等だ。それと知って挑発してんのか」

男はいった。

「だったらどうするね。山岬で抗争を起こそうというのか」

「さあね。サツにいちいち報告してカチこむ極道がどこの世界にいるよ」

「いい加減にしろ」

柳がいった。向きなおり、いう。

「俺はひとりで戻ってきたかった。が、本部の風向きがかわってね。この通り、血の気の多いのがついてきちまった。これでも話ができるかな」

安河内は首をふった。

「駄目だな。あんたひとりと話したかったんだ。こうならないように、とな」

柳は息を吐いた。

「そいつは残念だった。やるときはやれ、というのが本部の方針でね」

「マリーナの買収はどうするんだ」

「とりあえず、邪魔が入らなくなってからってことで」

「市長は困るぞ。お前さんたちが牙をむいたら、これまでの立場がなくなる」

「最初にちょっかいをだしたのは、地元の組だ。そいつをコントロールできなかったのは、市長さんの責任じゃないか」

「なるほど。有本の引退までは、市長の計算に入っていなかった、ということか」

「あいつをびびらせたのは、うちじゃない。勝見がくたばったのが一番だ」

「お前さん、勝見先生とも接触しておったのだろう」

「マリーナの権利者だからな」

「勝見先生は売る気だったのだろう。それとも、もうとっくに買いとったのか」

「バレることだからいいますがね。勝見とは東京で売買契約を進める予定だった。けれど、あんなことになってパーだ」

安河内は目を細めた。

「それは本当か」

「嘘なんかつかねえよ。勝見を殺ったのは、マリーナの権利をうちに渡したくない奴らだ」

「別の考え方もある。勝見先生が売り渋ったんで、何とかした」

「冗談だろう。あんた、マリーナの所有権は一代限りだって知らないのか」

「どういうことだ」

「所有権者存命中の移譲は有効だが、死亡した場合、所有権は、マリーナ本社に戻るんだよ。ゴルフ場の会員権でたまにある、条件つきの権利って奴だ。だから勝見が死んでも、その権利は遺産として相続されねえんだ」

安河内は目をみひらいた。

「それは本当か」

柳は首をふった。

「申しわけねえが、あんたじゃ手の届かないところで、悪知恵を働かせてる奴らがいる。そいつらがうちを押しのけようとしてるのさ。だからこうして、押しのけられないように、本部が人をよこした」

「あの、口をはさんで悪いのだけど、俺にもわかるように説明してもらえるかな」

干場は進みでた。

柳が向きなおった。

「マリーナの権利は、市と六人の出資者が折半でこしらえた第三セクターがもっている。六名のうちわけは、関口、勝見、有本、高州に、山岬の外に住んでいる二人だ。この二人というのは、うちの調べじゃ、ただの名義貸しで、実際は、別の誰かのものだ。で、六名の個人出資者が、本当にマリーナの建設費用をだしたのかといやあ、これも疑わしい。マリーナを造る金は、干場伝衛門、つまりお前の伯父さんの遺産と市の借入金でまかない、六人はちゃっかり、その半分の権利者になったというのが、俺の読みだ」

「そんなことができるのかい」

「遺言執行人の弁護士が市と組んだんだ。どうにでもなる」

「でも市長は一銭の得にもならないのじゃ」

「勝見と市長は、叔父、甥の関係だ。それに二人の名義貸しが、市長の代理って可能性もある」

「所有権者存命中の移譲が有効、というのは？」

「第三セクターとしてスタートした『山岬マリーナ』は、経営が軌道にのれば、完全民間企業に移行する予定だった。そこに至れば、所有権は財産として売買や相続することが可能だが、第三セクターのあいだは、死ねば権利はそっくりマリーナに返還される。これがどういうことかというと、関口建設が倒産しても、関口は債務のためにマリーナの所有権を売り払うことはできねえんだ。つまり、第三セクターである限り、マリーナの権利は銭にならない。だから所有権者は誰もが、民間企業に移行するのを願っているわけだ」

「それをトランスリゾートがやろうとしていたのか」

安河内がいった。

「そういうわけだ。移譲だから表だっての売買というわけにはいかねえ。有本とは話がつき、それが奴の引退をあと押しした」

「だから頭山がキレたんだな」

「勝見も移譲に同意してた。そりゃそうだろう。カモメしかいないマリーナを借金漬けのままおいていたってどうしようもない。むしろ、この町のためにも権利をまとめて、早く民間企業にすべきだと考えていた。だから勝見を殺したのは、民営化に反対している人間だと考えるのが順当だろう」

いって柳は干場を見つめた。

「お前が相続権を行使すりゃ、マリーナの権利の半分はお前のものになる公算が大きい。こいつはどこからでるか。俺の考えじゃ、市のもち分がそっくりお前に返還される。そうなったらマリーナは一気に民営化が完了だ。売買も相続も問題がない。勝見が死んで権利はマリーナに戻ってる。つまりそれは、出資者の権利が十二分の一から十分の一に増えたってことだ。もしまた誰かが死ねば、今度は八分の一になる。市の権利は二分の一以上には決してならない仕組だからな」

「なんだか難しいけど、権利者が死ぬと儲《もう》かる人間がいるってことかい」

「そういうわけだ。そして民間移行のためには、お前さんは便利な存在になる」

安河内がいった。

「赤字だらけとはいえ、市の財産、借金を注ぎこんだマリーナを売却するとなれば、議会でもそれなりにもめるだろう。だが法にのっとって相続人に返還するとなれば、もめようがない。もちろん市の所有分だけがお前さんに渡るとすれば、だが」

　そして柳を見つめた。

「なぜトランスリゾートは、こんな赤字マリーナを欲しがる」

「オーシャンリゾートだ。東京からもたいして遠くないここに、でかいリゾートができれば必ず客はくる」

「まるでカタギみたいなことをいうじゃないか。極道が本気でリゾート開発をしようなんて、あたしには信じられんがね」

「信じる信じないは勝手だ。いっておくがな、トランスリゾートは近々、解散する」

「手回しがいいな」

「どういうことだい」

　干場が訊ねた。安河内が答えた。

「組織犯罪処罰法というのがあってな。暴力団員が会社の経営に携わるのを禁じておる。この柳は、暴力団の構成員だ。となると、トランスリゾートじたいが問題のある企業とみなされ、これまでおりていた認可がとり消される。『人魚姫』も観光ホテルも、営業がまかりならん、というわけだ。もちろん、マリーナの買収も無効になる。そこで、馬脚の露《あらわ》れたトランスリゾートをさっさと解散し、今度は、暴力団のぼの字も見えない人間だけで固めた企業にそっくり経営を移す。これで万事解決だ。役所というのは、それで通ってしまうところだからな」

「じゃあ柳さんは、山岬からいなくなるのか？」

柳がにやりと笑った。

「残務処理がある。新しい経営陣にいろいろ教えなけりゃならん」

「もしかするとこのいかついお兄さんたちが新しい経営陣か。本部だの何だのいってお るが、見かけ上は盃をもらっていない、カタギで」

「いい読みだ」

「ひどいものだの」

住職がつぶやいた。

「やくざがやくざと名乗らず、山岬を乗っとるわけか」

「文句があるのなら、そういう法律を作った役人にいってくれ」

「ひとつだけ、お前さんにいっておきたいことがある」

安河内がいった。

「何だ」

「頭山ともめるな」

「挑発しているのは向こうだ」

「たとえそうでもだ。トランスリゾートがなくなれば、お前さんはただの極道だ。それが頭山ともめれば、極道対極道。それは抗争になる。有無をいわせず、ワッパをはめることになるぞ」

柳は黙った。安河内を見返し、静かにいった。

「ワッパが怖くて、極道がやっていられるか」

54

柳たちが引きあげていくのを見送り、安河内は善楽寺の住職に向きなおった。

「こんな夜中にお騒がせして、本当に申しわけなかった。おわびします」

住職は難しい表情で安河内と干場を見つめていたが、やがて、

「きなさい」

と歩きだした。二人を本堂へ連れていく。

「喉がかわいたろう。茶でもだしてやる」

板の間に座布団をおいた。

しばらくすると住職自らが盆の上に湯呑みをのせて現われた。

「いずれこうなるだろうと思っておった」

住職はいった。安河内は茶をすすった。

「六年前に殿さまが亡くなってから、町を見るたびに、目に見えん暗雲がたれこめているような気がしたものだ」

「住職は気づいていらしたんですか。干場伝衛門さんの亡くなりかたは妙なところがある、と」

安河内は訊ねた。

「六十年も坊主をやっとれば、死に顔を見れば、わかることもある。なりたくて仏さんになる人間はおらんだろうが、それでもあきらめや安堵《あんど》の表情がどこかに浮かんでおるものだ。殿さまの亡骸《なきがら》には、それとはちがう何かがあった。見た目は穏やかだったがの」

安河内は息を吐いた。三人以外に人けのない本堂は静かだった。風にのってか、かすかに海鳴りのような音が聞こえてくる。

「和尚さん、俺は考えて、相続権の回復請求をしないつもりでいた。でもさっきの話を聞いて、わからなくなった」

干場がいった。正座ができず、あぐらをかいている。

住職は無言で干場を見つめた。

「俺が相続するほうが、これ以上町にもめごとが起こらないですむのなら、そうしたほ

「それで柳が売れといってきたらどうする？　売るのか」

安河内が訊ねた。

「わからない。売ったほうが町が活性化するというなら、そうしてもいいような気がするし……」

「極道のセリフを真にうけるな。奴らは本気でここをリゾートにしようなどとこれっぽっちも考えちゃいない。仮に柳がそう思っているとしても、狼栄会の本部はちがう」

安河内は干場を見つめた。

「じゃあいったい何をする気なのだろう」

「マリーナをもてば、船の出入りが自由にできる。おそらくはそのあたりが狙いだろう。船で沖にでて、よからぬものを外国から運んできた船と落ちあう」

「そんなことのためにマリーナをわざわざ買収するのかい」

「山岬市の財政状態が健全であれば、マリーナの買収にはとほうもない金がかかる。だが破綻寸前の今、その赤字の目玉ともいえるマリーナは、買い叩ける」

「いずれにしてもマリーナがあいつらのものになれば、山岬は、暴力団が我がもの顔で歩き回る土地になってしまう」

住職が苦々しい顔でいった。

「殿さまを殺したのは誰なんだ」

干場はつぶやいた。

「今日、あたしを殺そうとした人間だろうな。そいつは人殺しに慣れておって、これまでに何人もの人間を手にかけている。だが、そいつ自身は、私利私欲で殺しているというより、命じられるままに手を下しているにすぎんだろう」

「猿のミイラ」

干場がいうと、安河内は頷いた。

「いったいそれを誰がやらせているんだい。関口建設の社長か？」

安河内は茶をすすり、答えた。

「あの男が関口建設の社員だというのは、上辺だけだとあたしは思っている」

「上辺だけ？」

そのとき安河内の携帯電話が鳴った。

「失礼」

断わって安河内は耳にあてた。署長からだった。

「県警に手配させた大杉しほの保護の件です。結論からいいます。大杉しほは所在不明。店をでていったあと、行方をくらましています。携帯電話は、電源を切っているようす。所轄に地取りをさせたところ、紺色のセダンが店の前に止まっているのを見たという者がいました」

「紺色のセダン。只も同じ紺のセダンを所有しているという情報があります」

「でも、これだけで配備はかけられない。只が、大杉しほの情報をもとにあなたを襲ったという証拠はない。只の自宅に人を送る？」

「お願いします。戻っているとは思えませんが、戻ったら任意同行で」

「わかった。そちらはどう？」

安河内は柳とのやりとりをかいつまんで話した。

「マリーナの権利が所有者が死亡すると返還される、というのが気になるわね。それが事実なら、勝見の死が利益につながる者がいる」

「ただしマリーナが順調に民間企業化すれば、の話です」

「それに必要な条件は？」

安河内は一瞬、黙った。

「市議会の同意、あるいは干場功一氏の相続権の回復請求の受理、でしょう」

「民間企業化の後で回復請求がおこなわれた場合はどうなるの」

「あたしはそういう法律の専門家じゃないからわかりませんがね。第三セクターから別会社に所有権が移っていたら、旧第三セクターの側に回復義務が生じるんじゃないでしょうか」

「旧第三セクターの側？」

「マリーナを売却して得た金を干場に分けてやれってことです。市と、それから六人の出資者だ。今は五人になっちまいましたが」

「ひとつ訊きたいのだけれど、出資者全員が死亡した場合はどうなるの？　市の五十パーセントの所有分にかわりがなくて、残りの五十パーセントの権利はどこにいくわけ？」

安河内は絶句した。

「そいつは考えてもいませんでした」

「明日、わたしから市のほうに確認する」

「そうして下さい」

「岬組事務所と観光ホテル周辺に制服警官とパトカーを配備します。どんな小競り合いであっても起こさせない」

安河内は息を吐いた。明日から町の空気は一変するだろう。

「それに市内のパトロールも強化します。不審者に対する職質を徹底させる」

「お言葉ですが署長、封じこめてばかりでは膿《うみ》はだせません」

「あなたのいいたいこともわかる。だけど、これ以上、殺人や脅迫といった凶悪犯罪を市内で横行させるわけにはいかない。それに過去の殺人と暴力団の抗争のあいだに直接のつながりがあるわけではない」

確かに直接のつながりはないだろう。だが地下の深くではつながっている。千場伝衛門を殺害し、その財産を奪った者がいなければ、この町にマリーナは造られなかった。そしてマリーナの所有権をめぐる争いが、暴力団の対立につながっているのだ。だが、

「わかりました。署長のお立場では、その判断は当然のことだと思います」

安河内はそう答えた。

「ひきつづき、千場さんの警護にあたって下さい」

「了解しました」

答えて、安河内は電話を切った。

「何かあったのかね」

住職が訊ねた。

「関口建設の、只という男を捜しています。只は偽名で、本名は大杉といいます」

「大杉……、知らんな」

住職はいった。山岬について詳しいこの住職なら何か知っているかもしれない、と思っていた安河内はあてが外れた。

「大杉は以前、東京新宿の、高州という男の下で働いていたようです」

「高州？」

住職の表情が動いた。

「高州、何という？」

安河内は手帳をだした。高州は名刺をださなかったが、氏名の調べはついている。

「高州明親《あきちか》です。珍しい名前ですな。新宿で高州興業という金融会社を経営していまです」

「高州明親……。ちがうか」

住職はつぶやいた。

「高州という名に何か心あたりがあるのですか」

住職は黙っていたが、つっと立ちあがった。

「きなさい」

本堂の裏の扉を開いた。黒々とした墓石が並んでいる。安河内と干場はそのかたわらに立った。

「一番奥の大きな墓が見えるかね」

住職は指さした。夜なので刻まれた字までは読めないが、ひときわ大きな墓石が、奥の区画に立っている。

「見えます」

「山岬が市になる前、村長を代々つとめていた高州家の墓だ」

「村長を？」

「そうだ。山岬はもともとは漁村だった。漁だけで生計をたてる者が半分、残りの半分は半農半漁という暮らしだ。高州というのは、その頃、山岬で最大の網元の家だ。だが跡取りの息子が太平洋戦争で亡くなり、戦後、漁業にも開放化の波が及んで高州家は落ちぶれた。五十年ほど前に当主も亡くなり、この地に高州という人間はいなくなった。親族はどこかにおるだろうとは思うのだが」

「干場家や勝見家とはちがうのですか」

安河内は訊ねた。

「干場と勝見は、半農半漁の側からでた土地持ちだ。高州は完全な漁師の家だ。山岬はかつて鯖《さば》の水揚げを誇っていた。その頃は、乗り子と呼ばれる船員を抱え、当時としては大型の船を高州家は何隻ももっておったのだ。そしてその稼ぎで遊郭も経営していたという」

「遊郭？　山岬にですか」

安河内は驚いた。こんなさびれた漁村で遊郭の経営が成り立ったのだろうか。

「高州家が抱える乗り子は最盛期百人を超えていて、他の船主らの乗り子をあわせれば、三百人以上の乗り子が、この町にはいた。乗り子は一種の季節労働者で、飯場や船に寝泊まりしながら働いたという。その三百人が客になるんだ。東京などに比べれば小さなものだろうが、商売にはなったろう」

「跡取りが戦死して以降、高州の家を継ごうという者はいなかったのですか」

「私の若い頃の記憶では、遊郭の女将《おかみ》は、網元の妾だった。その妾が産んだ子がいた筈だが、網元が死んで高州の家が傾いた頃に、逃げるように山岬をでていった」

「その子供は生きていたらいくつくらいになりますか」

「私よりだいぶ下だから、六十の半ばといったあたりだろうか」

新宿の高州とほぼ一致する。

「高州明親は、その年頃です」

「ではあるいはその子供かもしれんな」

干場が安河内を見やった。安河内は無言で息を吐いた。

「住職、お願いがあります」

本堂に戻ると、安河内はいった。

「何だね」

「朝までここにいさせていただいていいでしょうか」

住職は驚いたように目をみひらいた。

「それはかまわんが……」

「実はあたしも、この干場も、山岬の町にいては誰かに命を狙われかねない状況です。

観光ホテルや旅館に泊まろうにも、そこがまた安全ではないときている」

「安河内さん、俺は『みなと荘』で大丈夫だ」

干場がいった。

「馬鹿いっちゃいかん。あんな戸締まりの悪いところでお前さんを寝かせるわけにはいかん。といって、あたしの家は、すでに一度襲われている。少なくとも今夜は駄目だ」

「そういうことなら、毛布くらいは用意しよう」

住職はいって立ちあがった。安河内は手をついた。

「何から何までご迷惑をおかけして――」

「いや。くるべきものがきたにすぎん、と私は思っている」

住職は答えた。

55

夜が明けた。読経のために本堂に入ってきた住職は、朝食の用意ができている、と安河内と干場に告げた。本堂とつながった庫裏《くり》で食事をふるまわれた二人は礼をのべ、車に乗りこんだ。

「これからどうするんだい」

「あたしは自分の家の現場検証に立ちあわなけりゃならん。お前さんにはうろうろしてほしくないが、そこに縛りつけておくわけにもいかんだろうな」

　干場の問いに安河内は答えた。

「とりあえず帰ったばかりで町のようすがどうなっているかを見たいな」

「いいだろう。現検が始まる前に、ひと回りしてみるか」

　時計をのぞき、安河内が答えた。

　安河内がまず向かったのは観光ホテルだった。署長の言葉通り、パトカーがホテルの前には止まっている。外に警官は立っていないが、車内には二人が乗っていた。

　次に岬組の事務所に安河内は車を走らせた。

　パトカーがやはり止まっているが、それ以外にこれまで見たこともない数の車が、敷地内に駐車されていた。大城から〝応援〟にやってきた者たちの車のようだ。

「ずいぶん車があるな」

　それを見て干場はいった。

「大城一家の組員のものだろう。頭山が呼び寄せたんだ」

　安河内は答えた。事務所の前には、見張りと思しいチンピラが二人立っていて、止まっている安河内の車を不審げににらんでいる。

　そのとき隣接する有本の家の玄関の扉が開いた。大きなスーツケースを抱えた有本が現われ、家の車寄せに止まっているメルセデスのトランクを開けた。近くにいるチンピラは目を向けたが手伝おうとしない。

安河内はドアを開け、降り立った。

「おでかけかね」

有本はぎょっとしたように手を止めた。

「あんたか。おどかさんでくれ」

「ずいぶん大きなスーツケースだが、海外旅行にでもいくのか」

安河内は歩みより、訊ねた。

「よけいなお世話だ。引退した人間がどこにいこうと、知ったことじゃないだろう」

有本は浴衣ではなく、こざっぱりとしたジャケット姿だ。

「そうはいかん。勝見先生が亡くなったんで、あんたの取り分が増えた、という話を聞いている」

「何のことだ」

「マリーナの権利だよ。所有権者の誰かが死ぬと、権利はマリーナに戻される。その結果、残った人間の所有区分が増えるというじゃないか」

「私には関係ない。何度もいう通り、私はマリーナの権利などもっちゃいない」

有本はいった。

「それなら安心だな。命を狙われる心配もない。あんたのいとこだかはとこは大変だろうが」

有本はびくっとした。安河内は有本の顔をのぞきこんだ。

「もう、金はもらったのか、柳から」

「誰から聞いた」

「柳本人に決まっているだろう」

有本は息を吐いた。

「私がもらったのは十二分の一だ。だが勝見先生が死んだんで、十分の一に取り分は増えた。それをこれから受けとりにいくところだ」

「観光ホテルへか」

「そうだ。あんた、ついてきてくれるか」

「その金をもって海外というわけか」

有本は視線を泳がせた。

「もう、私がこの町でやることはない」

「でかいクラブをやるのじゃなかったのか」

「令子にその気がなけりゃどうしようもない。あの女もきのうは店を早仕舞してどこかへいっちまった」

「早仕舞?」

「そうだ。十二時過ぎに私は令子の店にいったんだ。いっしょにハワイにいかないか誘おうと思ってな。ところが鍵がかかっていて、押せども呼べども返事がなかった」

安河内と干場は顔を見合わせた。安河内は携帯電話をとりだした。令子の携帯電話を呼ぶ。留守番電話サービスに切りかわった。

「つながらん」

「嫌な感じがしないか、安さん」

「するな。『令子』にいってみよう」

「おい、私といっしょに観光ホテルにいってくれるのじゃないのか」

あわてた口調で有本がいった。

「心配するな。観光ホテルには狼栄会の連中が詰めているし、外にはパトカーも止まっている。あんたがどんな大金を受けとろうと、追いはぎにあう心配はない」

「狼栄会が――」

有本は青ざめた。

「そうだ。柳のやり方じゃ手ぬるいってんで、本部が新たに人を送ったらしい」

「人を……。それじゃ駄目か」

有本はつぶやいた。

「いっておくが、トランスリゾートは、今日にも解散するぞ。摘発を逃れるためにな」

「な、何だと。それじゃ私はどうなる!?」

有本の顔が一変した。今にも安河内につかみかからんばかりだ。

「何がだ」

「マリーナの権利を売った金だ。半分は現金だが、半分はトランスリゾートの株で柳と取引したんだ。つまり観光ホテルや『人魚姫』の権利だ」

「それは受けとったのか」

「ああ。ここにある」

有本はわきにはさんでいたセカンドバッグをだした。

「紙クズだな」

「な、何だと」

有本はしゃがみこんだ。

「何のために引退したんだ、私は……」

呻くようにいった。その場を離れようとしていた安河内は足を止めた。

「あんたを引退させたのは頭山じゃなかったのか」

有本は顔を上げた。

「は？」

「あんたの引退だ。マリーナの権利を売り渡した金が引退を早めた、と柳はいったぞ。ちがうのか」

「私は、私は、勝見先生にいわれて」

有本は口ごもった。

「何をいわれたんだ」

「安さん、令子さんのところへいかなきゃ」

干場がせきたてた。安河内は息を吐いた。

「有本さんよ、あんたの海外旅行は延期してもらうぞ。もし無理にでかけるなら、成田空港で身柄を拘束する」

有本は不意に立ちあがった。

「どこにもいかん。私はハメられたんだ。くそっ、見てろよ。この落とし前はつけてやる!」

そして、

「頭山! 頭山はいるかあっ」

と叫びながら岬組の事務所めがけて駆けだした。

「何だか、危うい雲ゆきになってきたな」

干場がつぶやいた。

「ああ。だが、今はまず『令子』だ。いくぞ」

安河内はいって車に乗りこんだ。駅に向かう道を走らせる。干場がいった。

「柳さんは最初からそのつもりで、トランスリゾートの役員におさまっていたんだな」

「そのつもり、とは？」

「やくざだから会社が警察に潰される。でもその株をマリーナの代金がわりに渡していた」

「なるほど」

安河内はつぶやいた。詐欺的といっていい手口だが、警察の介入までは予測できなかった、といい逃れができる。

「頭の切れる男だ……。だが有本が怒り狂って頭山をたきつけたら厄介なことになるな」

駅前に到着すると、二人は車を降りた。「令子」の扉を叩く。

「誰かおらんかね」

返事はない。

「安さん、令子さんと大ママの家を知らないのか」

干場が訊ねた。

「あたしは知らんが……、そうだ」

安河内は携帯電話をとりだした。シンゴの携帯を呼びだす。まだ早朝なので、登校前の筈だ。

「はい」

眠そうな声のシンゴが応えた。

「安河内だ。お前さん、令子の家を知っとるだろう」

前置き抜きで安河内はいった。

「安さんかよ。令子おばさんがどうしたって?」

「きのう店を早仕舞して、連絡がつかんのだ。家にいるのかどうかを知りたい」

「家? イクミに訊きゃわかるけど」

「イクミに連絡してくれ」

「何だよ、朝っぱらから」

「干場もここにいて心配している」

シンゴの声から眠けが吹きとんだ。

「えっ、おっさん帰ってきたの」

「ああ、昨夜遅くな」

「今どこだよ」

「令子の店の前だ」

「イクミに今、連絡する。待ってて」

電話は切れた。

安河内は煙草をくわえた。駅に向かう人通りがじょじょに増え、二人の背後を通り過ぎていく。

「おーい」

声がした。人波を押し分けるようにけんめいに自転車をこぐ坊主頭が見えた。

「何だ、直接きたぞ」

シンゴは自転車を二人の前で急停車させた。

「おっさん！」

今にも干場にとびつかんばかりだ。干場はにこにこと笑った。

「よう。元気になったか」

「どうした、イクミと連絡はついたのか」

安河内は訊ねた。

「ついた。けど、大ママも令子おばさんも電話にでないって。今、イクミとイクミの母ちゃんが家に向かってる」

「で、お前さんはなんでここにきた？」

「イクミから、店の鍵隠してあるとこ教えてもらったんだ」

答えて、シンゴは「令子」の入口のかたわらにおかれた鉢植えの底を探った。

「大ママが鍵をよく忘れるんで、ここにスペアキイを隠しといてあるって――」

とりだした鍵を安河内は受けとった。用心して捜査用の手袋をはめ、鍵を扉にさしこんだ。

「お前さんたち、ちょっとさがっていてくれ。それと万一のときは、店の中のものには触らんように」

「万一のときって何だよ」

シンゴがいって目をみはった。安河内は答えず、鍵を回した。

錠が開いた。安河内はゆっくりと扉を押した。

明りが点ったままの店内があった。ついさっきまで営業していたかのようだ。カウンターに氷の溶けたアイスペールがおかれている。

安河内はすぐには踏みこまず、その場に立って中を観察した。

テーブルの上はきれいだ。使っていない灰皿がおかれ、コルクのコースターが積まれている。

カウンターだけに人がいた気配があった。

「ここにいてくれ」

安河内は二人にいって足を踏み入れた。

店内で争いごとがあったようすはない。倒れたり壊れているものはなく、血の流れたあともない。

カウンターの奥をのぞいた。何もない。ただ明りが点り、人だけがいない。

「入ってきていいぞ。ただしそのへんのものに触っちゃいかん」

安河内はいった。干場とシンゴが店に入った。干場が扉を閉じた。

「令子おばちゃんと大ママは？」

シンゴが訊ねた。

「いない。明りはついていた。人間はいない」

安河内はいって、カウンターを見つめた。氷の溶けたアイスペールのかたわらにコースターが一枚おかれている。その上にグラスはなかった。

誰かがカウンターにすわり、そこで酒を飲んだ。しかしその人物のグラスは片づけられ、コースターだけがそのままなのだ。

令子や大ママがグラスを片づけたのなら、コースターも同様に片づけた筈だ。コースターが残っているのは、グラスを片づけたのが二人ではないことを示している。

カウンターの内側の流しに洗いものを並べる籠があった。そこに洗ったグラスが四つおかれている。

いきなり音楽が鳴った。ラップミュージックだった。

「あっ」

シンゴが叫んで、携帯電話をズボンのポケットからひっぱりだした。

「イクミだ。もしもし――」

安河内は無言で手をさしだした。シンゴが携帯電話を渡した。喋っているイクミの声が流れてくる。

「いないんだよね。おばあちゃんも、おばちゃんも――」

「安河内だ。今、店に入ったが、店にも誰もおらん」

「安さん!? 今、おばちゃん家《ち》からかけてるんだけど、二人ともいないよ」

「家の中のようすはどうだ。荒されているとか、何か壊れてるものとかないか」

「ない、ふつう。きのうの夜でてったきり帰ってないのじゃないかな。台所におみそ汁の入った鍋があるし」

「そうか」

「ママがおばあちゃんの携帯に電話したけど、でないって。何かあったの」

「わからん。二人ともきのうの晩、店をでていったきりのようだ」

「そんな。変じゃん」

「確かに変だ」

「嫌だよ。何かあったのかな」

「この場を見る限り、暴力がふるわれたという痕跡はない。だが、自分たちの意志とは関係なく連れだされた可能性はある」

「何、それ。ラチされたってこと？」

「かもしれん」

「ウソ。マジ？　ヤバいじゃん！」

「可能性といっている。お母さんはそこにいるか」

「うん。待って」

　令子の姉が電話にでると、安河内は状況を話した。令子とは異なり、物静かな話しかたをする。店の早仕舞にも令子たちの外出にも思いあたる節はない、と姉はいった。

　夕方まで二人と連絡がとれないようなら、警察に届けをだしなさい、と安河内は告げた。

「あの、今すぐではなくてですか」

「確実に事件に巻きこまれているという証拠がない以上、すぐに届けても警察は何もしない。もちろんあたしは気にかけているから、何かあればまっ先に動くし、そちらにも知らせる」

「わかりました」

　電話を切り、シンゴに返した。

「二人ともどうしちゃったんだろう」

シンゴは不安そうにつぶやいた。安河内は答えず、

「このままにして、ここからでよう」

とだけいった。現段階では何もしようがない。だが万一、二人が犯罪に巻きこまれていたら、ここは現場として保全しなければならなくなる。

明りも消さず店をでて鍵をかけた。鍵を元あった場所に戻す。

「お前、学校はどうした」

「今日は休んだ、忌引で」

シンゴは答えた。

「そうか」

安河内は息を吐いた。

「じゃあ、お茶でも飲むか」

いって、開いたばかりのレストラン「岬館」を示した。

客はまだ誰もいない。安河内は席につくと、シンゴのためにサンドイッチを頼んでやった。

「今のところ考えられるのは、何かがあって大急ぎでていったか、何者かに威されて連れだされた、という可能性だ」

コーヒーを飲み、安河内はいった。

「何かがって、何？」

シンゴが口を動かしながら訊ねた。

「身内が事故にあった、とかそういうことだ」

「でもイクミもイクミの母ちゃんも元気じゃん」

安河内は頷いた。

「相続回復請求権が関係しているのはまちがいない。二人をおさえている人物は、お前さんが令子たちと親しいのを知っている」

「そんな人間、どこにいんの？　おっさんと令子おばちゃんが仲よかったことを知ってる奴なんて、そうはいないよ」

シンゴが口をはさんだ。

「有本は知っている。お前さんと令子の仲を怪しんでおったくらいだからな。他に、たぶん柳も見当をつけている。イクミのためにお前さんが動いたことからな」

「じゃ、二人のうちのどっちかがさらったってこと？」

安河内は首をふった。

「いや、これは極道のやり口じゃない。やったのは、どちらかから聞いた、別の人間だ」

「猿のミイラ？」

「あたしを殺しそこね、何か別の手を講じる必要に迫られた。そこで二人をさらった。妹が行方不明なのは、もしかするとさらった二人の世話をさせるためかもしれん。奴ひとりでは、人質を見張るにも限度がある」

大杉しほは、安河内には、もう兄とはかかわりたくないような言葉を告げたが、実際は逆で、あの兄妹はうしろ暗い場所でつながっているのかもしれない。そうでなければ、目崎が自分の店で泥酔するほど飲んだという、道交法違反に問われるような嘘をつく理由もない。

目崎は、只こと大杉剣一に殺されたのだ。その容疑をそらすために、しほは目崎が「シルビア」で飲んでいた、という嘘をついた。

だが、しほは勘ちがいから、九年前の桑原和枝殺しに兄が関係しているかもしれないという情報を、安河内に洩らした。

その結果、安河内は襲われた。

「そういうことか……」

思わず、安河内はつぶやいていた。

携帯電話が鳴った。署長だ。

「安河内です」

「今、ようやく市役所から情報が届きました。六人の区分所有者全員の死亡に関しては、取り決めがないそうです。仮にそうなった場合は、市にすべての権利が移るのではないか、という話でした」

「有本はすでに移譲していました。ただしその代金の半額は、トランスリゾートの株式で受けとっています。それがじき紙クズになるとわかって怒り狂っていました。それと、勝見先生は、東京でトランスリゾートと取引をする予定だったようです。取引の前に死亡したと、柳はいっています」

「勝見弁護士の遺体保存については、ご遺族と話がつきました。東京からこちらに運ぶ途中、大城の大学病院に預けるそうです。そこで行政解剖をおこなえないか、県警本部に交渉をしてみるつもりです」

「実は、関係者が二名、行方不明になっています」

「関係者？」

安河内は令子と大ママの話をした。

「干場伝衛門のゆかりの人物なのですか」

「亡くなる直前まで世話を焼いていた女性とその娘です。また干場功一氏とその娘は親しい関係にあります」

「誘拐された、ということ？」

「可能性を否定はできません」

「いったい、何が起きているの……」

署長がつぶやいた。

「わかりません。ですがこの二名の失踪に事件性があるとすれば、昨夜あたしを襲った人物が関係していると思います」

「安河内さんの勘？」

「まあ、そうです」

「妹も行方不明でしたね」

「この二名の世話をしている、とも考えられます」

「大杉剣一の居場所について情報をもっている可能性がある人間に心あたりは？」

まず、関口。そして高州だ。

「この町に一名、います」

「そこにあたって下さい」

「あたしは自宅の現検に立ちあわなくちゃなりません」

「失踪している関係者の安否確認のほうが重要です」

「干場氏はどうします」

署長は黙った。やがていった。

「この状況で、干場氏の身柄を安心して預けられるのはあなただけです。同行してもらって下さい」

「了解しました」

「わたしはひきつづき、県警本部に大杉しほの所在確認を要請します」

「お願いします」

電話を切った。シンゴが緊張した顔でいった。

「令子おばちゃんたち、さらわれたのか」

「かもしれん。お前は家に帰っておとなしくしているんだ」

「きのうからさ、見たことないやくざの人たちがどんどん増えてきてるんだよね」

「ああ。あちこちからこの町に流れこんできている」

「でいい、いりになるの」

「そんなことが起きるわけない。映画じゃないんだ」

「だけど――」

「いいから家に帰れ」

「イクミに何て説明するんだよ」

シンゴはふくれっ面になった。

「心配ならいっしょにいてやれ」

シンゴの顔が少し明るくなった。

「俺がイクミを守る？」

「そうだ、そうしろ」

干場がいった。

「それがお前の仕事だ」

「わかったよ、おっさん」

答えるなり、シンゴは立ちあがった。

「これからイクミんとこいってくる。ごちそうさん！」

走るように「岬館」をでていった。

それを見送り、安河内は息を吐いた。

「我々もいこう」

「どこへ？　安さんの家か」

「いや、只の居場所をつきとめる。お前さんにも力を貸してもらわなきゃならん」

56

「まずはここだ」

関口建設の前で車を止めると安河内がいった。干場は安河内を見た。

「関口は只の居場所を知っているかな」

「わからん。だが只の正体を知らずに雇っておった筈はない、とあたしはにらんでいる」

干場は頷いて車を降りた。観音開きのガラス扉を押す。

廊下の手前に、以前きたときには気づかなかった受付があった。気づかなかった理由はそこに人がいなかったからだ。今日は制服のような上っぱりを着けた、五十くらいの女性がすわっていた。干場は歩みより、告げた。

「干場といいます。社長の関口さんにお会いしたくてきました」

女性は怪訝そうな顔で、干場とその背後に立つ安河内を見た。が、何もいわず、手もとの受話器をとりあげた。

「受付です。干場さまとおっしゃる方が、社長にお会いしたいとおみえです」

返事を聞き、受話器をおろした。

「どうぞ。社長室は――」

「あ、知ってます」

干場はいって、軽く頭を下げ、その場を離れた。安河内が訊ねた。

「只さんは今日、出社されていますか」

「只ですか。只は――、今日はまだきていません」

一瞬口ごもり、女性は答えた。

「出社するご予定は？」

「さあ、只は、社長の個人秘書ということになっていますので」

「個人秘書。すると只さんは主に関口社長の指示で動いていらっしゃるわけですね」

「はい」

不安そうに女性は答えた。

「出勤されているとき、只さんがいらっしゃる机というのはあるのですか」

「あの、どういったご用件で――」

「失礼」

安河内はいって身分証を示した。

「あたしは山岬署の安河内といいます」

女性は目をみひらいた。

「で、只さんの机ですがどちらに？」

「只のデスクは、営業本部にございます。ですがそちらにいることはほとんどありません。外回りが仕事の大半ですので」

「外回りの内容というのを、営業本部の方は把握されているのですか」

「さあ。わたくしにはちょっと」

「お手数ですが、営業本部まで連れていっていただけませんか」

安河内はいって、干場をふりかえった。

「悪いが先にいっててくれ。あたしは後から顔をだす」

干場は頷き、廊下を歩きだした。社長室がどこにあるのかはわかっている。

社長室のドアをノックし、開いた。

「こんちは」

関口がデスクの向こうから干場を見た。

「あんたか。何の用かね」

前回とはうってかわって、そっけなかった。

「忙しそうですね」

ドアを閉めながら干場はいった。愛想がないだけでなく、関口は顔色も悪かった。目に生気がなく、黒い隈《くま》もできている。

「いろいろあるんだよ。こんな小さな土建屋でも」

「今日は、関口さんに相談があってきたんです」

「相談？」

関口は上目づかいで干場を見た。

「何の相談だね」

「俺の相続回復請求権のことだ」

関口は無言だった。

「俺がこの町にきてから、いろんな事件が起きてる。人も死んだ。それが全部俺のせいだとは思わないけど、このままでいいのかなって迷ってるんだ」

「このまま、とはどういう意味かね」

関口はいって、デスクの上から葉巻をとりあげた。銀色のカッターで端を切り、そこを唾で濡らす。

「つまり俺が、回復請求を起こしていいものかどうか」

「それはあんたの問題だ」

関口はライターの炎を葉巻の先に近づけた。

「関口さんはこの町の有力者だ。関口さんの意見を聞きたい」

関口は濃い煙を吹きあげた。椅子の背もたれに体重を預け、干場を見やる。

「あんたが相続権の回復請求をおこない、それが受理された場合、マリーナの権利の半分はあんたのものになる。ただしそれは、市の所有分から渡されるべきだ。なぜなら、故干場伝衛門氏の遺産を受けとったのは山岬市であって、我々区分所有者ではない。したがってあんたに返す義務を負っているのは山岬市、ということだ。我々に返還義務はない」

「つまり関口さんは、俺が回復請求をしようがしまいが、関係ない？」

「簡単にいえば、そうだ」

「だったらなぜ俺を、関口建設の顧問にするといったんですか」

「そういう申し出もしたが、あれは期限切れだと思ってもらいたい」

葉巻を見つめ、関口はいった。

「なぜですか」

「状況がかわった」

「どうかわったんです？」

「勝見先生が亡くなった」

「そのことが何か関係あるんですか」

関口はふうっと煙を吐いた。

「あんたを顧問にしろと提案してきたのは、勝見先生だ。知ってるかどうか、勝見先生はこの町の一番の実力者だった。大がかりな土木工事は、たとえ公共事業だろうと、先生の許可がなければ手をつけられなかった。だがその先生が最近、何を考えているか、私らにもわからんことが多くなっていた。ひとつの例が、マリーナの権利だ。トランスリゾートを名乗る暴力団がこの町にやってきて、マリーナの権利を買い漁ろうとしたとき、勝見先生は売る側に回った。それだけじゃない。本来なら敵どうしの有本にさえ、売れと説得したんだ」

「勝見先生は、まだ売ってない、と聞いたけど?」

関口は首をふった。

「とんでもない。まっ先に売っておるよ。六人の区分所有者のうち、まだ手放していないのは、私とあとひとりくらいのものだ。他はすべてトランスリゾートに売り払っている」

「それは俺が聞いた話とちがう」

「聞いた話?」

「柳さんと、きのうの夜、俺は会った。柳さんの話じゃ、有本さん以外は誰も権利を売ってない、といっていた」

「だまされたんだよ。いや、柳の知らんところで動いていたのかもしれんな。柳など、狼栄会の一組員にすぎん。トランスリゾートの名刺をもった狼栄会の組員はいくらでもいるからな」

「でもそのトランスリゾートという会社はもうじきなくなる」

「そういうことらしいな。私のところにもついさっき、すごい権幕で有本から電話があった。あの男は愚かにも、マリーナの権利の半分をトランスリゾートの株と交換したらしい。しょせん田舎やくざと大組織の頭のちがいだ。狼栄会にすっかりだしぬかれた。自業自得だ、といってやったよ。同じ目にあった人間が他にもいる筈だ。狼栄会は、二束三文でマリーナの権利の三分の一を手に入れておる」

「三分の一……」

「そう。二分の一が市、三分の一が狼栄会、そして残る六分の一を、私ともうひとりがもっている」

「もうひとりというのは誰だ」

「あんたは知らん人間だ」

「そういえばきのう、善楽寺の和尚さんがいっていたが、昔、高州という網元が山岬にはいたそうだな」

干場がいうと、関口は鋭い目になった。が、

「そうかね」

とだけ答えた。

「関口さんは売らないのか」

「売らない。いくら大組織といっても、やくざはやくざだ。そんな奴らに、うちの最大の事業を渡す気はない」

「売らなかったら殺されるかもしれない」

「目崎が死に、ホテルの従業員が死に、勝見先生が死んだ。これだけ人が死んでいるのに、さらに人を殺そうなどとは、さすがの狼栄会も考えんだろう。実際、警察は観光ホテルにはりついとるそうじゃないか」

「皆、殺された、と関口さんは思っているのか」

「そんなこと私にわかるわけがない。私は無関係だ」

「そうかな」

社長室のドアを開いた安河内がいった。関口はぎくりとして、安河内を見つめた。

「立ち聞きしていたのか」

「聞こえただけだ。あたしは、おたくの只さんに用があってきた」

「只なら退社した」

「退社した？」

「今朝早く、私の自宅に電話がかかってきてね。一身上の都合で退社したい、といいおった。たいした仕事もしていない男だったからな。好きにしろ、といった」

「なぜあたしが只を捜しているのか、興味がわかないかね」

「あの男はもともと正体不明だ。うしろ暗いことをやっていたとしても、驚くにはあたらん」

「只をあんたに紹介したのは、高州さんだったたな」

安河内はいった。関口は安河内を見、そして干場に目を移した。

「あんたら、ぐるか」

「ぐるとは聞こえが悪い。あたしはこの干場さんの身辺警護を命じられているんだ。このところ山岬も何かと物騒でね。昨夜、あたし自身が誰かに殺されそうになった」

関口は無言だった。

「只が今どこにおるか、心あたりはないかね」

「さあ……」

関口は首をひねった。

「自宅の住所ならわかるが」

「それは先日うかがった」

安河内は関口のデスクに歩みよった。

「もしあんたが只の居どころを知っておって、それをあたしに隠していたということがわかったら、大変な結果になる。手がうしろに回るかもしれん」

関口は薄笑いを浮かべた。

「威しかね、安河内さん」

安河内は首をふった。

「威しでも何でもない。只に関しちゃ、あたしはうんと前から疑いをもっている。誰とはいわんが、この町の内外にいる腹黒い連中が、只を使って人殺しをしてきた。その只を雇っておったあんたも無関係ではすまされん」

「只は私の運転手だ。それ以上でもそれ以下でもない」

「只がつかまってすべてを吐いても、そういいはれるかね」

「私は勝見先生とはちがう」

安河内は眉をひそめた。

「どういう意味だね」

「この町を私物化していたのは勝見先生だ。そのために人が死ぬようなこともあったかもしれん。あんたは只を疑っているようだが、仮にそこに只が関係していたとしても、私は一切、与《あずか》り知らんことだ」

「死人にすべてを押しつけるのかね」

「そうじゃあない。だが勝見先生がああなったのは、大きな声じゃいえんが因果応報だと思っとるよ。それに――」

関口はいって、目を干場に向けた。

「あんたの伯父さんもだ」

「干場伝衛門が？」

「そうだ」

安河内は無言で関口を見つめた。

「只をつかまえたいのだろう。つかまえることだ。そうすればすべてがわかる」

「関口さん、ちゃんと話してくれ」

干場はいって、一歩進みでた。

「どういうことなんだ？」

「さっきあんたがいっておった人間に訊けばわかる」

安河内が干場をふりかえった。

「高州さんのことか」

「高州？」

安河内は干場と関口を比べ見た。関口は無言で薄笑いを浮かべている。

「はっきりいったらどうかね」

安河内がいった。

「死んで全財産を奪われたのは、干場伝衛門が初めてじゃないってことだ」

関口はいった。

「高州が？　網元の高州もそうだったというのか」

干場は関口を見つめた。

「大昔の話だ。正直、私も知らん。だがそう思っている人間はいるようだ」

「関口さん、あんたは誰からその話を聞いたんだ?」

安河内が訊ねた。

「それは、当の本人だ」

「高州か」

「これ以上は、私の口からいえん。只をつかまえるがいい」

安河内の表情が険しくなった。

「あんたを誘拐の従犯容疑で逮捕することもできるんだぞ」

「誘拐? 誰の」

干場がいった。

「『令子』のママと大ママが行方不明なんだ」

「ほう」

関口は葉巻を吹かした。

「いよいよ煮詰まってきたようだな」

「関口さんよ、あんたの狙いは何だ」

安河内が訊ねた。

「金か。ちがうな。金が欲しければ、マリーナの権利を売っている筈だ」

「安さん、関口社長の話だと、六人のうち四人はもう、マリーナの権利を売っているらしい。売ってないのは――」

「私ともうひとりだけだ」

「もうひとりというのは、新宿の高州だな」

関口は短くなった葉巻を灰皿につき立てた。

「これ以上話すことはない。もし私から何かを聞きたければ、逮捕状をとってくるんだな。お引きとり願おうか」

干場は安河内をふりかえった。安河内と関口は険しい顔でにらみあっている。

「墓の中まで秘密をもっていけると思っておるんだな」

やがて安河内が吐きだした。

「もっていかざるをえない秘密もある。特にこんな小さな町ではな」

関口は答えた。干場はいった。

「死んだ人間のことよりも、今生きている人間のほうが大切だ。関口さん、令子ママたちがどこにいるのか、本当に知らないのか」

「知らんな。帰れ」

関口はいって腕組みをし、目を閉じた。

社長室をでた干場は、廊下を歩きながら訊ねた。

「只の机で何か見つかった？」

「いや。ひきだしの中まで調べたが何もなかった。本当は違法なのだが」

重たい口調で安河内は答えた。

「令子ママたちに何かあったら俺のせいだ。俺が二人を巻きこんだんだ」

立ち止まり、千場はつぶやいた。

「いや、お前さんのせいじゃない。あの母娘は、殿さまの身内のようなものだった。その点で、この町で起こることとは無関係ではいられない」

二人は関口建設をでた。車に歩みよったとき、関口建設の扉を押して追ってきた者がいた。

「あの……」

受付にいた女性だった。ふりかえった二人に女性がいった。

「今、ちょっとお話が聞こえてしまったのですが、令子ママというのは、小沼令子さんのことですか」

「そうですが」

安河内が答えた。

「小沼さんに何かあったのですか」

「失礼ですが——？」

「あ、すみません。わたしの大叔母が令子さんのお母さんの洋子さんにたいへんお世話になったものですから」

「大ママに?」

干場が訊ねた。女性は頷いた。

「はい。わたしの大叔母は、ずっと干場の殿さまのお屋敷で働いていました。病気になって動けなくなってから、かわりに洋子さんがお屋敷にこられて、大叔母は結局亡くなるまで洋子さんのお世話になった筈です」

安河内は女性を見つめた。

「大叔母さんというのは、キヨさんとおっしゃられた――」

「そうです、そうです」

干場と安河内は目を合わせた。

「先ほど、こちらが干場さまとおっしゃったので、もしかして殿さまの身内の方かな、と思ったのですが――」

「甥です」

干場はいった。女性は目をみひらいた。

「まあ」

「でも、そんなことはどうでもいい。実は令子ママと洋子さんがきのうの夜から行方不明なんです。ひょっとしたら、只にさらわれたのじゃないかと俺たちは思っているんです」

「えっ」

女性は口もとをおさえた。安河内がいった。

「只というのは本名ではありません。大杉というのが、彼の実名です。詳しくはいえないのですが、いろいろと問題のある人物でしてね。関口社長に、只が現在どこにいるのかを訊きにうかがったところ、今朝早く、本人が退社したいといってきたので、どこにいるかわからんというんです」

女性は無言で瞬きをくりかえしていた。

「改めてお訊きしますが、会社に只を訪ねてきた人はいませんでしたか」

「わたし、そんな……」

女性は途方に暮れたようにうつむいていたが、不意に顔を上げた。

「そういえば、有本さんが何度か社長をお訪ねになったことがあって、そのとき有本さんの運転手の方と只さんが話しているのを見たことがあります」

「有本さんの運転手と？」

「ええ。只さんとは前から知り合いだったみたいで――」

「長江という人？」

干場はいった。勝見ビルの前で、一度言葉を交わしたことがある。

「名前までは知りません。有本さんのところの人ですから怖くてわたしは話したことがありません。ただ、ちょうど外から帰ってきた只さんにその人が声をかけて、只さんもあっという感じで話をしているのを見ました」

「長江は岬組の中では珍しい、大城の出身だ。もしかしたら昔の只を知ってたのかもしれんな」

　安河内がつぶやいた。

　女性は頷いた。

「それから有本さんが会社にみえると、用がすむまで只さんとその運転手の人が話をしていました」

「安さん」

　干場は安河内を見た。安河内はいった。

「いや、ありがとうございます。助かりました」

「お役に立ちますか」

「早速、その運転手に会ってみます」

　二人は頭を下げ、車に乗りこんだ。

57

安河内が車を発進させてすぐ、携帯電話が鳴った。刑事課長だった。

「安さん、現検をすっぽかして何をやっているんだ。鑑識の連中が困っているぞ」

「すみませんがあたし抜きで現検を進めてもらえませんか。ちょっと手が離せないことが起きちまって」

「手が離せないこと？」

「スナック『令子』のママとその母親が、昨夜来、行方不明です。拉致された可能性もあります」

「何だと」

課長はあっけにとられたようにいった。

「誰が何のためにそんなことをする」

「それを調べているんです」

「しかしあんた、署長命令で、干場の身辺警護にあたっているのだろ」

「それもやっています。鑑識の連中に、あたしん家《ち》がすんだら、スナック『令子』を調べるよういって下さい」

「そんなことをいっても、事件性がはっきりある、と確かめられたわけじゃないだろう」

「昨夜、あたしを襲った犯人が、あたしの殺害に失敗したので次善の策として、『令子』のママをさらった、というのがあたしの考えです」

「ちょっと待て。安さん殺しに失敗して、なんで次善の策がスナックママの拉致なんだ」

「詳しく話すと長くなります。とにかく『令子』を調べさせて下さい。店の扉の鍵は、入口わきの鉢植えの底にあります。もし失踪届が必要なら、新港町に居住する、ママの姉がだす筈です」

「安さんは今どこなんだ」

「岬組の本部に向かっています。被疑者の行先を知っている可能性がある人間が判明したので」

「被疑者だ!?」

課長は仰天した声をだした。

「いったい誰のことをいってるんだ」

「只進という偽名で関口建設に勤務しておった男です。本名は大杉剣一、傷害致死で服役した経歴があり、妹の大杉しほは大城で『シルビア』というスナックを経営しています。『シルビア』は、事故の直前、目崎が酒を飲んでいたとされている店ですが、虚偽の情報である可能性があります」

課長は唸り声をたてた。

「それをあんた調べておったのか」

「大杉剣一としほは両人とも大城市内に自宅があり、昨夜、署長が県警に所在確認を要請しましたが、不明です」

「つまり、目崎の事故は――」

「殺人であった可能性が高いと思われます」

「動機は何だ、動機は」

「課長は当時おられなかったから知らんでしょうが、六年前、千場伝衛門氏の死に際し、事件性なしとの判断を下したのが検視にあたった目崎でした」

「六年前――」

課長は絶句した。

「詳しい報告は、口頭ですが署長にあげてあります。必要なら署長から聞いて下さい」

安河内はぴしゃりといって、電話を切った。

「ずいぶん厳しい口調だったな」

千場がいった。

「田舎じゃだいそれた犯罪は起きん、と思っておる人間が多いのはかまわんが、警官までもがそう思ってもらっては困る」

安河内は息を吐いた。

「長江は只の居場所を知っているかな」

干場は安河内の顔を見た。

「さてな。岬組が今、どうなっておるかも気になる。頭に血が昇った有本が頭山をたきつけて、殴りこみをさせようとするかもしれん。まあ、頭山がそう簡単に動くとも思えんが」

「そうなった場合は、有本ひとりが殴りこむかな」

「奴にそんな度胸はない。ただ頭山だって、狼栄会が数を増やしておるのはおもしろくない。有本がだまされたのを口実に、何らかのことをしでかすかもしれん」

「でも警察が見張っていたら何もできないのじゃないか」

安河内は息を吐いた。署長が指示を下した封じこめは、町の治安は保つだろうが、岬組と狼栄会の対立を長びかせる結果を招く。といって、抗争を黙認するわけにはもちろんいかない。

出口が見えない状況だった。

岬組の事務所前には、朝より多くの見張りが立っていた。それを見て安河内は唸り声をたてた。見張りのほとんどは、大城からきている〝助っ人〟だ。

事務所の面する道の反対側にはあいかわらずパトカーが止まっている。パトカーのうしろに車を止め、安河内は中の制服警官に声をかけた。

「どうだね」

「人は集まってるようですが、今のところ動きはありません。出入りしてるのは、食事の買いだしの人間だけですね。岬組の組員ばかりで、よそからきているのはあまり外にでてきません」

「買いだしか」

確かに十人、二十人と人が増えれば食事の仕度にもそれだけの手間がかかる。費用もそれだけかさむわけで、頭山はどこからかそれを捻出しなければならない。ただ事務所に集まっているだけではシノギは成立しない。

「長江ってチンピラを知っているか」

安河内は訊ねたが、二人の警官は首をふった。

「安さん、俺がいく」

車を降りてきた干場がいった。

「刑事の安さんが乗りこんだら、いろいろとあるだろうから、個人として俺が長江に会いたいっていってみるよ」

「しかしな――」

「一刻を争うんだ。やらせてくれないか。何かあったら安さんが俺を守ってくれる」

干場の顔は真剣だった。

「わかった。やってみよう」

「何ですか」

制服警官がいった。

「お前さんたちはここにいてくれ」

安河内は告げて、事務所をふりかえった。干場が道路を渡り、岬組の門に歩みよった。

見張りは全部で四人いる。四人とも紺の戦闘服を着けていた。

「あー、ご免下さい」

干場がいい、安河内は首をふった。見張りはパトカーと安河内を警戒しているのか、無言だ。

「ここ、岬組ですよね。俺は干場といいます。岬組の長江さんに用があってきました。長江さん、いますか」

四人の見張りは顔を見合わせた。

「警察か、お前」

ひとりが訊ねた。干場は首をふった。

「俺はちがいます。あの人たちはそうだけど」

　安河内をふりかえっていった。

「そうだ、有本さんにも会ったことがあります。怪しい者じゃありません」

　安河内は苦笑した。極道の事務所で案内を乞うのに〝怪しい者じゃない〟ときた。

「長江さんにとりついでくれませんか。急用があるんです」

「待ってろ」

　戦闘服のひとりがいって、事務所の内部に入っていった。数分後、頭山が現われた。

　頭山は千場を見つめ、それから通りの向こうにいる安河内に目をやった。

「長江に何の用だ」

　頭山は訊ねた。

「長江さんの知り合いのことを訊ねたいんです」

　千場はいった。

「知り合い？」

「只という人です。関口建設にいた」

「それがなぜ急用なんだ」

　安河内は声をかけた。

「頭山、悪いがその男のいうことを聞いてやってくれ。人の命がかかっとるんだ」

頭山は眉をひそめた。

「『令子』というスナックのママがお母さんと行方不明で、只さんがいっしょにいる可能性があるんです」

千場がいった。

「『令子』だ？　前のオヤジがのぼせてた、あの女か」

そのとき有本が事務所から姿を現わした。

「令子がどうしたって」

「さらわれたかもしれん」

安河内はいった。

「何？　誰にだ」

頭山が有本に向きなおった。

「申しわけありませんが、オヤジさんは家にいてもらえませんか」

「何だと。俺に指図する気か」

「オヤジさんは引退した身じゃないですか」

「撤回するといったのを忘れたのか」

頭山は首をふった。

「そいつはうけられません。もう俺は大城一家の後見もとりつけちまったんです」

「そんなのは俺の知ったことか。お前、親のいうことが聞けねえのか」

「親子喧嘩はあとにしてくれ。大事な用なんだ」

安河内はいった。有本が怒鳴った。

「やかましい！　サツは引っこんでろ」

「あんたについてく人間はもういないっつってんだ。おとなしくしてたほうがあんたのためだ」

「手前、誰に向かってそんな口を叩いてやがる」

有本の顔色がかわった。

「あんたたち、いい加減にしてくれ！」

千場がいった。

「人の命がかかってるんだ」

有本と頭山はにらみあっている。どうやら朝からずっといい合っていたらしい。

「うるせえ、この野郎」

頭山が千場を向いた。

「サツがいるからって調子に乗るなよ」

「警察がいるいないは関係ない。俺は令子さんたちを助けたいだけだ」

「うちの組には関係ない」

「勝手にうちの組とかいうんじゃねえ」

有本がかみついた。頭山は無視した。

「断わる。長江さんに会わせてくれるまで、ここをどかない」

干場はいった。

「帰れ」

「勝手にしろ」

頭山は吐きすて、事務所の中に入った。

「待て、待て、頭山！」

それを有本が追っていった。

干場は腕組みして、その場に立っていた。

「おい、頭山さんのセリフを聞いたろう」

戦闘服が歩みより、すごんだ。

「そこをどけ」

安河内とパトカーを気にしている。

「嫌だ」

「調子くれてんじゃねえぞ、こらぁ。ぶっ殺されてえのか」

「あんたらじゃ無理だ」

「何だとぉ」

ガシャン、という音が事務所内でして、すぐ叫び声があがった。

「何しやがる!?」

「止めるなっ」

有本の声だった。ふつうではない。安河内は走りだした。身分証をかざし、

「どけっ」

立ちふさがった戦闘服にいった。

ぎゃっという悲鳴がつづいた。

「おいっ、何しやがる」

今度は頭山の叫ぶ声が聞こえた。戦闘服も事務所をふりかえった。それを押しのけ、
安河内は事務所の扉に手をかけた。

「入るなっつってんだろうがよ!」

別の戦闘服が金切り声をあげて安河内につかみかかった。その襟首を干場がつかんだ。

軽々ともちあげ、ほうりだす。

「あっ、手前!」

パトカーから警官が降りた。

「こら、何してる」

安河内は扉を開けた。中から頭山が走りでた。蒼白だった。

「ヤバいっ、オヤジがっ」

危ねえっという叫びが聞こえた。

「有本がどうした」

頭山のあとから次々にやくざがとびだしてきた。事務所の奥でものの壊れる音がした。

「どけえっ、おらっ、頭山ぁ！」

怒声を響かせ、有本が現われた。抜き身の日本刀をかざしている。

「おっと」

干場がつぶやいて後退《あとずさ》った。

「おらあ」

有本が日本刀をふりあげた。事務所を逃げだしてきたやくざがいっせいに散った。

「有本！　馬鹿な真似《まね》するなっ」

安河内は怒鳴りつけた。有本の顔はひきつり、目が吊りあがっている。

「頭山ぁ、どこだ、頭山ぁ」

安河内には目もくれず、日本刀をふりあげたまま有本は、囲んでいるやくざの群れにつっこんだ。うわっと声をあげ、やくざは逃げまどった。

「いい加減にしろっ」

安河内はその前に立ちはだかった。

「どけえっ」

有本は日本刀をふりおろした。間一髪でそれをよけ、安河内は尻もちをついた。日本刀の切っ先が地面に当たり、小石が火花を飛ばした。

「危ない!」

「やめんか!」

うおおと叫びをあげ、有本は日本刀を横に払った。ぎゃっという悲鳴をたててチンピラが転がった。肩を切られている。

干場が安河内の襟首をつかみ、引きずり起こした。ようやく制服警官が走りより、特殊警棒をかまえたが、完全に腰が引けている。

「頭山ぁ、逃げるのか!」

有本は絶叫した。

「貴様、それでも極道か」

「うるせえ! お前こそ、それで組長のつもりか!」

離れた位置から頭山が怒鳴り返した。

「いやがったな! おらあ」

有本が突進し、わあっと人がよけた。

「何とかしろ、お巡り！」

叫んでいるチンピラもいる。安河内は首をふり、懐から拳銃を引き抜いた。空に銃口を向け、引き金をひく。

パン！　という鋭く乾いた銃声があたりに響き渡った。さすがの有本も足を止め、ふりむいた。

「刀を捨てろ、有本」

「ふざけんな。ここまでコケにされて黙っていられるか。この野郎をぶっ殺す」

刃先で頭山をさした。

「何いってやがる。手前が勝手に引退しといて、いいがかりもたいていにしろ！」

「やかましい。手前、最初から組を乗っとる気だったのだろうが」

「自分のことしか考えないお前に、誰がついていくか」

「この恩知らずが」

「恩だと!?　お前が何をした。銭勘定ばかりだろうが。おかげで狼栄会がのさばってんじゃねえか。全部、お前のせいだ。コケにされたのも自業自得だろうが。頭の中に、銭と女のことしか詰まってねえくせに」

「ぶっ殺す！」

干場が動いた。刀をふりかぶった有本の右手首をひょいとつかみ、空中に吊りあげる。

有本の裸足《はだし》が地面から浮きあがった。

「何しやがる、この野郎」

刀をふろうとしたが、干場の握りが強く、やがて左手が外れ、右手一本で刀をふりかぶる形になった。そして右手から刀が離れ、下に落ちた。安河内はすばやくそれを拾いあげた。

「離せ、こら！　手前も殺すぞ」

宙吊りにされた有本が身をよじった。干場は涼しい顔で有本をぶら下げている。

「いいぞ」

拳銃をしまい、安河内はいった。干場が手を離した。干場につかみかかろうとした有本に警官がとびかかった。地面に押し倒し、手錠をはめる。

「離せ！　離せ！　お前ら皆んな、ぶっ殺す」

有本はもがきながら叫んだ。

「連行しろ」

安河内は警官に告げた。わめきながら有本はパトカーに押しこめられた。

サイレンを鳴らし、パトカーは走り去った。

安河内は日本刀を自分の車の後部席に投げこんだ。

「ふう」

干場が息を吐いた。頭山が進みでて、肩をそびやかした。

「まったくあんな野郎をオヤジと呼んでたと思うと、情けなくて涙がでるぜ」

安河内は答えず、表に立つやくざを見回した。

「長江はどこだ」

頭山は聞こえなかったような顔をしている。

「おいっ、長江はどこだと訊いてるんだ」

「知らねえよ。そのへんにいるだろう」

いって、頭山は事務所に戻ろうとした。その肩を干場がつかんだ。頭山は足を止め、干場をにらみつけた。

「何しやがる」

「長江さんはどこだ」

干場は頭山の目をのぞきこみ、訊ねた。やくざがさっと干場をとり囲んだ。おら、離せよ、とか、死にてえのか、こら、とすごんでいる。

「何すごんでんだ、お前ら。たった今まで、ダンビラ見て逃げ回ってたくせに」

安河内はいった。

「サツの仕事を邪魔しないようにしてただけじゃねえか」

頭山がうそぶいた。安河内は干場の顔を見やり、小さく頷いた。干場が力をこめた。

頭山の顔が歪《ゆが》んだ。

「離せ、この野郎」

立ちふさがるチンピラを押しのけ、安河内は干場と頭山に歩みよった。

「もう一度訊くぞ。長江はどこにいる」

頭山は干場の手から逃れようと身をよじった。が、干場の腕はびくともせず、指先が頭山の肩にくいこんでいる。

頭山の額に汗が噴きでてきた。

「有本が片づいたんで、すっかり強気のようだが、あのポン刀は、お前のとこの事務所にあった代物だ。銃刀法違反で、お前も無事じゃすまない」

「う、うるせえ」

安河内は周りを囲んだやくざを見回した。

「お前ら全員、凶器準備集合罪でパクられる覚悟はできてるんだろうな」

「何をいってやがる」

「これは威しじゃない。特に大城からきている奴ら、お前らの組にもガサ入って、オヤジもってかれるってわかってるのか」

助っ人にきているやくざたちの顔色がかわった。大城一家にも累が及ぶとなれば、おちおちしていられないというのが本音の筈だ。

「長江なら買いだしにいかせた」

頭山がいった。安河内はふりかえった。

「どこにだ、スーパーか」

「そうだよ」

「市道沿いの『みさきや』だな」

確認すると頭山は頷いた。干場が手を離した。頭山は肩をさすった。

「悪いことはいわん。この助っ人連中を大城に帰せ」

安河内は頭山をにらみつけ、告げた。頭山は顔をそむけた。

「大城に迷惑かけたら、兄弟盃の次はお前の指《エンコ》をさしだす羽目になる」

頭山の顔がこわばった。ありえない話ではない。助っ人をよこした大城一家も、本気の抗争までは考えておらず、単なる示威行動に力を貸すていどの覚悟だったろう。それが有本の大暴れで家宅捜索だの、逮捕者をだすだのの騒ぎになったら、助っ人を頼んだ頭山のメンツは丸潰れだ。

「じゃあ狼栄会は、サツが追っ払ってくれるのかよ。できねえだろ。グルなんだからな」

頭山は強がった。

「警察が誰とグルだというんだ」

「サツじゃねえ。市長だよ。マリーナを狼栄会に売っぱらう気だろうが。赤字が消えて万々歳だと聞いたぜ」

「どこからそんな話を聞いた」

「有本だ。市は、トランスリゾートがやってきたときから大歓迎だ。ハナからマリーナを売っぱらう約束ができてたっていってやがった」

「確認しなけりゃならんな」

「あんたにできるのか」

「あたしは市の職員じゃない」

「信用できねえな」

頭山は空を見上げた。

「だったら勝手にしろ。痛い目にあうのは、お前さんたち極道だ」

いい捨てて、安河内は踵を返した。頭山からさらに情報を得るチャンスだが、今は長江を先に確保したい。

「おい、干場」

安河内と干場が車に乗りこもうとすると、頭山が声をかけた。

干場が頭山を見た。

「このままじゃすまさねえからな」

「あんたの親分をおとなしくさせてやったのに逆恨みか」

干場がいった。

「あんな野郎、親分でも何でもねえ。サツがいなけりゃ、ぶち殺してやったぜ」

頭山はいって唾を吐いた。

「いくぞ」

安河内はいって、干場をうながした。

新港町の「みさきや」は、山岬で最も大きなスーパーマーケットで、広い駐車場を備えている。山岬の市民の大半が買物に訪れる店だ。

市道を走り、安河内は車を「みさきや」の駐車場に入れた。

「安さん――」

干場がいった。駐車場に人が倒れ、それを数人がとり囲んでいた。

安河内は舌打ちした。倒れているのは長江で、もうひとり岬組のチンピラがうずくまっている。囲んでいるのは、昨夜、善楽寺の境内にきた狼栄会の組員だった。

あたりにカップラーメンやコロッケなどの総菜を入れた容器が散乱していた。

「おらあ、立てや」

狼栄会のチンピラが怒鳴り、うずくまっている長江の連れの体を蹴った。

「何見てんだよ、あっちいけ」

遠巻きにしている市民に別のチンピラがすごんだ。

「あいつら、わざとだな」

安河内はつぶやいた。岬組の助っ人に買いだしが必要になると見て、待ちかまえ、喧嘩をふっかけたのだろう。

狼栄会の組員は四人いた。黒っぽいスーツを着け、それだけでスーパーの駐車場では目立っている。

安河内は集団のすぐ近くで車を止めた。

「何をやっとるんだ、お前ら」

「関係ねえだろう」

干場が倒れている長江のかたわらでかがんだ。長江は頭をかかえている。割れたビールビンの破片があたりに散らばっていた。どうやらビンで頭を殴りつけられたらしい。

「ひどいことするな」

干場は髪のすきまから血まみれのガラス片をとりのぞいてやりながらいった。

「こいつらが売ってきたんだよ。俺ら、ただ買物にきてただけだ。田舎やくざってのは血の気が多くてしょうがねえな」

安河内は先頭の男に歩みよった。

「お前、きのう柳とおった男だな」

「はあ?」

　男は安河内を見た。

「何だ、昨夜のおっさんか。パクるのか?　いっとくが先に手をだしたのはこいつだ」

「そうだよ!」

　もうひとりがさらに長江を蹴ろうと足をだした。干場がかがんだまま、その足首をつかみ、ふり払った。男は仰向《あおむ》けにひっくり返った。

「何しやがる」

　干場は膝をのばして立った。四人のやくざを見おろすようにいった。

「俺は柳さんにはよくしてもらった。けれど、あんたらのこういうやりかたはまちがっていると思うぞ。町の人たちが買物にくるようなところで、人にこんな怪我をさせて」

「だからいってるじゃねえか。こいつらが先に手をだしたんだ。正当防衛だ」

「ビールビンで殴ったのもか」

　安河内はいった。

「倒れたらそこにビールビンがあっただけだ」

「う、嘘だ。いきなりうしろから殴ったんだ、こいつら」

　長江がつぶやいた。

「とぼけたこといってんじゃねえぞ、この野郎」

「とりあえず署までできてもらう」

「関係ねえだろ、おっさん」

安河内はとりあわず、チンピラのひとりの手をつかんだ。

「何すんだ、この野郎」

「こい」

チンピラが顔を見合わせた。いきなり別のひとりが安河内に体当たりしてきた。不意をつかれ、安河内はその場にひっくり返った。

「逃げろっ」

だがそうはいかなかった。干場が走りだそうとしたひとりの襟首をつかみ、もうひとりの足を払った。払われたほうは勢いがついて地面に顔からつっこみ、もうひとりは喉もとにシャツが食いこんで呻き声をたてた。

安河内は立ちあがり、

「抵抗するかっ」

と怒鳴った。

「やかましい!」

ひとりが安河内に殴りかかった。それを払い、襟をつかんで安河内は大外刈りをかけた。男の体が一回転し、地面に叩きつけられた。

「やるね」

干場が目を丸くした。

「この野郎っ」

地面に倒れこんでいたチンピラがビールビンの破片を手に立ちあがった。鋭い面を干場に向け、にじりよってくる。

「ぶっ殺す」

干場は首をふった。そして不意に男に背中を向けた。干場の長い脚がふられ、うしろ回し蹴りが男の横顔に命中した。男の体はふっとび、止まっていた軽自動車に叩きつけられた。

「おい、あんまり無茶するな」

思わず安河内はいった。過剰防衛になってしまう。

干場は長江に歩みよった。

「大丈夫か、立てるか」

「ああ」

頷いて立ちあがった長江は、やにわに倒れている狼栄会のチンピラを蹴った。

「この野郎、きたねえ真似しやがって」

「よせっ」

千場は長江の腰を抱えあげた。長江の足が宙に浮いた。

「離せよ、ぶっ殺さなきゃ気がすまねえ」

「いい加減にせんか！」

安河内は怒鳴りつけた。パトカーのサイレンが聞こえた。誰かが一一〇番したようだ。

長江は我にかえったように瞬きした。千場が長江をおろした。

二台のパトカーが駐車場に進入し、ばらばらと警官がとびだしてきた。安河内は地面にうずくまり呻いている狼栄会のチンピラを示した。

「とりあえず連行しろ。傷害と公務執行妨害の現行犯だ」

「はいっ」

「ふざけんな！　俺らが何したっていうんだよ。ああ？」

一瞬、警官がたじろいだ。

「かまわん。連れていけっ」

長江たちが被害届をだすことはありえない。極道どうしの喧嘩とはそんなものだ。だがとりあえずひと晩かふた晩、この四名を署の留置場にほうりこんでおくことはできる。

「立て」

「はなせよ！」

チンピラたちは口々に強がりながらひきたてられていった。

「とりあえず病院いくか」

安河内は長江にいった。

「大丈夫っす。たいしたことないですから」

長江もその場を離れたがった。

「まあ待てよ。帰るのが遅くなっても、今なら頭山にどやされることはない」

「え？」

長江は安河内を見た。

「ついさっき有本が事務所でキレて、ポン刀をふり回した」

「本当っすか」

「本当だ」

干場がいうと、長江はあらためて干場を見た。瞬きしていった。

「お前、確か前に勝見ビルのとこで会った……。お巡りだったのかよ」

「ちがう。でもあんたを捜してた」

「なんで」

「只進こと、大杉剣一を知っとるな」

安河内は歩みより、いった。

「只――ああ、関口建設の」

「今どこにおるか知らんか」

長江は安河内と干場の顔を比べ見た。

「何だよ、急に」

「あんたは前から只を知ってたのだろ」

干場がいった。

「それは、そうだけど」

長江は警戒した顔になった。

「頼む。すごく急いでいるんだ。只の居場所を知っていたら教えてくれ」

「会社か家じゃないのか」

「どっちにもいない」

「そんなことといわれたってな」

「お前さんはなぜ只を知っておったんだ」

安河内は訊ねた。

「俺がまだガキんとき、大杉さんは家の近所に住んでたんだよ」

「十年くらい前か」

長江は頷いた。大杉が出所した直後のようだ。

「大城の本町だな」

「そう。新聞配達やってたけど変なおっさんでさ、野良猫とか罠《わな》にかけて、つかまえちゃどっかに売りにいくんだ。ときどき飯奢《おご》ってくれて、喧嘩のやり方とか教えてくれた。そのうちだんだん薄気味悪くなってきて、つきあわなくなったら、いつのまにか引っ越していなくなってた」

「なぜ薄気味悪くなったんだ？」

長江は頭に触れ、顔をしかめた。

「針金にさ、プラスチックの取っ手みたいのをつけたのをいつももってるんだ。それでつかまえた猫の首絞めたりしてるって。俺の友だちの首にもそいつを回してこう絞めるんだってやって、そいつ危うく絞め殺されそうになって……」

安河内と干場は顔を見合わせた。

「なんか変態っぽくてさ。近所に妹だって女が住んでて、世話を焼いてたけど、あれ本当は夫婦じゃないかと思うんだ」

「夫婦？」

長江は頷いた。

「その女はさ、兄ちゃん、て呼んでたけど、あるとき俺の友だちが大杉さんのアパートの前までいったら、中でもろセックスしてるって声がしてて、あとから、その女が部屋からでてきたんだと」

安河内は唸った。大杉しほに会ったとき、自分は、「お兄さんがいるのじゃないかね。剣一さんという」と訊ねた。しほは「誰よ、それ」と反応し、「そうよね。考えてみたらバレない筈ないわよね」といった。

安河内が兄さんといったので、しほはその思いこみを否定しなかったのだ。

「しまった」

安河内はつぶやいた。大杉剣一が出所したのが十年前だ。大杉しほはちょうどその頃、新宿のクラブを辞め、大城に移っている。つまり、夫の剣一が服役している間、しほは新宿のクラブで働いていて、出所したのにあわせ、そこを辞めたのだ。夫が服役している間、妻の面倒をみたのが高州で、出所した夫の就職先を世話したのも、その高州だ。つまり、大杉剣一としほは、夫婦で高州に面倒をみてもらっていたことになる。

二人がいっしょに住んでいなかったのでてっきり夫婦ではなく兄妹だと思いこんでいた。だが高州への恩義を考えると、東京を離れたとはいえ、大城でいっしょに暮らすというわけにはいかなかったのだろう。

あるいは、二人は高州にも夫婦ではなく兄妹だと嘘をついていたかもしれない。しほは、剣一にとってあるていど不利になるような話を安河内にすることで、警察がどこまで夫を疑っているのかを探りだそうとした。その結果、安河内が長年大杉剣一を疑っていたのを知り、殺そうとしたのだ。

「大杉と関口建設でばったり会ったわけだ」

　干場がいった。

「そう。八、九年ぶりで驚いたよ。あいかわらずガリガリだから、すぐにわかった」

「大杉はお前さんに何といった？」

「今は頼まれてここの社長の秘書みたいな仕事をしてるって。只という名前を使ってるからそう呼んでくれといわれた」

「他には？」

「大城に家があるけど、通うのがけっこう大変なんで遅くなるときは、こっちに泊まってるっていってたな」

「こっち？　それは山岬ということか」

　長江は頷いた。

「どこだ!?」

　長江は迷ったように唇をなめた。

「俺から聞いたっていわないでくれよ。バレるとまずいところなんだ」

「大丈夫だ」

　長江は一瞬沈黙し、

「マリーナだよ。クラブハウスの中に使ってない仮眠室があるんだ。クラブハウスにはシャッターつきの駐車場もあって、そこに車止めれば誰にも見つからないらしい」

と答えた。

「いこう!」

干場がいい、二人は車に向かって駆けだした。

58

マリーナに到着したときには日が暮れていた。クラブハウスの明りは消えていて、駐車場には自転車すらない。

「灯台もと暗しとはこのことだな」

安河内はいって、少し離れた場所に止めた車を降りた。備えつけの懐中電灯を手にしている。

海から吹きつける風が強かった。係留されたヨットのマストに風で揺れるロープが当たる、カン、カンという妙に甲高い音が響いていた。車を離して止めたのは、只に気づかれない用心だ。

「ここに常駐の人間はいないのかい」

干場は安河内に訊ねた。白く塗られた木造のクラブハウスがぼんやりと浮かびあがっている。

「できてから何年かは、係員がおったが、赤字をたれ流すだけだとわかってからは、メンバー各自に鍵が渡され、勝手に出入りしろということになったらしい。だからほとんど人がおらんのと同じだ」

安河内は答えた。そしていった。

「まずは、シャッターつきの駐車場とやらに只の車があるかどうかを調べてみよう。おそらく海側じゃないかと思うんだが」

このマリーナを造ったのは関口建設だ。関口の個人秘書をつとめていたら、マリーナの鍵を入手する機会はいくらでもあったにちがいない、と安河内は思った。

二人は大きな音をたてないよう用心しながら、クラブハウスの海側に回った。桟橋に面する一階には、大きなガラス窓がはめこまれたレストランがある。だがとうに営業停止に追いこまれていて、今はその窓も白く曇っていた。

二階は雨戸の閉まった窓が並んでいる。宿泊できる部屋があるとすれば二階だろう。

干場が曇ったガラス窓に顔を押しつけ、レストランの中をうかがった。

「人けはないし、電気も消えてる」

「いくらふだん無人だからといって、堂々とは使っておらんだろう」

安河内は答え、あたりを見回した。

レストランの左手、海に向かって右手に、小さなボート小屋のような建物がある。そこにシャッターがはまっていた。

「干場」

小さな声でいって安河内が目で示すと、干場も気づいた。頷き返す。

二人はレストランの正面をよこぎりながらボート小屋に近づいた。風がヤシの葉を大きく揺らし、カンカンというロープの音より、シュルシュルという葉ずれのほうが大きく聞こえる。

安河内はボート小屋の前にくると懐中電灯を点した。シャッターの周辺を照らす。コンクリートの敷地に、タイヤの跡があった。シャッターの向こうに消えている。

電灯を消し、シャッターに耳を近づけた。物音は聞こえない。

干場がかがんだ。シャッターのくぼみに指をさしこみ、ゆっくりと引きあげる。

「音をたてるなよ」

思わず、安河内はいった。干場が頷き、そろそろとシャッターが床からもちあがった。

二十センチほどあがったところで、

「もういい」

と安河内はいった。地面に腹這いになり、シャッターの奥をのぞきこんだ。中はまっ暗だ。

電灯を点した。

紺色の車体が光った。只の車と同じ、紺のセダンが止まっていた。他に束ねられたホースやロープ、船体が桟橋にこすれるのを防ぐクッションなどが積まれている。

「まちがいない」

体を起こし、安河内はいった。もう一度クラブハウスを見る。問題はどうやって中に入るか、だ。鍵はない。令状をとって、関口に提出させていては時間がかかるし、只に伝わる危険もあった。

そのとき車のエンジン音が聞こえた。

安河内と干場は顔を見合わせた。海からの風なので、風下の音は聞こえづらい。それでもはっきりエンジン音とわかったのは、マリーナのすぐ近くまで車がやってきた証拠だ。

だがエンジン音はすぐ聞こえなくなった。

通りすがりの車の音だったのだろうか。それにしては近かったような気がする。

安河内はクラブハウスをもう一度見上げた。

ボート小屋の屋根と隣接するクラブハウスの側面に窓がある。二階の端の部屋の窓だった。ボート小屋の屋根にあがれば、その窓からクラブハウスの内部に入ることができそうだ。ただし、窓に錠がかかっていなければの話だ。最悪、ガラスを割って錠を開ける手もある。

一瞬迷い、安河内は決断した。クラブハウス一階のレストランにはまった大きなガラスは簡単には割れないし、割ったらとてつもない音がして、中にいる者にそうと気づかれるだろう。もし令子たちがここに捕われていたら、危害の及ぶ可能性もある。

「あたしを肩車してくれ」

安河内はいった。干場にも安河内の意図がわかっていた。

「あの窓だな」

安河内は頷いた。

「おそらくトイレだろう。あそこから中に入る」

干場は無言でよつん這いになった。安河内はその首にまたがった。

「大丈夫か」

「平気、平気」

干場は答えて、体を起こした。小屋の屋根に軽々と手が届く高さだった。屋根のへりに手をかけると、干場が安河内の靴底を押しあげた。その助けを借りて、安河内は小屋の屋根に乗り移った。

小屋の屋根は、乗ってしまえば平らで移動しやすい。安河内は周囲を見回した。

干場がジャンプした。屋根のへりに指がかかった。安河内が手助けする暇もなく、干場が懸垂の要領で上半身を引きあげ、よじのぼってきた。涼しい顔でいった。

「下においてけぼりじゃ寂しいからね」

安河内は首をふった。

「最初からお前さんにあがらせて、引っぱりあげてもらえばよかったな」

「そう思ったのだけど、安さんが先にいきたがったからさ」

安河内はクラブハウスの窓に歩みよった。上下開閉式で、下のガラスを上に押しあげる仕組になっている。まずガラス窓の奥をのぞきこんだ。思った通りトイレのようだ。白い小便器が並んでいるのがぼんやりと見えた。

窓ガラスに手を押しつけ、摩擦でもちあげる。ガラスは一瞬の抵抗のあと、するするとあがった。

「しめた。鍵がかかっとらん」

すきまに指をさし入れ、さらに押しあげた。

干場でもくぐり抜けられるほど大きく開く。

「俺が先にいく」

干場が小声でいって、窓に上半身をさし入れた。

「ガラスを割るなよ」

いったが、よけいな心配だった。敏捷な動きであっという間に、窓の向こうに干場は着地していた。つづいて窓をくぐった安河内をするりと引っぱりこむ。

「やれやれ、何とかなったな」

荒くなった息を整え、安河内はつぶやいた。

正面右手にトイレの出入口がある。そこをでると二階の廊下だろう。二階の部屋のどれかに只としほ、そして令子たちがいる、と安河内は考えていた。

人さし指を口にあててみせ、安河内はトイレの扉に近づいた。そっと押し開く。

暗い廊下がのびていた。非常灯の緑色の光が並んだ扉のノブを光らせている。

廊下にでると、うずくまり、気配をうかがった。

どこかの部屋からか、ぼそぼそという話し声がする。

廊下の右手に並んだ扉のどれかだ。足音をたてないように、安河内は這うようにして廊下を進み、ひとつひとつの扉の前で止まった。

みっつ目の扉の前まできたとき、女の声がした。安河内は体を止めた。

「――に戻ろうよ」

女の声はいっていた。対する男の声は低く、何をいっているのかがわからない。

「だって、連絡なんてこないじゃない！　このままじゃあんたまた刑務所に逆戻りだ。あたしだってただじゃすまない。いくら威されたっていったところで、あのいやみな刑事は信じっこない」

大杉しほの声だった。まちがいない。この扉の内側にいる。

安河内は立ちあがった。干場をふりかえる。

干場は少し離れた位置に立ち、小さく頷いてみせた。

深呼吸し、扉のノブに手をのばしたそのときだった。階下で物が砕ける激しい音がした。

ガッシャーンという響きは、明らかにレストランの大きなガラス窓が割れた音だった。すぐにボン！　という爆発音がつづいた。

「なに、今の!?」

不意に廊下の正面が明るくなった。赤い光が一階に広がり、階段を通して二階にまで届いたのだ。

何が起きたのか考えている余裕はなかった。安河内はドアノブをつかみ、押し開いた。

ふたつのシングルベッドが並んだ小さな部屋に只と大杉しほがいた。二人はそれぞれベッドにかけ、向かいあっている。ランタン型の懐中電灯が床におかれ、二人の姿を浮かびあがらせていた。

二人ははっと安河内を見た。

「やはりいっしょだったか」

「あんたは――」

しほがいって絶句した。

「令子たちをさらったのは大杉剣一、お前だな」

安河内は只をにらみつけ、いった。只は無言だった。黒いナイロン地のスポーツウェアを着ている。サイズが合わないのか、手首と足首のところを折り曲げていた。

「二人はどこだ」

安河内は部屋に一歩、踏みこんだ。しほが腰を浮かす。

「動くな！」

安河内はいった。しほはジーンズにニットのブルゾンを着ている。

「今の音は何だ。お前か」

只が口を開いた。安河内が踏みこんできたことに驚きをまるで感じていないかのような口調だった。

「知らん。二人はどこにいると訊いている」

只の顔が不意に険しくなった。その目は安河内の背後、扉の向こうを見ている。

安河内はすばやくふりかえった。干場の姿がなかった。かわりに廊下にさす赤い光が躍っているのが見えた。同時に、鼻をさす刺激臭がそこから漂ってきた。

「火をつけたのか!?」

只が叫んだ。

「あたしじゃない」

安河内はいい返したが、何が起こったのかそのときわかった。

何者かが一階のレストランの窓を割り、そこから火を放ったのだ。爆発音はそのせいで、火炎壜《かえんびん》のようなものを使ったのだろう。

廊下から干場の叫び声がした。

「安さん！」

「どうしたっ」

「一階が燃えてる」

「なにっ」

安河内は部屋をでた。干場が廊下のつきあたり、階段の降り口に立って下を見ている。赤い光は干場の姿を照らしだすほど強くなっていた。

廊下を走り、干場のかたわらに立った。煙とガソリンの臭いが鼻を突いた。階段の下、レストランの入口付近には、すでにちらちらと赤い火が見えている。かがむとレストランの奥はすでに火の海だった。

ばたばたっという足音が背後でして、安河内はふりかえった。只が部屋を抜けだし、廊下の反対側に走っていく。

「待てっ、待たんか」

安河内はあとを追った。只は廊下のつきあたりの右手前の扉を開き、中にとびこんだ。

「おいっ、開けろ」

安河内は扉を叩き、ノブを回した。鍵がかかっている。

「くそ」

安河内は一歩退くと、ドアノブの下を蹴った。バリンという音はしたが、開かない。

干場がやってきて、安河内を押しのけた。

干場の蹴りは威力があった。一撃で木クズを散らしながら、扉が開いた。

そこは非常階段の踊り場だった。駐車場に面していて、階段の先が暗闇に沈んでいる。

かすかに足音がした。遠ざかっていく。

あとを追おうとして安河内は我にかえった。令子と洋子を助けださなくてはならない。

踏みこんだ部屋まで戻ると、しほがひとりうなだれていた。

「令子たちはどこだ」

安河内がいうと、顔を上げる。

「あの、わたし、わたし……」

「いいから、令子たちはどこにいる」

安河内はしほの肩を揺すった。

「嫌だっていったんです。あんたにはつきあいきれないって。でも威されて――」

「そんなことはどうでもいい！」

安河内は怒鳴りつけた。はっきりと煙が二階にまで押しよせていた。炎の熱でガラス類が砕ける、バリン、ガシャンという音がひっきりなしにあがっている。

しほは殴られたように顔を上げた。

「となり、隣です」

「どっちの」

しほの手が動いた。安河内の背後に立っていた干場が動いた。廊下にでると、扉を蹴る。

「安さん」

安河内は急いだ。

只たちがいたのと同じ造りの部屋に、ベッドとベッドのすきまに押しこまれるようにして二人がいた。背中あわせに縛りあげられ、サルグツワをかまされている。

何か大きなものが崩れ落ちるような地響きがした。

安河内は二人に駆けよった。二人を縛っているのは、ヨットなどで使われる頑丈なロープで、簡単にはほどけそうもない。切るにも刃物が見つからなかった。

サルグツワだけをひきむしり、「立てるか」

と安河内はいった。

「あ、あたしは大丈夫。でも大ママが――」

令子がつぶやいた。干場が踏みだした。洋子の体を肩の上にかつぎあげた。疲労なのか、どこか具合が悪いのか、洋子はぐったりと目を閉じている。

令子を立たせ、抱えながら廊下にでた。炎は瞬く間に二階にまで押しよせていた。階段の手すりが燃えあがり、火の粉が舞っている。海から吹きつける強風が、火に勢いを与えているのだ。

大きな音をたてて階段が焼け落ちた。大量の火の粉が吹きあがり、廊下の足もとから白い煙がたち昇り始めた。火は一階の天井から二階の床をうかがっている。

「逃げるぞ」

安河内はいって、只が逃げだした非常階段の方角へと令子を抱えて走った。洋子をかついだ干場があとにつづく。

階段を降り、駐車場にでた。

「離れるんだ」

令子と洋子を、駐車場の端まで連れていく。二人を地面にすわらせ、ひと息いれてから安河内は気づいた。

しほがいない。まだクラブハウスの中だ。

悲鳴が聞こえた。

「いかん」

安河内は走った。非常階段を駆けあがり、閉じている扉を押した。

いきなりまっ赤な視界が広がった。二階の廊下が火の海だ。その向こうでしほが立ちすくんでいる。安河内たちから逃げようとしたのか、非常階段とは逆側の、焼け落ちた階段の方角に向かっていたのだ。

「そっちじゃない！　こっちだ」

安河内は手をふって叫んだ。しほがはっとふりかえり駆けだした。が、次の瞬間、二階の床が抜けた。黒煙と火の粉にその姿がかき消された。

「おい！　おおいっ」

安河内は叫んだ。だがしほの姿はなかった。ぽっかりとあいた床の穴からまるで煙突のように炎が噴きあげた。

よろめくように安河内はその場を離れた。火はクラブハウス全体に燃え広がっていた。

59

消火活動は夜明け近くまでつづいた。空が白み始めると、クラブハウスがすっかり焼け落ちてしまっていることが判明した。

日が高くなった頃、大杉しほの遺体が発見された。洋子と令子は市民病院に収容されていた。

火災が放火によるものであるのは明らかだった。消防と警察の現場検証が始まると、安河内は干場を伴って山岬署に戻った。

「署長室で、署長と市長がお待ちです。干場さんにもきていただきたいとのことです」

署の玄関をくぐると、受付の巡査が告げた。安河内と干場は顔を見合わせた。

「いよいよ市長の登場だ」

安河内はつぶやいた。市が半分を所有するマリーナのクラブハウスが焼けたのだから当然といえば当然だった。

疲れはてた気分だった。バー「伊東」で一杯やり、自宅の布団にもぐりこめたらどれほど幸せだろう。が、只の逃走がつづいている今、それは夢のまた夢だ。

署長室のドアをノックし、開いた。応接セットで、署長と市長の西川が難しい顔をして向かいあっている。

「市長、安河内刑事と干場功一さんです」

署長が二人を紹介した。西川は険しい表情のまま頷いた。

「何があったか、あなたの報告を聞きたいと思ってうかがいました。安河内刑事は、この山岬で長い期間にわたって殺人が隠蔽されていた、という疑いをもたれていると聞きましたが？」

西川はいった。インテリ然とした風貌には似合わない甲高い声だ。

「その話は長くなりますので、報告書をわたしのほうからあげておきます。まずは安河内さん、昨夜のことを話して下さい」

署長が割って入った。西川は露骨に不快そうな表情を浮かべた。

「しかし署長――」

「消防からの連絡では死者がでているとのことで、警察としては、まずこちらの被害の原因究明を優先したいのです。どうかご理解下さい」

署長がいうと、西川は口を閉じた。

「ひどく疲れているようで申しわけありませんが、何が起こったのですか」

「どこから話しますかね。まずは有本ですが――」

「勾留中です。それにスーパーの駐車場で確保した、狼栄会の四名も勾留しています」

安河内は頷いた。

「きのう一日で導火線がうんと短くなり、ついに火がついた、というところでしょう。きっかけは、狼栄会の四名による岬組組員への暴行です。狼栄会はトランスリゾートを隠れミノに、山岬進出を狙っていましたが、このところのごたごたで、一気に本腰を入れてきたようです」

西川を見やりながらいった。トランスリゾートの名を聞いても西川の表情はかわらなかった。安河内はつづけた。

「スーパーの駐車場で四名を確保したのは、偶然じゃありません。あるところで岬組組員、長江が只進こと大杉剣一と親しくしていたという情報を得て、買いだしにでていた長江に話を訊くためにスーパーにいったのです。長江は、大杉がマリーナの鍵を所持していて、ときおりクラブハウスに宿泊しているといいました。拉致された疑いのある小沼母娘がそのクラブハウスに監禁されている可能性があるとみて、あたしと干場さんの二人でようすを探りにいきました」

「なぜ二人だけで行動したのですか」

署長がいい、西川がすぐにつづいた。

「そうだ。もし君がしかるべく応援を要請して向かっていれば、あのような火災は発生しなかったのではないか」

安河内は西川を見た。

「火災が大杉剣一による放火だとお考えになっているのだとすれば、それはちがいます」

「君らに追いつめられて火を放ったのじゃないのか」

「応援を要請しなかった理由は？」

署長が訊ねた。

「まず、大杉がクラブハウスにいる、という確証を得たかったのです。それに大人数でクラブハウスを包囲すれば、逆上した大杉が、人質の小沼母娘を傷つける危険もありました。まずは状況確認を優先したのです。現状、山岬署は人員が豊富とはいえませんから」

署長は頷いた。

「先をつづけて下さい」

「大杉剣一と大杉しほがクラブハウスの二階にいるのを話し声で確認したとき、一階の窓ガラスを何者かが破壊し、放火しました。ガソリンの臭いがしましたから、おそらく火炎壜を投げこんだのでしょう」

「大杉剣一の仕業ではないのですね」

「ちがいます。投げこんだ犯人が、クラブハウス内に人がいるのを知っていたかどうかは疑問です。我々が到着したときも、外からはまっ暗にしか見えませんでしたから」

「放火犯の姿は見たのですか」

安河内は首をふった。

「見ませんでした。火は、強風にあおられて一気に広がりました。我々としては、小沼母娘の救出を最優先しなければならなくなり、結果として大杉剣一をとり逃し、大杉しほを死なせてしまいました。責任を感じております」

「結局、君が手続きを踏んでいれば、火災にはならず、死者もでることはなかった。そうではないのかね」

西川がいった。感情のこもらない、冷たい口調だ。

「それはちょっと卑怯《ひきょう》ないいかたじゃないのかな、市長さん」

干場がいった。

「卑怯？」

西川は心外そうに干場を見た。

「私が卑怯だというのですか」

「そう。あんたのいいかたは、火事も死人も全部、安さんのせいにしている。でも火をつけたのは安さんじゃないし、安さんがいなけりゃ、令子ママも大ママも助からなかった。火事になったら、大杉たちは二人をほうって逃げたろうからね。たられば
なんて、その場にいなかった人間のいいぐさだ。なのに安さんに責任を押しつけているから卑怯だっていうんだよ」

「干場」

安河内はたしなめようとして、いった。が西川がすぐに反論した。

「だが干場さん、あなたは一般市民だ。安河内刑事がそんなあなたを同行して犯罪現場に踏みこんだということも問題がある」

「安さんは俺の警護を命じられていたんです。その俺がマリーナにいくといったら、安さんもつきあわざるをえない。ちがいますか」

「安河内刑事がいこう、といったのではないのですか」

「俺がいこうといったんです。令子ママたちがさらわれた理由は、たぶん俺にあった。あの猿のミイラは、俺が殿さまの財産を相続するのが気にいらなかったんだ。それで二人をさらい、相続権を放棄させようと考えたのだと思う」

「それはすべて干場さんの想像でしょう」

「大杉をつかまえればわかることだ」

話にならん、という顔で西川は首をふった。署長に向きなおる。

「警察官でもない者が犯罪現場に踏みこむのを黙認した署長にも責任がない、とはいえませんな」

「黙認はしていません」

署長が答えたので、安河内ははっとして署長を見た。

署長は顔色もかえずにいった。

「干場さんに捜査協力を依頼したのはわたしです。干場さんは、この山岬の利害関係の中心人物です。干場さんの動きひとつで、関係者はさまざまな反応を示します。それによって過去の殺人も含め、情報を得る絶好の機会だと、わたしが考えたのです」

「過去の殺人といわれるが、それは何をさしているのですか」

西川がかみついた。

「それは今お答えするわけにはいきません」

「なぜです。市長の私に知る権利がない、と？」

署長をにらんだ。

「ちがいます。事件関係者の中に、市長のお身内が含まれている可能性があるからです」

「何ですと!?」

「勝見弁護士は、当署署員であった目崎刑事と共謀し、六年前の干場伝衛門氏の急死に関する情報を操作した疑いがあります」

西川は目をみひらいた。

「情報を操作した？」

「現段階では確証を得るには至っておりません。事件関係者をさらに割りだし、容疑を固めようと考えています」

「それは署長、あなたひとりのお考えか」

「だとしたら、何か問題でも？」

西川は咳ばらいした。

「勝見弁護士は私の叔父にあたる。つまりあなたのお考えは、政治家である私に対する攻撃に等しい。政治家として、そのような行為は看過できませんな。しかるべく、対応することも考えねばならない。ご存知かどうか、私は以前、中央官庁に奉職していて、その筋の友人も少なからずいます」

「それは、圧力をかけるっていう威しかい、市長さん」

干場がいった。西川は無視した。

「どうぞご自由になさって下さい。わたしはわたしで、山岬署長としての任務を遂行させていただきます」

西川はすっと立ちあがった。

「市の所有財産を全焼させ、死者までだした責任は、いかなる形であれ、とっていただく。そのつもりで」

署長を見おろし、告げるや、早足ででていった。署長室のドアが閉まる。

「怒りっぽい人だな」

干場がつぶやいた。安河内はいった。

「悪事が露見しそうになって、ヤマを踏んだ野郎が示す態度はみっつ。怒るか、泣くか、知らんふりをするか。まっ先にオトせるのは、怒る野郎さ」

「安河内さん」

とがめるように署長はいったが、その目が笑っている。

「西川市長がトランスリゾートを山岬に呼びこんだのは確かでしょうけど、その仲立ちをした人物がいる筈よ。元官僚と広域暴力団では接点がないもの」

「マリーナの所有権は一代限りで、所有権者が死亡した場合、権利はマリーナに戻るわけですが、移譲は存命中に限られていて、勝見弁護士はそれをトランスリゾートにすでに売り払っているという説と、まだ売っておらずマリーナに戻ったという説のふたつがあります。いずれにしても、殺人の動機がマリーナの権利を巡るものだというあたしの考えはまちがっていた、と思えてきた」

安河内がいうと、署長は意外そうな顔をした。

「まちがっていた?」

「はい。トランスリゾートがマリーナの権利を買い集めても、半分は山岬市のもので、それもこの干場が訴えを起こせば、どうなるのかわからない、というのが実状です。マリーナの権利を得るための殺人というのは、間尺に合わないのじゃないか、と。たとえばの話、関口は何があっても権利は売らないといっていますが、命を狙われてはいない。一方で、勝見にそそのかされて売った有本は、引きかえに紙クズ同然のトランスリゾートの株をつかまされた」

署長は考えこんでいる。

「では勝見弁護士の死亡は自殺だったと？」

「いえ。それに関してはわかりません。ですが殺人だとしても、動機は別にあるのではないかと思います。そのあたりを、もう少し調べてみなければ――」

署長のデスクの電話が鳴った。立ちあがり、受話器をとった署長は眉根を寄せた。

「はい。それはいつ？　わかりました。警戒をつづけて下さい」

受話器をおろし、安河内に向きなおった。

「ついさっき、岬組の事務所に火炎壜を投げこもうとした男が、警戒中の警察官に逮捕されたそうです。東京の警備会社の社員で、トランスリゾートがホテルの警備のために呼んだ男だった」

「柳さんに会わなきゃ」

干場がいった。

「マリーナのクラブハウスを燃やされて、きっと頭にきてるよ」

安河内は頷いた。西川と狼栄会をつないだのが何者なのかをつきとめなければならない。

「接触は慎重に」

署長が釘をさした。安河内は頷いた。

「わかっています。問題は大杉剣一です。あの野郎をとっつかまえさえできれば、黒幕をあぶりだすことができる、とあたしは考えています」

署長は頷き返した。

「県警本部も、今度の火事ではさすがに何かある、とわかったみたいで、わたしへの風当たりも強くなっています。うちの署が、それこそ火に油を注いだといわれかねない状況です」

「何かあったら、それは全部あたしの責任てことで結構です。この首ひとつですむのなら、いくらでもさしだしますんで」

安河内がいうと、署長は笑みを浮かべた。

「そんなことは絶対にさせない。今まで知らんふりをしてきた県警本部にだって、探られて痛い腹があるって教えてあげるわ」

「格好いいな、署長さん」

干場がいった。

60

山岬観光ホテルの周辺は、ものものしい雰囲気だった。警戒の警官の数も増え、ダークスーツ姿の狼栄会の組員もそこここに立っている。だがさすがに二人を止める者はおらず、干場と安河内はロビーに入った。外とちがって内部はがらんとして人けがない。フロントも無人で、休業状態だ。

「誰かおらんかね」

安河内が呼ばわった。やがてフロントの奥の扉が開き、桑野が姿を見せた。

「何の用だ」

「柳に話があってきた。おらんのか」

「パクるんなら、フダを見せてもらおうか」

安河内は首をふった。

「本当に話をしにきただけだ。逮捕状などもっておらん」

桑野を押しのけ、柳が現われた。ネクタイを外し、シャツの胸もとを大きく開けている。酒が入っているのか、目もとが赤かった。

「パクらねえなら、何だってんだ」

「柳さん、マリーナがあんなことになって、つらいだろう」

干場がいった。柳は一瞬目をみひらき、干場を見た。

「俺、柳さんが落ちこんでるのじゃないかと心配だった。マリーナに夢をもってたみたいだったから」

柳はフロントをでて、ロビーのソファにどすんと尻を落とした。二人を見上げ、いう。

「すわれや」

干場と安河内は腰をおろした。

「消えちまった、俺の夢が」

柳はつぶやいた。煙草をとりだし、くわえて火をつけた。そのまま立ちのぼる煙を目で追っている。

「お前さん、利用されたな」

安河内がいった。間をおき、

「何の話だ」

柳がいった。それきり黙っている。

「どういうことだい」

干場は安河内と柳を比べ見た。

「柳がこの町に送りこまれた理由だ。柳はマリーナの買収だと真剣に信じ、このホテルとキャバクラの『人魚姫』を拠点に、地道に商売をやっておった。財政が破綻寸前の町だ。外からの企業進出は、多少、素姓が怪しくとも、誰も反対はせんかった。だが、狼栄会をたきつけて山岬に送りこんだ人間の意図はちがっておった。地元の岬組がカリカリしてもめごとが起きるのを待っていたのだ。もめごとが起きれば、柳の正体が極道であるとわかり、ホテルもキャバクラも営業停止だ。そうなれば、岬組と狼栄会の対立は表にでる。この柳は、本音ではそうはしたくない、と思っておったとあたしはにらんでる」

「そりゃそうだ。極道とわかればマリーナの買収には待ったがかかる。俺の夢はふっとんじまう」

「おとなの社交場かい」

干場がいうと、柳はこっくりと頷いた。

「まあ、俺が甘かったってことだ。極道は極道。もめごとやら喧嘩なしで稼業ができるわけがねえ。有本の阿呆《あほう》は引退したが、もっと阿呆の頭山がアタマになって、この騒ぎだ。火炎壜ぶちこませたのは、頭山の絵図にちがいねえ」

「そりゃしかたがない。クズどうようのトランスリゾート株でマリーナの権利を買うわ、スーパーで岬組の若い者をいたぶるわ、頭にくることもあるだろう」

「いっても信じやしねえだろうが、スーパーで岬組の若い衆をやったのは、俺の命令じゃねえ。俺のやりかたじゃヌルいと踏んだ連中が勝手にハネただけだ」

「ヌルい?」

安河内は柳を見つめた。

「岬組を徹底して叩けって話でも、狼栄会の本部ではでていたのか」

「俺の口からはいえねえ。だがそう思っている若い奴らはいるだろうな」

安河内はすわりなおした。

「柳よ、ここはひとつ、腹を割らないか。あたしはどうしても知りたいことがある」

柳は血走った目を安河内に向けた。

「お前の狙いは銭儲けだった。破綻寸前の山岬に乗りこみ、マリーナの権利を買収しろと狼栄会の本部に命じられてきた」

「今さらいうまでもねえ。そうだよ」

「だが、あとから追っかけで入った狼栄会の連中は、もっと荒っぽい手口をとった。マリーナの買収より岬組を潰すほうが大事だというようなやりかただ」

柳は無言だった。

「狼栄会は、どこかで方針を転換したんだとあたしは思っていた。が、そうじゃなかった。お前さんはハナから成立もしない買収を任されていて、岬組がそれに反発するのを待って狼栄会は兵隊を送りこむ気だったのじゃないかね。つまりは、お前さんは体のいい鉄砲玉がわりにされたってことで」

「こんなトウのたった鉄砲玉がいるかよ」

柳は吐きだした。

「そこさ。山岬にきたお前さんは、権柄《けんぺい》ずくでものごとを進めようとしなかった。本当なら狼栄会がついているんだ。岬組など、簡単に踏み潰せる。だがそうせずに『人魚姫』に押しかけた頭山らを接待し、ホテルの従業員も解雇せず、商売をつづけた。正体が極道だってことは、最後の最後まで隠して、ものごとを進めようとした。ところが、それじゃちがうっていう者が、狼栄会の本部だかどこかにいて、途中から急に物騒な連中がしゃしゃりでてきたって話じゃないのか」

柳は答えなかった。煙草の煙を荒々しく吹きあげている。

「あたしの考えはまちがっておるかね」

「さあな。当たっていようがまちがっていようが、今となっちゃどうでもいい」

「戦争は避けられないというわけか。火炎壜が岬組に飛びこんでいたら、大城一家も引っこみがつかなくなる」

「火炎壜？　何のことだ」

「ついさっき、お宅の自称警備員がつかまった。火炎壜を岬組の事務所に投げこもうとしてな」

柳の顔色がかわった。

「桑野！」

叫んだ。少し離れた位置からやりとりを見守っていた桑野が走ってきた。

「はい」

「火炎壜を岬組にぶちこもうとした野郎がいるらしい。知ってたか」

桑野の表情がこわばった。

「いえ、それは――」

柳は立ちあがり、吸いかけの煙草を桑野の体に叩きつけた。火の粉がぱっと散った。

「知ってたかと訊いてるんだ、この野郎！　答えろっ」

桑野は直立不動でうなだれた。小声でいった。

「マズいです。デコスケの前で……」

「知ってたんだな。手前、俺をコケにしやがって」

柳はやにわにソファをまたぎこえると、桑野につかみかかった。

「何するんですか、専務」

「うるせえ」

柳は桑野の顔を殴りつけた。

「よさんか」

安河内がいった。干場はうしろから柳の腕をつかんだ。

「やめろよ、柳さん。あんたらしくない」

「やかましい。俺を何だと思ってるんだ」

柳は干場の手をふりほどこうとした。が、干場はびくともしなかった。

「手前、俺に喧嘩売る気か」

柳は干場をにらみつけた。顔が青白くなった。

「離してやれ、干場。極道を本気で怒らせちゃいかん」

安河内がいったので、干場は手を離した。

「どうやら知らなかったようだな」

柳は無言だった。干場は倒れている桑野を立たせようと手をさしだした。桑野がそれをふり払った。

「お前には関係ねえ」

「どういうことなんだ、柳。お前とは関係なく戦争を起こそうとしている人間がいるのか」

安河内が訊ねた。

「知らないね」

柳は荒々しく答えた。蒼白のまま、桑野をにらみつけている。

「あたしの考えをいおうか」

安河内はいった。

「聞きたくねえな」

「聞いたほうがいい。このままだとお前さん、狼栄会からも見捨てられることになる」

「だから何だ。あんたには関係ねえよ」

「専務」

桑野がいった。ふりしぼるような声だった。

「マズいと思います。俺は、本当に」

安河内は桑野を見た。

「あたしと話すのが、か」

桑野は無言だった。干場がいった。

「あんた、柳さんの右腕だったのじゃないのか。柳さんが利用されているのを知ってて、黙ってたのか」

「お前には関係ねえだろう」

「お目付役ってことか」

安河内がつぶやいた。

「柳のやりかたを狼栄会の本部に報告していたのだな」

桑野は安河内に突進した。

「パクるんならパクれや、この野郎」

手はださない。顔だけをつきだしてすごむ。

「消えろ」

柳がいった。目を桑野に向けていた。

「お前が俺をスパイしてたことは忘れてやる。だから今すぐ、ここから消えろ」

静かな口調だった。

「わかんないんすか、専務――」

「いいから消えろっつってんだろうが！」

柳は怒鳴った。

桑野ははっと息を呑んだ。柳を見返していたが吐きだした。

「あんたもヤキが回ったな。なんでこんなしょぼい田舎にトバされたのかわからなかったのかよ」

「ああ、まったくだ。お前みたいな小僧に尻のまわりを嗅ぎ回られても気づかなかったのだからな。今すぐ消えねえと、デカの前だろうが何だろうが、お前をぶち殺す」

柳はいった。ふん、と桑野は鼻を鳴らした。

「その度胸を外に向けてりゃよかったのに」

そしてくるりと背を向けると、ホテルのロビーをでていった。

「くそが」

柳は力のない声で吐きだした。ゆっくりと首を回し、安河内と干場をふりかえった。

「もう用はねえ。お前らもでていけ」

「あたしの用はすんじゃおらん。誰が狼栄会をたきつけたのかを知りたい」

「たきつけた?」

柳は眉をひそめた。

「そうだ。この町に乗りこむって計画は、もともと狼栄会にあったものじゃないだろう。そんなにおいしいシノギもない。破綻寸前の市に喰いつくといったところで、不渡りになるとわかって手形が乱発できるわけではない。マリーナをおさえたとしても、それが本当にリゾート開発につながるとは、お前さんの他に信じる者はおらんかった、とあたしはにらんでいる」

柳は無言だった。

「トランスリゾートがきて、この町は救われる、そう思った者も実際おったろう。潰れそうなホテルを買収し、従業員のクビがつながったのは事実だ。キャバクラも作り、それなりに繁盛した。初めはとがっておった岬組も、組長の有本が金に目がくらんだこともあって、共存共栄の方角に向きかけておった。ところが、ホテルの従業員が水死して一気に風向きがかわった。お前さんが極道だというのが明らかになり、有本が手にした株券は紙クズだ。かねてから有本のやりかたに不満をもっておった頭山は大城一家と手を組む。町は一触即発、いつどこで火の手があがってもおかしくないところに、マリーナの放火が起こった。知っているか。あのマリーナに、さらわれた『令子』のママとおっ母さんが監禁されておったんだ。もし見つけられなかったら、二人は焼け死んどったろう」

柳の表情が動いた。

「誰がさらったんだ」

「関口建設の只さ。本名は大杉。共犯だった奴の妹は、きのうの火事で命を落とした」

「奴か」

柳は驚いたようすもなくいった。

「お前さんは知っておったらしいな、只の正体を」

柳は天井を見上げ、何かを考えていた。やがて干場に目を向けた。

「トランスリゾートが進出するにあたって、山岬の情報を、うちの本部に入れていた人間がいる。市の財政がパンク寸前で、地回りが干上がりかけていて、本当の町のボスは地主の弁護士だ、と。それをもとに、ホテルの買収やらキャバクラの開店の絵図が描かれた。俺はその絵図にのっとって、この町に送りこまれた」

「それが大杉か」

「誰だかは知らなかったが、ここにきて奴を見たとき、まちがいないと思った」

「大杉を関口建設に紹介したのが誰だかはもちろん知ってるな」

安河内がいうと、柳は顔をしかめた。

「いや、誰なんだ」

「高州だ。このホテルの買収にあたって、最初に金をだした人物だ」

柳は深々と息を吸いこんだ。

「そういうことか」

「あたしの考えじゃ、トランスリゾートを山岬市にひっぱった張本人だ」

「それはちがう。トランスリゾートをひっぱったのは弁護士の勝見だ。市長は、勝見の甥だからな。話は早かった」

「そう思わされておっただけじゃないのか」

「思わされてた？」

「トランスリゾートが入れば、塩漬けになっているマリーナの売却ができる。勝見にとっても悪い話じゃない。ひとつ訊くが、高州がもっていたマリーナの権利は買収ずみなのか」

「そう聞いてる」

「聞いてる、とは？」

柳の顔が険しくなった。

「高州は、うちの本部とのつきあいが古い。奴がまだケチな高利貸しだった頃、駆けだしだった幹部連中がとりたてを手伝ってやったって話を聞いたことがある」

「それが大きくなって、今では大物どうしのつきあいというわけか」

「俺なんかのかかわりのない世界だ」

安河内は息を吐いた。

「その昔、高州という家が、山岬にはあったそうだ。いっときは、干場や勝見と並ぶほど羽振りがよかったらしいが、没落して町をでていった」

「それが高州だと？」

「もしそうなら、狼栄会を山岬に送りこんだ理由があるかもしれん」

「安さん」

干場は安河内を見た。

「理由って何だ」

「恨みだ」

安河内はいった。

「恨み？」

「羽振りがよかった者が落ちぶれる。周りの人間が掌《てのひら》を返したように冷たくなる。小さな子供だった高州にはそういう連中が鬼にも蛇にも見えたことだろう。いつか町の連中を見返してやる。いや、町を滅茶苦茶《めちゃくちゃ》にしてやる、と思ったのではないかな」

干場は首を傾げた。

「掌を返すように冷たくなったかなんてわからないのじゃないか」

「冷たくされなければ、町をでていくこともなかったろう。小さな共同体だ。誰かしらが面倒をみようとかやさしくしてやれば、その好意に支えられて生きていけた筈だ。それが母ひとり子ひとりででていかざるをえなかったのは、周囲の目が厳しかった証拠だ」

「そういえば、大ママも似たようなことをいってたな……」

「大きな都会とはちがう。いろんな風が吹くわけじゃない。冷たい逆風が吹いたら、それはいつまでもどこまでも逆風なんだ」

「けど、そんな昔の恨みで町をぶっ壊そうと思うかな」

「まずは金持だ。お前さんの干場家と勝見家。長い時間をかけて、干場家を根絶やしにして、財産を市に吸い上げさせる。そのためにはいったん勝見を味方にひき入れる必要があった。それから狼栄会を送りこみ、町の治安を悪くさせ、町の者どうしに争いが起きるように仕向けた。計算が狂ったのは、お前さんの出現だ」

干場はすわりなおした。

「干場家を根絶やしってことは、安さん――」

「大杉が全部知っておるさ」

「おい、話が俺にはまるで見えねえ」

柳がいった。安河内は柳を見た。

「九年前、干場のばあさんが強盗に殺されたのも、六年前、殿さまが台風の晩に変死したのも、すべて高州が大杉にやらせたことだとあたしはにらんでいる。さらに高州は勝見弁護士を抱きこみ、干場家の財産を一度山岬市に吸い上げさせた。これには市長の西川もかかわっておった筈だ。西川は干場家の財産をもとにマリーナを造った。今度はそのマリーナでひと儲けできると、高州は狼栄会の幹部にささやいた。暴力団が港をもつんだ。密漁や密輸の基地にはもってこいだろう。だが第三セクターのマリーナを正面から暴力団が買収するわけにはいかん。それでお前さんが送りこまれた」

「干場が現われて計算が狂ったてのは何だ」

「目崎だよ。目崎は買収され、殿さまの死因を事件性なしと検視した。だが干場がこの町にやってきて、殿さまについてあれこれ訊き回り始めたんで、目崎は交通事故を装って口を塞がれた。さらにそのことに気づいたシンゴの父親が勝見を強請《ゆす》ったんで、その口も大杉は塞いだ。怯えたのは勝見だ。このままでは自分の立場が危うくなる。新宿にいって高州に相談をもちかけたのだろう。そこで高州は自分の正体を明かした。勝見弁護士が自殺したのか殺されたのかはわからんが、高州にとっては、もう必要がない人物だったというわけだ」

「大杉がそんな野郎だとわかっていて、関口は雇っていたのかよ」

柳が眉をひそめた。

「関口と高州とのあいだには何かある。それを関口は喋る気がないようだ」

「すると逃げた大杉が頼るのも関口しかいねえってことだな」

柳はいって立ちあがった。

「どこへいく」

「関口の野郎を締めあげる」

「そう簡単には喋らんぞ。あたしにも、これ以上話がしたいのなら令状をもってこい、といい放った」

「極道に令状なんかいらねえ。千場、俺につきあえや」

千場は柳を見上げ、安河内に目を移した。安河内はいった。

「関口と高州はつながっている。その関口を締めあげたら、お前さんは幹部連中ににらまれる」

「知ったことじゃねえよ。千場、俺とくるのか、こねえのか」

「いく」

千場は立ちあがった。

「安さん、大杉を捕まえるためにも関口のところに俺はいくよ」

「待て。その場にあたしがいるわけにはいかないし、高州が認めない限り、関口はシラを切るに決まっておるぞ」

「高州をこの町にこさせればいい」

千場はいった。

「こんな火薬庫のようなところに、のこのことくるとは思えんが」

「手はあるよ」

「何だ」

「勝見先生が俺あての遺書を残していた、としたら？　もし殺されたのなら、そんなものはない筈だと高州はシラを切るところだ。でもシラを切ったら、自殺じゃないのを知っていると認めるようなものだ。反対に本当に自殺だったら、遺書の存在はありえる。そこに高州がこれまでやらせたことが書いてあるとなれば、知らん顔はできない」

「罠をかけるのか。お前、意外に頭が切れるな」

柳が驚いたようにいった。

「だがそれを誰が高州にいう。あたしがいったのじゃ、罠だと丸わかりだ。それに違法な捜査になる」

「俺がいう」

柳はいった。

「手間はかかるが、俺が幹部連中を通して伝える。干場が勝見の遺書を売りたがってい る、とな」

「何のために売るんだ」

「金だ、金に決まっている」

「マリーナの権利の半分が手に入るのにか。そんな誘いに高州がのるとは思えん」

安河内がいうと、柳は舌打ちした。

「そうか、そうなるか」

安河内と柳は黙りこんだ。

「高州をひっぱりだせなけりゃ意味がない」

やがて安河内がいった。

「奴がのるようなエサが必要だ」

「エサならある」

不意に干場がいった。二人は干場を見つめた。干場はにっこりと笑った。

「エサは俺自身だよ。それを関口のところへもっていく。柳さんの協力があれば、きっと高州はのる」

安河内と柳は顔を見合わせた。

そのとき安河内の携帯電話が鳴った。署長だった。

「マリーナ放火の容疑で、岬組に対する捜索令状がおりました。捜索に同行して下さい」

61

関口建設の正面に運転するレクサスを乗りつけた柳が舌打ちした。

「うちの連中だ」

干場は止まっている車を見た。足立のナンバープレートをつけたメルセデスだった。善楽寺の境内に乗りつけてきた一台だ。

「なんであいつらがここにいる」

柳が車を止め、二人は降り立った。

関口建設の扉を押すと、受付にいるのはきのうの女性ではなく、見るからにやくざという男二人だった。

「柳さん――」

ひとりが驚いたようにいった。

「何やっているんだ。お前たち」

「警備ですよ。岬組は何するかわからねえんで、ここを守れと本部にいわれたんです」

「岬組ならサツが入った。これ以上何もできやしねえ」

「そんなのわからないじゃないですか。岬組がやられたって、大城一家だっている」

「だがなんでここを守ってるんだ」

「そんなの知らないっすね。俺らは本部にいわれただけですから」

「関口は納得したのか」

「よろしく、といわれましたよ」

肩をそびやかし、やくざはいった。

「柳さんこそ、何の用なんですか。うろうろしないでホテルにいないと、マズいんじゃないですか」

「うるせえ。いつから俺に意見できる身分になったんだ」

柳が男をにらんだ。男は口を閉じた。

「まあいい。関口にとりつげ。柳と干場が会いにきてるってな」

「用件の中身を聞かせて下さい」

黙っていたもうひとりがいった。

「俺のことです」

干場はいった。

「あんたのこと？」

「関口さんにあやまらなきゃいけないんです。今まで嘘をついてた。俺は、干場功一じゃありません」

男は目を丸くした。

「何だと、本当か、そいつは」

「いいから、早く関口にとりつげ」

柳がいった。

62

岬組の事務所は県警の機動隊に囲まれていた。捜査一課の刑事がすでに捜索を始めている。車を止めた安河内が歩みよっていくと、山岬署の刑事課長が所在なげにぽつんと立っているのが見えた。

刑事課長は安河内を認めると手招きした。

「いつから始まったんです」

「ついさっきだ。捜一が全部仕切ってる」

安河内は首を傾げた。放火殺人は確かに捜査一課の管轄といえるが、明らかに暴力団が関与していると判断される場合は組織犯罪対策課が手がけるのがふつうだ。

「なんで捜一、なんです？」

「よくわからんが、他の事件もからんでおるらしい」

「他の事件？」

訊き返し、安河内は気づいた。署長が一課の出動を要請したのだ。松本が自首したシンゴの父親の件や勝見弁護士の変死に関しても、何か得られるのではないかと考えたのだろう。

「困ったことがひとつある」

刑事課長が小声でいった。

「何です」

「頭山の行方がわからん」

「えっ」

安河内は思わず刑事課長を見返した。

「監視をつけていたのじゃないんですか」

「失敗した。うちの顔見知りの人間を配置していたんだが、自宅に替えの洋服をとりに戻るといわれてついていって、カゴ抜けされた」

カゴ抜けとは、正面から入っていって裏口からでていく、ごく初歩的な手口だ。

「なんでそんな――」

安河内は絶句した。

「まさかこんな小さい町で逃げ回るとは夢にも思わんかった。たぶん大城一家の人間が手引きしたのだろう。頭山を除く、岬組の組員はすべて所在確認ができている」

刑事課長は苦り切った顔でいった。

なぜ頭山は逃げたのだろうか。逮捕を免れるためとは考えられない。頭山の性格からして、そういう行動は嫌う筈だ。考えられるのは、まだし残したことがある、という可能性だ。

し残したこと。狼栄会への攻撃だろうか。

「観光ホテル周辺の警備を強化して下さい」

「それはもうやってある」

「有本は？」

「勾留中だ。だすと頭山に狙われるかもしれんからな」

「この件は署長には？」

情けない顔で刑事課長は首をふった。

「担当者がトバされる。その前に何とか頭山をおさえたい。安さん、何かいい知恵はないか」

「そんなことといってる場合じゃない。頭山がハジけたら、また死人がでますよ」

「そりゃ困る」

安河内は息を吐いた。小さな町では大きな犯罪など起こりっこないとタカをくっていたのがこのありさまだ。

「大城一家を締めあげてはどうです」

「それも組対課に要請したが、捜一が動いているんじゃやりにくいといわれた」

安河内は舌打ちした。

「頭山の行方を知っていそうな者はおらんか」

「頭山の妹はどうです」

「妹?」

「目崎の女房の弟と夫婦なんです。山岬に住んでいます」

刑事課長は目をみひらいた。

「そうか」

「あたしがいきましょう」

「待ってくれ。それは頭山を逃した担当者にやらせたい」

刑事課長は携帯電話をとりだした。少しでも失点を回復させてやりたいのだろう。だがそれが手遅れの事態を招くこともある。

刑事課長はボタンを押し、口もとを手でおおって話し始めた。

結局はこういう馴合《なれあ》いが事件を深く大きくしてしまうのだ。苦い気持で安河内はそれを見ていた。

自分もそのあやまちをおかしたひとりだ。妻の看病にかまけて、当直を目崎に任せてしまった。結果、干場伝衛門は変死し、それについて疑問の声をあげずにいた。そして六年後、目崎が殺される原因ともなった。

高州の気持がわかるような気がした。互いをかばいあう習慣は一見美しいが、それを裏返せば、孤立した者はとことん孤立させられるのだ。手をさしのべる行為は結束を乱し、その者までもが孤立の憂き目にあうという、いじめの構造につながる。

「感謝しとったよ」

電話を切った刑事課長がいったが、それには答えず、安河内は岬組の事務所に歩みよった。機動隊に阻まれ、中に入れずにいる組員の中に長江がいた。

「おい、頭山はどこにいる」

その目をとらえ、安河内はいった。長江は目を伏せた。

「知らないっすよ」

「とぼけるな！　どこにいるんだっ」

安河内は怒鳴って長江の襟首をつかんだ。

「おい、安さん！」

刑事課長が走りよった。

「知らねえっていってるじゃないですか」

「嘘をつくんじゃない」

安河内は長江の襟を締めあげた。

「離せよ」

長江はもがいた。

「安さん、やめろ」

捜索中の刑事たちも驚いたように安河内を見ている。刑事課長が安河内の手をつかんで、引きはがしにかかった。

「大城一家が連れていったのだろうが。答えろ」

「知らねえっつってんだろうが」

安河内の手が離れ、長江は勢いでつんのめった。

安河内は長江をにらみつけた。

「お前、頭山が何をしでかす気か聞いてないのか」

「何の話だよ」

「奴はまだしたいことがあるから逃げたのだろうが。いえっ」

「安さん、よせ、もう――」

ふん、と長江は鼻を鳴らした。

「俺にわかるわけがねえだろう」

安河内ははっとした。

「まさか干場を殺す気なのじゃないだろうな」

長江は瞬きした。安河内の背中が冷たくなった。干場と柳の距離が近いことを頭山は知っていた。マリーナの買収をめぐって、頭山が干場をトランスリゾートの一派だと誤解している可能性がある。

安河内はくるりと背を向けた。あっけにとられている刑事課長をその場に残し、自分の車に走った。エンジンをかけ、携帯電話をとりだす。柳の携帯電話を呼びだした。応答はなかった。留守番電話サービスに切りかわる。

「安河内だ。頭山が逃げた。干場を狙っているかもしれん。注意してくれ」

吹きこんで電話を切り、アクセルを踏んだ。

63

「俺の本名は村山《むらやま》といいます。村山透《とおる》。干場君とは、大学の寮がいっしょでした。そのときにいろいろと干場君の家族の話を聞き、山岬にいってみたいと思っていました。

干場君にもいっしょにいこうと誘われていたんです。ところが、大学卒業の直前に干場君は交通事故にあって亡くなってしまったんです。だから山岬を訪ねることは一生ないだろうと思っていました」

干場はいった。関口が険しい顔で聞いている。柳は干場の背後に立ち、無言だった。

「それから大学を卒業して仕事もうまくいかず、アメリカにもずっといられなくなって、ふと山岬のことを思いだしたんです。干場君の話では、実家はすごいお金持らしいということだったので、干場君の伯父さんに会えば何か援助してもらえるかもしれない、と」

「援助って、どういうことだね」

関口が訊ねた。

「アメリカでは、お金持が貧しい学生に未来への〝投資〟として個人的な援助を与える習慣があるんです。キリスト教の文化かもしれませんが、他者への施しがいずれは自分に返ってくる、と。俺はもう学生じゃありませんでしたが、干場君の思い出話とひきかえに、雇ってもらえるとかするのじゃないかと思って」

「それがなぜ、干場を騙《かた》ったんだ？」

「実際きてみて、あまりに田舎で何もないところなので拍子ぬけして……。そのときたまたま知りあった高校生のシンゴに、干場といってみたら、殿さまという言葉が返ってきて、干場君の話が本当だったとわかりました。ところがその殿さまは死んでしまっているという。誰か身内の人に会えないかと思って動いているうちに、今さら本物の干場功一ではないとはいえない雰囲気になってしまったんです」

「それだけかね。遺産を狙ったのじゃないのか」

干場は首をふった。

「殿さまの遺産を分けてもらうには、出生証明書やらいろんな書類が必要です。そんなものは手に入らないし、偽造すれば本当の詐欺になってしまう。犯罪をする気はありませんでした」

「じゃあなぜいつまでもこの町にいたんだ？」

関口は疑わしそうに干場を見つめている。

「いろんなことが次々に起こりました。令子ママと知りあってよくしてもらったり、シンゴと仲よくなったり。でもだんだん嘘をついているのが心苦しくなって姿を消そうと思っていたら、シンゴの親父さんが亡くなって。それでも帰らないつもりで山岬を離れたんです。だけどやっぱり、仲よくなった人たちのことが気になって帰ってきてしまいました」

「つまりあんたは、山岬とは縁もゆかりもない、まったくの赤の他人というわけか」

「そうです」

「マリーナの権利など、一切相続できない立場なのに、まるでそれが自分にあるかのようにふるまっていたと」

「ふるまってはいません。いろいろいう人はいましたけど」

「帰れ」

関口はいった。

「もうあんたと話すことは何もない。騙りにつきあっている時間はない」

「そういうだろうと思ったがな、そうもいかなくなったんだ」

柳がいった。関口は眉をひそめ、柳を見た。

「どういうことかね」

「勝見先生から俺あてに手紙がきたんです。俺あてといっても、千場功一あて、ですが」

関口は千場に目を移した。

「それが何だというんだ」

「お詫びの手紙だったのさ」

柳がいった。

「お詫び？」

「まずは千場伝衛門氏の遺書を偽造したことをあやまっていました。千場家の財産をすべて山岬に寄付するという遺言は、勝見弁護士が捏造したものだと書いてありました」

「馬鹿ばかしい」

関口は吐きだした。

「何をいいだすかと思ったら」

「それだけじゃない。手紙には、市長の西川やあんたが高州とつながっていることも書いてあった。高州はかつての恨みを晴らすために、長い絵図を描いた。まず干場家の財産がゆかりの人間に渡らないようにし、その上で伝衛門を殺して、それを病死に見せかけた」

「下らん。なぜそんなことをする」

「町を追いだされた恨みです。高州家は、かつては干場家や勝見家と並ぶ、山岬の名家だった」

干場がいった。一瞬、関口の表情が翳《かげ》った。

「どこでそれを聞いた？」

「善楽寺の和尚さんです」

関口は黙った。柳が言葉をつづけた。

「高州はそのために勝見を抱きこんだ。甥が市長選に立候補した勝見は、山岬に干場家の財産が転がりこむという話にのった。伝衛門が死んで、唯一の実力者となった勝見にしてみれば、この町でできないことなどないと思っていたんだろうな。だが、それが自分も含んだ山岬への復讐《ふくしゅう》の片棒を担ぐことになるとは思ってもいなかった」

「聞いていて、開いた口が塞がらん。本当にそんな手紙があるのなら、見せてもらおうか」

「ここにあります」

干場はジーンズのヒップポケットをおさえた。

「高州は、さらに計画をもっていた。うちのバック、つまり狼栄会の幹部連中と親しかったのを利用して、乗っとった観光ホテルに俺を送りこんだ。地回りの岬組がカリカリくるのを見越してだ。観光ホテルの乗っとりにはあんたもひと役買った。金ぐりの苦しくなった前の経営者に高利貸しの高州を紹介したのはあんただ。知らないとはいわせないぞ」

関口は深々と息を吸いこんだ。

「勝見がそこまで手紙に書いていたと？」

「次々に人が死ぬんで、勝見先生はようやく気がついたんです。自分はとんでもないことに手を貸してしまったと。あげくのはてに、それは全部、高州の復讐だった。この手紙は安河内さんに渡すつもりです」

「俺が待て、といった。今さらそんなことがわかっても、誰も一文の得にもならねえ。

こいつだって、騙りというのがバレれば、援助どころか下手すりゃム所いきだ。だったらこの手紙を買いとってもらおうじゃないか、とな」

関口は黙っていた。干場はじっと関口を見つめた。

「嘘からでた実《まこと》って奴です。俺がこんな嘘をいわなければ、昔の殺人が明らかになることもなかった」

「ふざけるな！　お前さえいなければ、死ななくてもいい人間が死んだのだぞっ」

関口が怒鳴った。柳がいった。

「つまりは手紙に書いてあったのは本当だってことだ」

「いくらだ」

関口がいった。

「いくらでその手紙を譲る」

「高州に値をつけてもらいたい。あんたじゃ動かせる銭はタカが知れてる」

「そんなことをいっていいのか。狼栄会の幹部連中は黙ってないぞ。あんたが強請《ゆす》ったとわかれば」

「冗談じゃねえ。うちの組を昔の恨みを晴らすために使ったのが高州だろう。俺は体よく利用されたんだ。慰謝料をいただく権利はある」

「組に戻れなくともいいのだな」

「潮どきだ。カタギのふりをしなけりゃやっていけねえ極道なんて何の意味がある。高州に電話をしろ。こっちにくるか、俺たちが新宿に乗りこむか。とにかく銭の話をしようじゃねえか」

「あの人がこの町にくるわけがない」

「じゃあこっちがいくか。だが俺や干場が新宿に乗りこんだら、サツは何ごとだと思うだろうな。説明するのが大変だ」

関口がデスクの電話をとりあげた。ボタンを押し、受話器を耳にあてがう。

「あ、私です」

へりくだった声でいった。

「実は今ここに、干場功一と柳がきています。干場は実は偽者だったというのがわかりました。はい……。ところが、干場のところに勝見が手紙を送っていたというんです。はい、たぶん、死ぬ直前だと思うんですが……。そこに……」

関口は椅子をくるりと回し、二人に背中を向けた。声が低くなる。

干場は柳をふりかえった。柳が小さく頷いた。

はい、はい、という緊張した関口の声だけが聞こえる。

「わかりました。確かに。はい。そのように、はい……」

椅子を戻し、関口は干場を見た。受話器を戻す。

「今夜中にこちらにこられるそうだ。場所と時間は、追って私から連絡する」

「ひとつ訊かせて下さい」

干場はいった。

「何だ」

「関口さんと高州さんはどんな関係なんです？」

関口は干場を見つめた。

「高州さんは私の恩人だ。この関口建設が潰れかけたとき、ぽんと金をだしてくれた。なぜかわかるか。山岬の者すべてが、落ちぶれた高州家に冷たくあたったときに、私の父親だけが、高州さんにやさしくした。私の父親は貧乏な大工だったが、高州さんのお袋さんに惚《ほ》れていた。嫁にもらいたかったのだが、お袋さんは高州さんの親父さんの妾でそうはいかなかった。父親は町をでていく二人に途中までつきそった。それを高州さんは恩義に感じて、私の会社を救ってくれたのだ。公共事業だ何だといったところで、しょせんこんな田舎町の予算などタカが知れている。マリーナの建設を受注できたのも、高州さんの援助があってこそだ」

「それで大杉を入れたのか」

柳は訊ねた。

「大杉はもともとが高州家の人間だ。町をでてったとき、高州さんのお袋さんの腹の中には、弟が入っていた。産んだものの、女手ひとつでは育てていけず、お袋さんは子供を里子にだした。それが大杉だ」

「なんてこった」

柳はつぶやいた。

「あの野郎が、高州の弟とはな」

「高州兄弟が生き別れになり、大杉が道を踏み外したのも、元はといえば、この山岬の者の仕打ちのせいだ。父親はよくいってた。羽振りのいいときは、網元、網元って寄ってたかったくせに、駄目になったら知らんふり。特に妾とその子供には、掌を返したように冷たくあたりやがって、とな」

「しほさんは、大杉の妹じゃないのですか」

「あいつらは兄妹じゃない。大杉が兄貴の愛人に惚れたんだ。それで高州さんは二人を夫婦にした。あの人は心が広い。そのあの人がここまで山岬を恨んでいるんだ。いったいどれだけの仕打ちをされたかがわかるだろう」

そのとき社長室のドアが押し開けられた。受付にいたやくざたちだった。さらに四人が加わって六人になっている。

「何だ」

柳がにらんだ。

「柳さん、それにそこのお前、つきあってもらおうか」

やくざは干場に顎をしゃくった。柳は関口をふりかえった。

「道理であれこれ喋ったわけだ。高州がうちの本部に連絡して、俺たちを埋めろと上に圧力をかけやがったな」

「あんただけは許せねえ、とよ。破門じゃすまさない。狼栄会の面汚しだ。二度と浮かばないところに沈めてこいとのお達しだ」

やくざはいった。

「ふざけるな。お前らなんかに沈められてたまるか」

いきなりひとりが匕首《あいくち》を抜いた。

「死ねや」

叫んで柳に突きかかった。その襟首を干場がつかんだ。足を払い、床に叩きつけ、匕首を握った手首を踏んだ。

「野郎！」

別の二人が干場に殴りかかった。柳はそのひとりに体あたりした。ふっとんだ男がマリーナの模型のケースに体を打ちつけ、ケースが床に叩きつけられる。破片がとび散った。

「このガキがっ」

新たな男が柳の腰に組みつき、柳は床に倒れた。その上に男たちがかぶさった。

関口が机の下に這いこみ、隠れた。

干場が長い脚を回した。柳の上にのしかかった男たちがはねとばされた。別の男が匕首を抜いた。その首をつかみ、干場は部屋の壁に突進した。頭から壁にぶちあたり、男は呻き声をたてて動かなくなる。

さらに柳の顔を殴りつける男の体を抱えあげると、干場は床に叩きつけた。うぎゃっという悲鳴をあげ、男は体を丸めた。

「いい加減にしやがれっ」

耳をつんざくような銃声がした。マリーナの模型の残骸から立ちあがった男が手にした拳銃を撃ったのだ。

床に銃弾の穴があき、干場は動きを止めた。

「ふざけやがって。今ここで弾《ハジ》いてやらあ」

男は拳銃を干場に向けた。

パン、という銃声がして、男の手がはねあがり、拳銃が跳んだ。男はよろめいて床に膝をついた。右肘から血が滴っていた。

「チャカまでもちこんでおったか」

銃を手にした安河内がのっそりと社長室に足を踏み入れた。

「安さん！」

安河内は部屋を見回し、あきれたように首をふった。机の下に隠れていた関口でその目が止まった。

「関口社長、これはどういうことかね」

机の下から首をさしだした関口に安河内は訊ねた。

「私は知らん。この連中がいきなり押し入ってきたんだ」

関口はいった。安河内は干場を見た。

「そうなのか」

「そうだよ、安さん」

「おい！」

柳が驚いたようにいった。が、干場の目配せをうけ、黙った。

「嘘をいってはおらん。この連中は二人に恨みがあったようだ。私は巻き込まれただけだ」

机の下から這いでた関口は胸を反らした。

「まったく迷惑だ」

安河内は深々と息を吸いこんだ。

「いいだろう。これから署でじっくり調べさせてもらうぞ」

64

狼栄会の組員六名が駆けつけた警官に連行されていくと、安河内が千場に歩みよった。

「なんで関口の肩をもったんだ」

「関口社長がつかまったら、黒幕はでてこなくなる」

「高州か」

千場は頷いた。関口は社長室に閉じこもっている。二人は関口建設の廊下にいた。

「あいつらをさし向けたのは高州だと柳さんはいってた。俺もそう思うけど、今高州をひっぱりだせるのは関口だけだ」

「なるほどな。それで奴をかばったのか。本当にくるのか」

「狼栄会を使って俺たちを黙らせるのに失敗した以上、高州はこざるをえない。弟の大杉も」

「弟!?」

安河内は目をみひらいた。

「関口がいっていた。高州のお袋さんが町をでていくときに、大杉がお腹の中に入っていた。女手ひとつで二人の子を育てるのは大変だ。だから下の子を里子にだした」

「じゃあしほはやっぱり――」

「妹じゃなくて嫁さんだった。高州の愛人だったしほに大杉が惚れ、高州はいっしょにしてやったのだと関口はいった」

安河内は深々と息を吸いこんだ。

「あげくに大杉の犯罪の片棒を担がされ焼け死んだのか」

干場は頷いた。

「かわいそうな人だ……」

安河内の目が動いた。外で携帯電話を使っていた柳が戻ってきたのだ。柳は妙にさっぱりとした表情で干場と安河内を見た。

「どうした」

安河内が訊ねた。

「本部がえらいお怒りでな。軽くて破門、おそらくは絶縁にしてやる、といわれた」

「そうか。それは厳しいな」

だが安河内は愉快そうにいった。

「まったくだ。まさかこんな形で足を洗う羽目になるとは」

柳もさほど落ちこんでいるようには見えない。干場は首を傾げた。

「なんだか、むしろよかったようないいかただね」

「よくはねえさ。会社でいやあ、懲戒免職だ。明日からどうやって食っていこうかってなものだ。失業保険もでない」

柳はいった。

「だが、お前さんには潮どきって奴だ。お前さんのような古臭い人間には、今の極道の商売のやりかたは合わん」

安河内がいうと、憮然《ぶぜん》としたように柳は唇を尖《とが》らせた。

「人のことを爺いみたいにいいやがって」

「じゃあ柳さんはこの町に用なしだ」

干場はいった。

「ああ。だがこれから高州の奴が乗りこんでくるっていうのに尻尾を巻く気はない」

「頭山のこともあるぞ」

安河内がいった。

「頭山？　頭山がどうしたんだ」

「行方をくらました。逃げるような奴じゃない。おそらく干場を狙ってくるだろう」

柳は考えこんだ。

「干場を……。俺じゃなくてか」

「トランスリゾートに恨みはあるだろうが、もとをただせば、この干場が山岬にきてすべてが始まったんだ。狙うとしたら干場じゃないのか。むろんからくりがすべてわかれば、高州ということになるのだろうが」

そのとき社長室の扉が開き、関口が顔をのぞかせた。いっしょにいる安河内に気づくと咳ばらいをし、目で干場を呼んだ。

「何ですか」

関口は首を動かし、干場だけ社長室に入るよううながした。

「ちょっといってきます」

干場はいって、社長室に入った。関口が扉を閉じる。

「さっきの手紙の話だが、まさかあの刑事に話しておらんだろうな」

「話してません」

「見せてもらおう」

関口は手をさしだした。

「安河内さんがもってます」

「何だと？　話してないといったばかりじゃないか」

「勝見先生からの手紙だとはいわず、大事な品なので預かってくれといって、さっき渡したところです。別の封筒に入れて口を閉じてあるんで、勝手に開けて読んだりはしませんよ。さっきみたいに、いつまたやくざに襲われるかわかりませんから」

千場は平然といった。

「もし俺が誰かに殺されたりしたら、安河内さんは封を切るでしょうけど。高州さんに会うまでには返してもらいます」

関口はいまいましそうに千場をにらみつけた。

「悪知恵の働く男だ。やはり詐欺師か」

「アメリカのプロレスでは、いろんな因縁話を作っては、対決を盛りあげるんです。俺がプロレスをやっていたのを知りませんでした？」

「それも作り話じゃないのか」

「本当です」

関口はあきれたように首をふった。

「今夜中に高州さんはこの町にくる。携帯の番号を教えろ」

「もってません。柳さんの携帯に電話をして下さい」

「あの男と組むのか」

「柳さんは組を追いだされたといっていました。俺のせいでもある。少しでも儲けさせてあげないと」

「金をもらったとたん、お前を裏切るかもしれんぞ。自分の組も裏切るような男だ」

「誰も信用できないというんですか」

「この山岬はそういうところだ」

　干場は黙った。

「なあ、私から高州さんに話をしてやる。さっきもいったが、あの人には情がある。干場じゃないお前にはもう、この先何もない。恐喝まがいのことをして小金を得たところで、狼栄会につけ狙われるだけだ。私に手紙を預ければ、高州さんの会社で雇ってもらえるよう、話をつけてやる。昔はともかく、今は立派な金融会社だ。将来性だってある。どうだ、悪い話じゃないだろう。柳のような男と組んでいたら、殺されてすべてを失う羽目になるぞ。村山くん」

「俺は確かに恐喝めいたことをしているかもしれません。でも高州は、人殺しです。干場の殿さまやその父親の愛人、シンゴの父親まで殺させた」

「下足番を殺したのは、岬組のチンピラだろう」

「手紙にはちがうことが書いてありました。高州が有本にいって、松本を自首させたと」

　関口は顔をしかめた。

「そんなことまで書いたのか、勝見は」

「これは俺の勘ですが、やってもいない人殺しの罪を若い者にかぶれといった組長に、頭山さんは愛想をつかしたのだと思います」

「有本の頭の中には金のことしかない。金になって自分が嫌な思いをせずにすむなら、何でもやるだろう」

「でもそれが落とし穴になった。マリーナの権利のかわりに受けとったトランスリゾートの株は紙クズになった」

ふんと関口は鼻を鳴らした。

「そう仕向けたのも高州さんだ。もともと岬組は、網元の高州家の用心棒だった男が初代の組長だ。有本だってそのあたりのことを知らん筈がない」

干場は首をふった。

「町の人をそんなに憎むなんて、俺にはわからない」

「考えてもみろ。干場の殿さまの死にかただって妙だってのは、ガキでもわかる話だ。それを誰もいいださず、財産が市に寄付されると聞いて喜んだのは町の連中だ。マリーナの建設なんてのは、一種の公共事業だ。それで金が町に落ちるのなら、名門の家柄の跡継ぎなんていないほうがありがたいって話だ。都会の連中は、田舎の人間は純朴だなんだ、といいたがるが、本当は狭いところで利益がこんがらがっている。こういう町の奴らほどこすっからくて、自分の得になることしかしない。実際、お前が干場を騙っていたとき、誰かお前に伯父さんは殺されたって教えたか？　俺も含めて、近づいたのは利用しようという奴らだけだろうが。あとの人間は皆、知らんふりだ」

「それは昔からかわらないと？」

「そうだよ。よそ者からは儲けることしか考えない。だからトランスリゾートがやってきたときは大歓迎だ。それでいて、自分らのものっているものがちょっとでもそのよそ者にとられそうになると、団結して牙をむく。お前が仲よくしてもらったという令子だって、しょせん町の連中からすればよそ者だ。あの母娘は、ずっと鼻つまみだったのさ。有本を客にしていたのは、用心棒がわりってことだ。地元のやくざの親分が飲みにきている限り、嫌がらせをされない。有本を利用したんだ」

「関口さんは、じゃあなぜそんな町をでていかなかったんです？」

「この町にいれば、そこそこの暮らしができるからだ。大工の倅が土建屋の社長になり、公共事業の発注もうけられる。よその土地からきた土建屋には決して、おいしい仕事は落ちていかないからな」

　干場は首をふった。

「誤解するなよ。山岬だけが特別なのじゃない。日本の田舎町なんてものは、ひと皮めくれば、どこも似たりよったりさ。アメリカ育ちのお前にはわからないだろうがな」

　干場は息を吐いた。そして神妙な顔になっていった。

「柳さんの携帯に連絡をして下さい。待っていますから」

65

安河内がバー「伊東」の扉を押したのは、午後十時過ぎだった。逮捕した狼栄会組員の取り調べがようやく終わったのだ。山岬署の留置場は、狼栄会と岬組の組員で溢《あふ》れそうだ。同じ房に入れられないので分けてあるが、格子ごしに互いを罵り、挑発しあっている。その上、署内の道場には県警の一課からきた捜査員が泊まりこんでいた。明日は岬組の家宅捜索が終わると、マリーナの現場検証のつづきをおこなうことになっている。

「おや、安さん、久しぶりだね」

バーテンダーがいった。唸り声で返事をして、安河内はカウンターの椅子に腰をおろした。

「いつもより濃い目で頼む。いや、やめておこう」

「どっちだね」

安河内は渋い顔になった。

「とりあえずコーラをくれ」

バーテンダーは頷いた。

「それがいいかもしれんな。何せ、このところ物騒だ。酔って歩いていたら、何があるかわからない」

濃い目に煮つけた小魚と豆腐のお通しがでてきた。それを見て安河内は情けない顔になった。

「また、コーラには合わない通しだな」

「しかたがない。うちは喫茶店じゃないからな」

バーテンダーは肩をすくめた。安河内は氷の浮かんだコーラをひと口すると、割り箸を手にした。

「あんたはずっと山岬だったな。高州という網元の家があったのを覚えているか」

バーテンダーは首をふった。

「私がこの町にきたのは、安さんよりは古いが、戦後しばらくしてからだ。その頃には高州なんていう網元はいなかった。もうとっくに漁業協同組合になっていた」

「そうか」

「高州ってのはあれだろ。前の観光ホテルのオーナーに金を貸したあげく潰した、東京の金貸しだろう」

安河内はバーテンダーを見つめた。

「そうだが、それと網元の家がいっしょだと、あんたは知っておったのか」

「何となく噂は聞いた。古い人間は、高州と聞けばピンとくる。跡継ぎがいなくなったとたんに、寄ってたかって身上《しんしょう》をはぎとったっていう話だ。妾は家をとられて追いだされるわ。相当、恨まれたのじゃないかね」

バーテンダーは眉ひとつ動かさず答えた。

安河内はため息を吐いた。

「なんで教えてくれなかった」

「何を、だね。高州のことかね？　あんたひと言もいわんかったじゃないか」

安河内は目を閉じた。

「じゃ、大杉こと只進のことは？」

「あれがどうした」

「高州の弟らしい」

「それは知らなかった。そうかね。そうだったのか。じゃ焼け死んだ妹というのは？」

「本当は只の女房だった。高州が愛人を弟に譲ったらしい」

バーテンダーは宙を見つめた。

「何と憐《あわ》れな話だ」

「まったくだ」

安河内はつぶやいてコーラをすすった。

「で、いつ解決するのかね」

バーテンダーは訊ねた。

「じき、だろうと思う」

「つまらなくなるな」

安河内は耳を疑った。

「今、何といった」

「つまらなくなる。海しかない町にやくざやら何やらが押しかけて、まるで古い映画みたいな騒ぎになっておったじゃないか。多少は恐ろしくもあったが、どうなるか見ものだと思っていた。それが終わってしまうのかね」

安河内はあきれて首をふった。

「こんな騒ぎは嫌だとか、静かな暮らしに戻りたいだとか、思わんのか」

「静かな暮らしなど、それこそ飽きるほどしてきたよ。毎日毎日、かわりばえせん客の相手をして。知らん人間がひとり入ってきただけで、当分は話題に困らんのがこういう田舎だ。自分が痛い目にあうのは嫌だが、すぐそばで野次馬を決めこめるのなら大歓迎なのさ」

安河内は息を吐いた。今は県警の主導で情報が統制されているが、いずれマスコミにもいろいろと流れるだろう。そうなったら新聞やテレビ、週刊誌の記者たちが押しかけてくるかもしれない。そんな状態になっても、おもしろがっていられるだろうか。

「安さんは結局、田舎の人間じゃないってことだ」

「そうなのか」

「街の人間は、田舎に平和を求める。田舎の人間は逆だ。刺激に飢えているのだよ」

安河内は無言だった。何と答えてよいかわからなかったのだ。

66

「奴はどうやってくるつもりなんだ」

柳が訊ねた。干場は首をふった。

「わからない。でも今夜中にはきっとくるようなことを関口はいっていた」

二人は「令子」のカウンターにいた。他に客はおらず、令子だけが二人の向かいに立っている。大ママの洋子は退院したものの、まだ体調が回復していなかった。

「そこまでこの町の人を恨んでいたなんて、何だか信じられない」

令子がつぶやいた。

「ママは、自分がこの町から浮いてるって思ったことはないの」

千場が訊ねると、令子は何を今さらという顔をした。

「そんなの、最初からずっとよ。だから腹も立たなかった」

「そこが高州とのちがいだ。奴はきっとちやほやされて育ったんだ。ところが家が左前になったとたん、周囲が掌を返す。極道になるのにも、そういう奴は多い。小さい頃は坊っちゃん育ちで、それがある日、住んでた家を追いだされたり、今まで目下だと思ってた奴につっころばされる。それで世の中にむかついちまうんだ。グレて暴れて、気づいたら極道になってる」

柳が薄い水割りをなめながらいった。

「そんなのいいわけよ。世の中にむかついたからってやくざになったら、もっと世の中が狭まるだけじゃない」

令子がいい返すと、柳は苦笑した。

「それがわかるくらいマトモな頭をしていたら、極道なんかにならない。単純で、世の中を敵、味方に分けてしか考えられないような奴ばかりさ。もっとも、それは俺みてえな古い頭の人間だけかもしれないが」

令子は首をふった。

「令子」で関口からの連絡を待とうといいだしたのは干場だった。令子に会うのは、マリーナから助けだして以来だ。

拉致された日のことを令子は二人に話した。

閉店まぎわの客足が途切れた時間に、大杉はひとりで入ってきたのだった。そしてカウンターにすわり、一杯目の水割りをだしたとたんに、ナイフを抜いて洋子を羽交い締めにした。

洋子を人質にとられ、令子はいうことを聞く他なかった。外に止めてあった車に乗せられ、大杉にいわれるまま運転してマリーナに向かったのだという。

「ママたちをさらって、あいつは何をさせるつもりだったのだろう」

干場は訊ねた。

「干場クンに相続の回復請求をさせたかったみたい。あなたにその気がないのを、あいつは何となく感じていたらしい」

令子が答えると、柳が干場を見た。

「なあ、あの話はどこまで本当なんだ」

「あの話って？」

「お前が関口にした話だ。本名は村山透だとか何とか」

「え」

令子が目をみはった。干場は微笑《ほほえ》んだ。

「柳さんはどう思う？」

「その場でひねりだした嘘にしちゃ、堂にいっていた。本当に干場じゃないのじゃないかと俺は思った」

「どういうこと？　干場クンは干場クンじゃないの？」

干場は令子を見た。答えようとしたとき、カウンターにおかれていた柳の携帯電話が鳴った。画面を見て、柳は、

「奴だ」

といった。

「はい、柳だ」

耳にあてていい、すぐに干場にさしだした。

「かわってくれとさ」

「もしもし」

干場が受けとると、関口がいった。

「今から十分以内に、グランドマンションにきてもらいたい」

「グランドマンション？」

「町の中に建っている唯一のマンションだよ。着いたら、私の携帯に電話をしろ」

電話は切れた。

「グランドマンションにこい、といったのか」

柳が訊ねた。干場は頷いた。

「そうか。高州は部屋をもっているんだ。あそこなら町の人間に知られず、出入りでき

る」

「市長が住んでいるところでしょう」

令子がいった。

「今からそこにいくの？」

「安さんに知らせてあげて、ママ」

千場がいうと、令子は緊張した顔で携帯電話を手にとった。

「いこうぜ」

柳が腰をあげた。千場がそれにつづくと、令子があわてていった。

「ねえ、さっきの話だけど――」

千場は無言で令子を見やり、微笑んだ。そして柳とともにでていった。

67

令子から連絡をうけた安河内は署長の携帯電話を鳴らした。

「はい」

「安河内です。高州が現われます」

署長は一瞬沈黙し、いった。

「新宿の金融業者ね」

「そうです。もとは山岬の網元一家に連なる人間で、小さい頃冷たくされた恨みを山岬全体に抱いています。あたしは、この高州がすべてを裏から操っていたと思っています」

「動機は、安河内さんのいった、市への恨みですか」

「そうです。同じような有力者でありながら、高州家は没落し、干場家と勝見家は生き残った。高州はまずそれが許せなかった。そこで干場家の財産を市に吸い上げさせ、次に狼栄会を使ってそこから生まれたマリーナを買収しようとした。その結果、古くからいる地元の岬組が反発するのは計算の上でした」

「では逃亡中の大杉剣一は、高州に金で雇われて一連の犯行に至ったというのですか」

「いいえ。大杉剣一は、高州の弟です。山岬を高州とその母親がでていったとき、母親の体内に大杉がいました。母親は二人の息子を育てきれず、大杉を里子にだしたのです。大杉しほは、妹と称していましたが、実は大杉の妻でした」

署長が息を呑む気配があった。

「誰から、それを？」

「関口です。干場と柳は、今夜高州をこの町に誘いだしました」

「どうやって？」

「勝見の遺書をもっている、と関口を通して高州を威したようです」

「何ということを……」

署長は絶句した。

「高州がそれに応じて現われるということは、黒幕であったと認めるようなものです」

署長は息を吐いた。

「高州はどこにくるの?」

「それが、署長が官舎にしておられるグランドマンションです」

署長は再び黙った。やがていった。

「わかりました。これからわたしの部屋にこられますか。もちろん、高州たちには気づかれないように」

安河内は時計を見た。令子の話では、関口は十分以内にこい、と干場たちを呼びだしたという。つまり、高州はもうマンションの内部にいるのだ。

「大丈夫だと思います」

「あなたにお話しすることがあります」

署長はいって、電話を切った。

安河内が立ちあがると、バーテンダーがいった。

「気をつけてな、安さん。土産話を待っとるよ」

安河内は首をふった。

「何だかあたしは、この町の人間が誰も信用できなくなってきた」

バーテンダーはにんまりと笑った。

「あんたもようやくこの町に馴染《なじ》んできたということだ」

バー「伊東」をでた安河内は駅前でタクシーを拾い、グランドマンションに向かった。用心して建物の周囲をぐるりと回らせる。さすがに、狼栄会や岬組のやくざはいない。市長や署長も住むマンションに殴りこみをかけるほど愚かではないということかと考え、両組織とも主だった人間はすでに署の留置場にいると気づいた。

タクシーを降り、無人のエントランスに入ると、インターホンで「801」を呼びだした。署長はどこかにあるカメラで安河内の姿を確認したようだ。

「今、開けます」

という返事があって自動扉が横に開いた。安河内はエレベーターホールに進んだ。エレベーターは六階で止まっている。

六階にあがったのは干場たちだろうか、と考えていると携帯が鳴った。柳だった。

柳は小声でいった。

「干場からの伝言だ。俺たちは六〇一号室にいく」

「わかった」

あたしも同じマンションにいる、とつづけようとしたが、電話はそこで切れた。安河内はエレベーターのボタンを押した。

八〇一号室のドアホンを押すと、署長が姿を見せた。また着替えたのか、制服姿だ。

「ご苦労さまです。入って下さい」

安河内は失礼します、といって上がり、以前訪ねたときと同じように、リビングで署長と向かいあった。

「干場と柳は、この二階下の六〇一にいます」

署長は頷いて答えた。

「ちなみに、中間の七〇一号室は、西川市長の住居です。市長は単身赴任で、ご家族は東京にいる」

「あれから市長は何かいってきましたか」

署長は首をふった。

「何も。わたしの考えでは、六〇一号室に市長もくると思います。高州があなたのいった通りの人物なら、この状況で市長を巻きこまずにはおきません」

「あたしが心配しているのは大杉です。マリーナから逃走した大杉の所在がつかめなかったのは、このマンションに潜伏していた疑いがあります」

署長は頷いた。そして手もとにあった封筒をとり、中身をさしだした。安河内は受けとり、眉をひそめた。英文がびっしり打たれた書類だった。

「何ですか、こりゃ。あたしは横文字がさっぱり駄目なんですが」

「ニューヨークにある、調査と警備保障の会社から送られてきたメールです。『ユナイテッド・インベスティゲイション・アンド・セキュリティ・カンパニー』、通称、U・I・S・Cという大手の探偵事務所です。二枚目を見て下さい」

わけがわからぬまま、安河内は書類をめくった。干場の写真があった。胸からバッジのようなものを吊るしている。

「干場……」

「下のローマ字を見て」

『TORU　MURAYAMA』とある。

「ムラヤマ……」

「それが干場さんの本名です。彼の仕事は、プライベート・インベスティゲーター。つまり私立探偵です」

安河内は目をみひらいた。

「何てこった……」

署長を見た。

「じゃ、奴は騙りだったってことですか」

安河内の携帯電話が鳴った。着信番号を見て、安河内は眉をひそめた。シンゴの携帯電話からだ。

「どうした」

「干場のおっさんに頼まれて、俺、今グランドマンションの下にいるんだ」

シンゴはいった。

「何だと？」

「あと五分したら、そこのインターホンで『601』を呼びだすことになってる。そうしたら安河内さんにそばにいてもらえって。きっと猿のミイラがでてくるってさ」

「なぜでてくるんだ」

「わかんないよ、そんなこと。でもそういわれたんだから。猿のミイラは危ない奴だから、安河内さんに必ずいっしょにいてもらえって」

「今いく」

安河内はいって電話を切った。

68

干場と柳は六〇一号室の扉を押した。関口が迎え入れた。そのまま通路の正面にあるリビングへと案内する。山岬の町を見おろす窓が広がっていた。そこに和服を着て懐手をした白髪の男がどっかりとすわっている。

関口は緊張した表情を浮かべていた。白髪の男を示し、

「高州さんだ」

と紹介した。

「干場功一こと、村山透です」

干場はいった。柳はその斜めうしろから、

「柳だ」

とだけいった。

「柳か。お前さん、絶縁状が明日にでも回るぞ」

高州は柳を見つめた。

「ああ、わかってる。だが俺のことより、取引の話をしようじゃねえか」

高州は干場に目を移した。

「勝見の手紙を今ここにもっているのかね」

「ここにはありません。ですが、じき届きます」

「届く？　誰が届けるんだ？」

そのとき、オートロックのインターホンが鳴った。高州と関口が同時に壁を見た。壁

かけ式の受話器のかたわらにあるスクリーンが明るくなった。そこに坊主頭の少年が映っている。シンゴだった。

「あれは誰だ」

関口が眉をひそめた。シンゴはもの珍しそうに、あたりを見回している。

「港で死んだ観光ホテルの従業員の息子です。岬組の松本が自首しましたが、あれは高州さんが有本に命じてだした〝身代わり〟ですね」

干場は高州を見つめて告げた。高州は無反応だった。ただ干場を見返しただけだ。

干場は大またでリビングをよこぎり、壁にとりつけられたインターホンの受話器をとった。

「ご苦労さん、シンゴ。悪いがもう少しそこで待っていてくれ」

受話器を戻した。

「あの子供がもっているのか」

高州が訊ねた。

「そうです」

「だったらここにもってこさせろ」

「金の話が先だ」

柳がいった。

「いくらだすんだ？」

「いくら欲しい」

「その前に確かめたいことがある」

干場がいった。

「桑原和枝が強盗に殺されたのも、干場伝衛門が変死したのも、すべてあんたの差し金か」

「勝見は手紙に何と書いていた？」

高州は訊ねた。干場はいった。

「あんたの口から聞きたいんだ」

「値段を吊り上げたいのか」

「そうじゃない。好奇心さ。子供の頃、町を追いだされた恨みだけで、こんなに何人もの人間を死なせることができるのか、と」

高州はじっと干場を見つめた。

「子供の頃の恨みだからこそ、忘れることも許すこともできん。大人になってからの恨みなど、どうにでもなるものだ。言葉でぶつけることもできるし、我慢していれば、やがて風化するときもくる。だが、腹の大きな母親と二人、住むところも追われて、暗い駅から夜汽車で町をでていったときの記憶は決して薄れない。きのうまで、『坊《ぼ》ん、坊ん』とかわいがってくれた大人たちが、まるで海に浮かんだ魚の死骸を見るような目で私たちを見た。とり巻きどもの中には、いきなり私を殴りつけた者もいた。ぶたれて呆然としている私にこういったんだ。『日陰者は日陰者らしく、道の端を歩け』、とな。どういうことだ？　きのうまでお坊っちゃんだった私が、日陰者だ。母親に訊ねても泣いて答えてくれなかった。東京にでていき、弟を産んで、それを里子にだしたあと、母親は私を育てるためにあらゆる仕事をしたものだ。昼も夜も、な。そんな中で、一度として自分を追いだした山岬の連中の悪口をいったことはなかった。ただ、『運が悪かったのよ』としかいわずに。あげくの果てに、六十にもなれずに亡くなった。わからんだろう。私の気持など」

高州の目が光っていた。母親の話をして涙ぐんでいるのだった。干場はいった。

「だが殺された人たちの中には、あんたの母親にも会ったことのない者がいる」

「確かにな。だが干場の財産にぶらさがり食わせてもらっていた桑原和枝は、私の母と同じ立場でありながら、子供をアメリカに留学までさせた。ずいぶんとちがうとは思わないか。つまりそれは、高州の家から奪った財産があったからこそ、先代の干場が成しえたことだ」

「勝見弁護士が自殺したのは、あんたにこの話を聞かされたからか」

高州は頷いた。

「話してやった。私がどれだけ苦労し、どれだけ山岬を、ことに干場と勝見の家を恨んでいるかを。そうして長い時間をかけて罠にはめてやったのだと教えた」

不意に高州は言葉を切った。

「剣一！」

リビングに面した部屋の扉が開いた。まず現われたのは市長の西川だった。蒼白で、唇が震えている。その喉もとに背後から只が大きなサバイバルナイフをあてがっていた。

「市長」

干場が声をかけた。西川は無言だった。

「今のを聞いたかね」

高州がいった。

「わた、私には関係のない話だ」

西川はいった。

「そうじゃないだろう。あんたは叔父の勝見にそそのかされ、この町の市長になった。そして干場家の財産をもとにマリーナを造った。あの、カモメしかおらん、馬鹿げた施設に、住民の税金と国からの補助金を注ぎこんで」

「私は市をたて直したかったんだ」

高州は首をふった。

「おやおや。最高学府をでた頭のいい役人さんとも思えない言葉だな。この町の財政は、ちょっと見ればどうにもならんほど悪化しているとわかった筈だ。そこにつけこんでひと財産作れると踏んだからこそ市長になったのだろうが。柳——」

高州は柳をふりかえった。

「狼栄会がマリーナを買収したあかつきにはどうなる予定だったんだ？　いってやれ」

柳が吐きだした。

「上が考えていたのは、こうだ。マリーナから船をだして、密輸品を海上で受けとり、陸揚げする。しゃぶやら何やらだ。マリーナぐるみでやれば、海保にもバレねえ」

「その通り。漁はさっぱりだが、船の操縦はお手のものという漁師がこの町にはたくさんいる。あのキャバクラで親しくなり、密輸の片棒を担がせられるような漁師を集めるのが、お前の本当の仕事だった筈だ」

干場は柳を見た。

「本当なのか、柳さん。リゾートじゃなかったのか」

「あれは俺の、ただの夢だ」

高州はいった。

「密輸で稼いだ金は、マネーロンダリングされた上で、市長の懐にもおさまる。トランスリゾートは、この町を観光開発しながら、密輸の収益を市長に還元するために設立された会社だった。もちろん、それが暴力団の隠れミノだとわかるまでは」

「わざとそれがバレるように仕向けたのが、あんただろうが」

柳は高州をにらんだ。

「当然だ。うまくいってもらっては困るからな。私は山岬をめちゃくちゃにしたかったのであって、復活させようなどとはこれっぽっちも思っていなかった。ほっておいてもさびれていく田舎町だが、いろんな希望をもたせてやったあげく、粉みじんにそれを叩き潰してやろうと思ったのだ。町の者どうしがいがみあい、いさかいの絶えない土地にしてやろうと」

「蛇みてえな野郎だな」

柳はいった。無視して、高州は只を見た。

「剣一、マンションの玄関に、坊主頭の子供がいる。その子が例の手紙をもっている筈だ。とりあげてこい」

「おい、何をいってやがる。そいつをあんたは買いとるのだろうが！」

高州は懐から手を抜いた。リボルバーが握られていた。

「買いとる気など、さらさらない。そこを動くな」

「やっぱりそうか」

干場はつぶやいた。只は西川の背をつきとばした。

「子供はどうする」

「どうでもいい。お前が海で沈めた男の倅だ。勝見に泣きつかれて」

冷ややかに高州はいった。只は無言で部屋をでていった。

「そうやって弟に汚れ仕事をすべて押しつけているのか」

干場は訊ねた。

「そうだ。あいつにはそれしか能がない。里子にやられた家でひどくいじめられ、あいつの心は歪んでしまった。人殺しがあいつの才能なのだ。そうさせたのも、すべて山岬の人間だ」

干場は息を吐いた。

カチリ、という音が玄関でした。

「早かったな、剣一」

だが入ってきたのは只ではなかった。日本刀をだらりと手からたらした頭山だった。

69

エレベーターの扉が開き、只がでてくるのを背後から安河内は見ていた。只は自動扉の向こうに立っているシンゴをまっすぐ見すえ、進んでいく。

「大杉、止まれ」

ガラスの自動扉の直前で、只の動きが止まった。ギリギリと音が聞こえてくるような緩慢な動きで首が回り、ふりかえった。安河内はエレベーターホールの陰から進みでた。

「それを捨てろ」

銃口を向けながら、只のナイフを示した。

不意に只がとびかかってきた。たった今までとぐろを巻いていた毒蛇が獲物に食いつくときのような素早い動きだった。

ナイフが一閃《いっせん》し、危うく身をひいた安河内の背広の胸もとがすぱっと裂けた。

「おっさん!」

自動扉の向こうでシンゴが叫んだ。

「観念しろ、大杉!」

安河内はいったが、只の動きは止まらなかった。さらに間合いを詰め、ナイフをふりかざした。

安河内は拳銃の引き金をひいた。

70

「頭山っ」

柳が叫んだ。頭山の目はまっすぐに正面にすわる高州を見すえている。

「ふざけやがって、この野郎！」

日本刀をふりかぶり、高州めがけてふりおろそうとした。高州が拳銃を撃った。

頭山の体がぐらっと揺れた。狙いのそれた日本刀が関口の肩に当たり、関口は悲鳴をあげて転がった。

「手前らなんかに好き放題させてたまるかってんだ、この野郎！」

頭山は高州に詰めよった。

「馬鹿者がっ」

高州がたてつづけに拳銃を撃った。頭山の体が何度も揺れ、やがて大きな音をたてて仰向けに倒れた。高州の拳銃は空になり、引き金をひく音だけしかしなくなった。

「どうやって入ってきおった」

高州が肩で息をしながらつぶやいた。

「あ、有本だ。有本が四階に部屋をもっていた。女を囲うつもりで。ずっと使っていなかったので、私も忘れていた」

関口がよつん這いになったままいった。肩口を切られ、血が滴っている。

「これまでですね」

干場がいって立ちあがった。のしかかるように高州を見おろし、右手をさしだした。

「その銃を預かり、あなたを緊急逮捕します」

高州は干場を見返した。

「私は、ニューヨークに本社があるU・I・S・Cという調査機関のエージェントです。干場功一氏の依頼で、この町に潜入していました。一連の事件が何者かの陰謀である、と干場氏は疑い、U・I・S・Cに調査を依頼したのです」

「何、何だと!?」

高州は目をみひらいた。

「無事だったかね」

安河内の声に、干場はふりむいた。裂けた背広姿の安河内が玄関をくぐってくるところだった。

「安さん！　シンゴは？」

「俺なら大丈夫」

シンゴの声がした。安河内のうしろにいる。

「逮捕した。一発くらわしたが、死にはせんだろう。署長が下で指揮をとっている」

「只は？」

干場は微笑んだ。

「署長にあやまらなけりゃ」

「お前さんの正体なら知っておる。ニューヨークの何たらいう探偵事務所から、県警本部に協力依頼があったそうだ。本物の干場功一は、プロレスラーどころか会計士だと？」

「ニューヨークのね」

「もっと驚く話も聞かされたよ。干場功一がお前さんの会社に調査を依頼したのは、外務省出向中の、署長とキャリア同期の警視正が署長に頼まれて、干場功一に接触したかららだそうだ。つまり、全部、署長が仕組んでおったというわけだ」

安河内がいって、干場を見つめた。干場は無言で首をふった。

71

「いっちゃうのかよ、おっさん」

シンゴがいった。山岬駅のホームだった。きたときと同じようにアロハ姿の干場こと村山を、シンゴ、イクミ、安河内、令子が囲んでいる。

「戻って報告書をださなきゃいけない」

「それがすんだら戻ってくる?」

イクミが訊ねた。干場は答えなかった。

「市長は辞職するそうだ。今度はどんな奴が立候補するやら」

安河内がいうと、干場が見つめた。

「安さんが市長になればいい」

「勘弁してくれ。柳はどうしたんだ?」

「きのう電話があった。東京にいるらしい」

「干場クン、じゃなかった、村山さん、気をつけて」

令子が包みをさしだした。

「大ママが作ったお弁当」

今にも泣きそうな顔をしている。

「令子おばちゃん、いっしょに連れてってもらいなよ」

イクミがいった。

「馬鹿!　無理に決まってるじゃないのよ」

「報告がすんだら、また日本にきます。裁判にでなければならないし」

千場はいった。令子が顔を赤くした。

「本当？　本当に本当？」

「本当だよ。そうでなきゃ、あたしが今度はこいつをつかまえることになる」

安河内がいうと、令子の顔が輝いた。

「待ってる」

「おばちゃん、嬉しそうじゃん」

「うるさい！」

ホームに笑い声が響いた。線路がキュンキュンと軋《きし》み、列車が見えてきた。

解説

吉田伸子

海辺の町・山岬駅に一人の男が降り立つところから本書は始まる。

アロハシャツにジーンズという軽装のその男は、早々に〝お出迎え〟を受ける。コンビニの前に座り込んでいたガングロの女子高生から「今、パンツのぞいたろう」と因縁をつけられるのだ。人のパンツを見たのだから金だせ、という絵に描いたようなヤンキーJKの両耳には、合わせて六つのピアス、手首にはタトゥ。

「参ったね。はるばる二時間、電車に揺られて、やっとたどりついたと思ったら、いきなり女子高生にカツアゲされるとは」

明るい口調で話す男に、もう一人のガングロ女子高生が、コンビニから出てきた、これまたもろヤンキー男子高生——鼻と下唇にピアス——に命じる。あのおっさんを、やっちゃいな、と。ボクシングのインターハイ県二位、という触れ込みのその男子高生・シンゴは、男の腹にキレのいいストレートを叩《たた》き込むものの、男はびくともしない。その後に繰り出したジャブも、フックもストレートも躱《かわ》され、今度は蹴りを繰り出すも、男は左腕でブロック。足首を掴《つか》まれたシンゴは、尻から地面に。起きあがろうとするが、胸板は男に踏まれて動けない。それでも、「ふざけんな、この――」と粋がるシンゴの下唇をつかんでひねりあげた男は、ここで初めて凄《すご》む。「おい、この洒落《しゃれ》たピアス、お前の唇ごとむしりとってやろうか」

ここで、勝負あり。土下座して詫《わ》びるシンゴに、男は笑い出して言う。「もういいよ。立ちな」と。手のひらを返したように、男を先輩呼ばわりするシンゴに、男は名前を名乗る。「干すに場所」で干場だ、と。

この名前に反応したのが、タトゥの女子高生で、干場というのはこの町に一軒しかなく、それは「干場の殿さま」の家だ、と。干場家というのは、山岬の名家だったが、その〝殿さま〟は既に亡くなっていて、海辺に建っていたお屋敷は、今は全部潰してマリーナになっている、という。

男が山岬にやって来たのは、亡くなった母親が山岬の出だった、と聞いていたからだ。それまでアメリカにいた男は、干場の家のことも、殿さまのことも、何も知らなかった。そんな男＝干場功一の思惑とは別に、干場を名乗る男が現れたことで、山岬の町が揺れ始める。

上巻を読み進めていくうちに、あ、これは、と思いつく。舞台は二十一世紀の日本の海沿いの町ではあるが、本書は大沢版の西部劇なのかもしれない、と。かつては栄えていたものの、今ではすっかりさびれている、とある町。そこへやって来た流れ者が、その土地の〝掟《おきて》〟を打ち破り、町の膿《うみ》を出して（良い方向へ）ひっくり返し、そして去って行く。本書ではその流れ者の役が、干場功一なのでは、と。

ふらりと現れた男に、その町で相棒ができる、というのも西部劇ではお馴染《なじ》みのパターンで、本書ではそれが山岬の警察署に勤める、停年間近の安河内だ。六年前に妻を亡くした安河内は、退勤後、「伊東」というBARに通ってハイボールを飲むのを日課のようにしている。

その「伊東」で安河内と出会った干場は、干場の殿さまが六年前に突然亡くなっていること、大地主だった殿さまの土地は、「全財産を市に寄付するって遺言状を残した」ので、全部山岬市のものになったことを知る。殿さまには、先代が妾《めかけ》に生ませた、歳《とし》の離れた妹がいたことも。

安河内が言う。

「あんたのおっ母《か》さんがもし、その先代の娘だったとしたら、あんたは干場家の財産を相続する権利がある、唯一の人間、ということになるぞ」

干場家の財産は、今では全て市のものになってはいるが、もし功一が殿さまの血筋に繋《つな》がる者だとしたら、功一には「相続回復請求権」があるからだ。果たして、ふらりとやって来た流れ者、だったはずの功一は、山岬という町の鍵を握る人物なのか――。

山岬には、岬組という昔から町を仕切るヤクザの組があるのだが、四年前に経営が悪化した「山岬観光ホテル」の多重債務を整理し――安河内は、「実際は、経営者夫婦を夜逃げさせただけだ」と踏んでいる――、経営権を買い取り、山岬に乗り込んで来たトランスリゾートという会社と敵対関係にある。そもそも、経営者夫婦が泣きついたのが東京のマチ金である高州興業なのだが、高州興業は広域暴力団の企業舎弟だ。さらに言えば、経営者夫婦と高州興業を繋いだのは、関口建設という地元の土建屋で、社長の関口は、「山岬のあらゆる利権に首をつっこんでいる」男だった。

ただでさえ、一触即発な雰囲気だった岬組とトランスリゾートが、功一の登場により、さらに不穏さを増す。そんななか、岬組となぁなぁの関係だった目崎という刑事が事故死する。飲酒運転だったこともあり、山岬署の署長直々の命令で、安河内は内々に事故を調べることに。また、目崎が事故死したその日、観光ホテルに勤めるシンゴの父親も行方不明となり、翌日、漁港に浮いているのが発見される。たてつづけに起こった二人の死の裏にあるものはなんなのか。

さぁ、これからどんなふうに、功一&安河内vs.岬組vs.トランスリゾートの三つ巴《みつどもえ》の戦いが始まるのか。西部劇のどのパターンが展開されるのか、と勝手に前のめりになって読んでいたのだが、その予想はあっさりと覆されてしまう。なんと、上巻の最後で、功一は、殿さまの甥《おい》であることを証明する書類を持って来るため、横浜の親戚の家に行く、と山岬を後にしてしまうのである。え？　ちょっと待って、私の、本書＝大沢版西部劇、という仮定、崩れ去ってしまうんですが……。しかも、しかも、この功一、下巻になってもなかなか山岬に戻ってこないんですよ！

その間、物語を回すのは、安河内。はい、ここで私、白旗をあげます。本書が大沢版西部劇だなんて吹いて、すみませんでした!!

下巻のパートは、安河内が中心となって進んでいくのだが、では、彼が暴いていくのは何か、といえば、それは六年前におこった、殿さまの急死の真相であり、さらにその三年前に起こっていた、功一の祖母にあたる人物の殺人事件の真相、である。安河内は祖母の事件を捜査していた刑事の一人だったばかりか、殿さまに関しては、本来なら自分が検視に立ち会うはずだった、という曰《いわ》くを抱えていたのだ。安河内の代わりに検視に立ち会ったのが、目崎だった。妻の看取《みと》り、という止《や》むを得ない事情があったとはいえ、そのことを安河内は悔いていた。

と、ここで功一、というか干場に関係している人たちが、みんな亡くなっている、とりわけ、功一の母親も強盗に撃たれて亡くなっている、祖母と母親が二人とも殺されている、という異常さが際立ってくる。これは偶然なのか、それとも……。こうなるともう、ページを繰る手が止まらなくなる。

それにしても、功一、一体横浜で何やってんの？　山岬、どんどん大変なことになっていってるんですけど！　とせっかちな私はじりじりしてしまったんですが、大丈夫、功一、ちゃんと戻ってきます。しかも、ここぞというどんぴしゃなタイミングで。

山岬に投じられた功一という火種が、どんなふうな化学反応を起こし、どんなふうな結末になるのか。その顚末《てんまつ》はぜひ実際に読んでみてください。ここでは、功一を巡るドラマは、思いもかけないところに着地する、とだけ書いておきます。

それにしても、物語の背景とした山岬という港町の設定、町自体を覆っている閉塞感が絶妙だ。ここぞと恃《たの》みにしたマリーナの建設も、そこから始まるはずだった煌《きら》びやかなリゾート地としての未来も失われ、残ったのは逼迫《ひっぱく》した財政と失望のみ。けれど、そんな町にも、いや、そんな町だからこそ、名家旧家はあり、特権を享受している人々もいるし、没落していく家も、ある。山岬は、日本の地方の縮図のような町なのかもしれない。

そして、そんな町を舞台に、こんなにも入り組んだ物語を、きっちりとエンターテインメントに落とし込む、作者の腕力たるや。上下巻、合わせて八百ページを超える大作ではあるものの、読み始めたらノンストップで読まされてしまう。最後の最後まで、こちらの読みを躱される（!?）、読書の快感を、さぁ、たっぷりとご堪能《たんのう》あれ！


（よしだ・のぶこ　書評家）

本書は、二〇一二年八月、講談社文庫として刊行されました。
単行本　二〇〇九年七月、毎日新聞社刊

大沢在昌の本

パンドラ・アイランド（上・下）

南海の孤島・青國島に41歳の元刑事、高州がやってきた。司法機関がないため、治安維持に当たる保安官として。が、老人の転落死に疑問を抱き……。第17回柴田錬三郎賞受賞作。

大沢在昌の本

欧亜純白（上・下）

ユーラシアホワイト

ヨーロッパ、アジアのドラッグルートに異変が相次ぐ！　鍵を握るのは謎の黒幕「ホワイト・タイガー」。ユーラシア大陸縦横無尽、日米潜入捜査官の苛烈な闘いを描く傑作巨編。

集英社文庫

大沢在昌の本

烙印の森

男は犯罪現場専門のカメラマン。殺人現場にこだわって撮り続けるのは、「フクロウ」と呼ばれる殺し屋に会うため。ふたりの壮絶な死闘の幕が開く！　伝説の傑作ハードボイルド。

大沢在昌の本

漂砂の塔（上・下）

北方領土の離島。日中露合弁のレアアース生産会社で、日本人技術者が変死した。真相を解明するため、捜査権も武器も持たない警視庁の潜入捜査官・石上が単身送り込まれて……。

集英社文庫

大沢在昌の本

夢の島

24年音信不通だった父が残した謎の「遺産」。無限の富を生み出すといわれるその遺産をめぐり、人々は騙し合い、やがて殺し合う……。大沢ワールド炸裂、初期傑作ミステリー！

集英社文庫

大沢在昌の本

黄龍の耳

中華の玄宗皇帝より伝わる〝黄龍の耳〟を受け継いだ希郎。数々の修行ののち、権力者を操る巳那一族と対決することを心に誓う。世界をまたにかけたエンターテインメント小説。

集英社文庫

罪深《つみぶか》き海辺《うみべ》 下《げ》

2023年2月25日　第1刷　　定価はカバーに表示してあります。

著　者　大沢在昌《おおさわありまさ》

発行者　樋口尚也

発行所　株式会社　集英社

東京都千代田区一ツ橋2-5-10　〒101-8050

電話　【編集部】03-3230-6095

【読者係】03-3230-6080

【販売部】03-3230-6393（書店専用）

印　刷　凸版印刷株式会社

製　本　凸版印刷株式会社

フォーマットデザイン　アリヤマデザインストア　　マークデザイン　居山浩二

ISBN978-4-08-744488-9 C0193